KB093529

짧은 그긴 침묵

petites proses
by Michel Tournier

짧은 글 긴 침묵

미셸 투르니에 지음

김화영 옮김

현대문학

책머리에

현재 활동중인 프랑스 최대의 작가 미셸 투르니에의 산문을 번역, 소개한다. 이미 우리 나라에도 『방드르디, 태평양의 끝』『마왕』 같은 그의 장편소설, 일부 단편, 그리고 『사상의 거울』 같은 텍스트가 번역, 소개되어 있다. 산문집 『짧은 글, 긴 침묵』은 철학적 신화적 교양으로 무장된 이 작가 특유의 사유의 깊이, 매섭고 해학적인 에스프리, 그리고 시적 몽상이 개간해놓는 침묵의 넓이와 자유로움을 유감없이 드러낸다. 그의 글들은 모두 다 씹고 소화하여 입에 넣어주어야 받아먹는 안이하고 게으른 독서를 용납하지 않는다. 그의 시적 산문은 때로는 의식 속에 도전적인 불을 켜고 적극적으로 사유하고 때로는 읽던 책을 접어놓고 깊고 멀리 몽상의 길로 접어들며 이미지의 신선함에 참가하기를 독자에게 요구한다. 이 산문집은 집, 도시들, 육체, 어린이들, 이미지, 풍경, 책, 죽음 등 각기 길이가 다른 8개의 장

속에 짤막한 텍스트들로 묶여 분류되어 있다. 그의 산문은 방만한 수필이 아니다. 그것은 등푸른 생선이다. 구워서 밥상에 올려놓은 생선이 아니라 이제 막 아침빛을 받으며 바다 위로 튀어오르는 생선이다. 자 이제 떠난다. 그 선도 높은 언어의 빛을 낚아채는 것은 독자의 몫이다. 간혹 필요하다고 판단되어 붙인 역자주는 각주로 붙였음을 밝힌다.

1998. 8. 김화영

차례

엉뚱 천사.
그는 세상을 돌아다니다가
평범하거나 추하거나 잔혹한 장면들과 마주친다.
그때마다 그 장면을 만들어내는 주역들 중 어느 하나를
날개로 툭 건드린다. 그러면 대뜸 장면은
독창적이고 우아하고 다정해진다.

집

영양분 가득한 태반 속에 뼈가 앙상한 태아가 안겨 있듯이
축축하고 폭신폭신하고 기름진 경작지 한가운데
뾰족한 교회당 첨탑을 에워싸고 옹기종기 모여 있는
뽀송뽀송하고 기하학적인 지붕들의 무리들인 마을.

고양이와 거북이

　실내 장식은 나의 장기가 아니다. 25년 전 내가 이 집에 처음 이사왔을 때 유난히 마음에 드는 것은 그 텅 비어 있음과 가구 하나 없는 방들에서만 느낄 수 있는 낭랑한 울림, 그리고 작가인 나에게는 백지의 흰색을 연상시키는 그 벌거벗음이었다. 내가 무엇보다 애착을 가지고 있는 일화들 중 하나는 금세기 초 파리 사교계 명사들 중에서도 명사였던 비베스코 공작 이야기다. 그는 미적 쾌락을 맛볼 대로 맛보아 마침내는 싫증을 느낄 정도였고 더할 수 없이 세련되고 정신적이며 삶의 멋에 있어서는 따를 사람이 없는 전문가였다. 그의 친구들 중 한 사람—그 역시 부자고 미적 안목이 높은—이 그때 막 사들인 아름다운 저택의 실내 장식을 마쳤다. 모든 것이 다 멋들어지고 기막히게 배치되어 있었다. 그는 비베스코를 초대하여 그 사치스럽고 격조 높은 걸작을 구경시켰다. 그 집을 찾아가 둘러보고 뜯어보고 가늠해보고 난 공작은 마침내 안락의자에 털썩 주저앉았다. 그의 입에서 어떤 평이 떨어질지 궁금한 집주인이 긴장하여 귀를 기울였다. 이윽고 비베스코가 입을 열었다. "그래요, 좋아요. 하지만 차라리 아무것도 없는 게 낫잖아요?"

그 '아무것도 없음'이야말로 내가 볼 때 집의 필수적인 출발점이다. 그 나머지는 시간이 알아서 만들어준다. 매일, 매년의 세월이 그 자취를 남겨놓게 되어 있는 것이다. 이 집은 물건 하나하나가 내 삶의 25×365=9125일로 만들어져 있다.

그것은 오랜 세월을 두고 내가 주변에 분비하여 지은 조가비와 너무나도 흡사하다. 그것의 복잡함, 무질서, 터무니없음은 나의 단순함, 질서, 이성의 이면일 뿐이다. 집을 친구들에게 빌려줘보면 그걸 분명히 알 수 있다. 상당히 세심하고 조심스럽고 꼼꼼한 사람들이다. 뜻밖에도 그들은 왠지 거북해하는가 하면 피해를 끼쳐놓고 어쩔 줄 몰라하는 것이다! 요컨대 이 조가비는 그들에게 맞도록 만들어진 것이 아니다. 그뿐이다. 이 조가비는 내 움직임 하나하나, 내 몸짓 하나하나의 흔적이 찍혀져서 만들어진 것이다. 그것은 내 일상생활을 찍어낸 정확한 틀이다.

이처럼 세련되게 정돈해놓은 세계 속에는 대단한 행복의 약속들이 담겨 있지만 그 반대쪽의 단점이 없지 않다. 나는 내 주위에 이 가정적 환경을 만들어놓음으로써 점차적으로, 그러나 돌이킬 수 없도록 무겁고 둔해져버렸다. 이건 아주 슬그머니 늙어가는 한 방식이다. 이 집은 내 삶과 나 자신의 한 부분임에 틀림이 없다. 그렇지만 그건 마치 거북껍질이 거북의 일부가 되어버린 것이나 마찬가지다. 그런데 과연 누가 거북이처럼 되기를 바라겠는가? 그보다는 오히려 제비나 종달새가 되는 것을, 다시 말해서 거북이와는 반대되는 것을 꿈꾼다.

가끔 나는 그만 걷어치우고 해방감을 맛보는 것이 어떨까 하는 생각을 하곤 한다. 팔아버리자. 모두 작파해버리자. 엄청나게 쌓인 이 허섭쓰레기들을, 그리고 그것들과 함께 나의 모든 습관을 버리자. 그리고 제로에서 다시 시작하는 거다. 아카데미 공쿠르[1]에는 일생 동안 줄곧 그런 식으로 살아온 친구가 둘 있다. 그들은 여러 해 동안 정성을 다하여 집을 장만하고는 꾸미고 또 꾸민다. 새 집을 위해서라면 너무 아름답다거나 너무 비싸다거나 너무 힘들다고 하는 것은 아무것도 없다. 그러나 막상 그 걸작품이 마침내 완성되면 그들은 벌써 딴 곳을 기웃거리기 시작한다. 그들의 눈에 집은 매력을 잃은 것이다. 에르베 바쟁이 그렇고 프랑스와 누리시에가 그렇다. 나는 브르타뉴 절벽가에 밭을 하나 가지고 있다. 매일같이 밀물과 썰물이 들고나면서 모습을 바꿔놓는다. 건축가 친구의

---

1) 미셸 투르니에는 중진작가들로 구성된 공쿠르상 심사위원회, 즉 아카데미 공쿠르의 위원이다. 그의 동료 작가들인 에르베 바쟁, 프랑스와 누리시에도 역시 같은 위원이다.

도움을 얻어 거기다가 그 고장 스타일이면서도 초현대식인 집을, 정원과 절벽과 바다가 한눈에 들어오도록 널찍한 창문을 단 집 한 채를 지으면……. 그러나 내가 살고 있는 이 사제관[2]을 배반한다는 것은 한쪽 팔이나 한쪽 다리를 자르는 것이나 다름없다.

그래서 나는 내 고양이를 바라본다. 털 빛깔이 좋아서 중국 사람들이 즐겨 키우는 황금빛 나는 종자다. 사실 이런 종류의 털을 탐내는 사람들이 어느 날(혹은 어느 날 밤) 이놈을 잡아가서 '가죽을 벗길'지도 모르니 조심하라는 말을 들은 적이 있다.

내 고양이는 이 집과 정원의 혼이다. 이곳의 구석구석에 적응하는 능력은 기가 막힐 지경이다. 이놈은 마음만 먹으면 사라져서 완전히 찾을 수 없게 된다. 그러다가 문득 다시 나타나는 것이다. "아니 도대체 어디 가 있었니?" 하고 물을라치면 "나? 꼼짝 않고 여기 있었는데!" 하고 태연한 얼굴이 대답한다. 이 녀석을 위해서 과잉 적응이라는 개념을 만들어낼 필요가 있을 것 같다. 혹시라도 이 고양이를 다른 곳으로 데려가겠다고 하는 날이면

---

2) 투르니에는 지금도 파리 교외 말레 드 슈브뢰즈에 있는 옛 사제관에 들어 살고 있다. 그는 결혼한 적이 없는 독신으로 혼자 살고 있으며, 그의 집은 이웃 아이들에게만은 마음대로 드나들 수 있도록 개방되어 있다.

세상에서 가장 불행한 광경을 연출할 테니 말이다. 고양이에게 여행이란 돌이킬 수 없는 대재난이다. 이사는 이 세상의 종말이다. 그가 나에게 밤낮없이 주는 붙박이 생활의 교훈을 나는 너무나 잘 이해한다! 바로 이곳에 깊이 뿌리내린 붙박이 삶은 내게 얼마나 큰 매혹으로 작용하는가!

그것은 멀리까지 연장 적용된다. 아주 멀리. 그러나 사실은 우리 집 정원 남쪽 담장 너머보다 더 멀리까지 가지는 않는다. 담장 너머는 마을의 공동묘지다. 가끔 삽질하는 소리가 들리기도 한다. 형이상학적 소리다. 무덤 파는 사람이 땅을 파내는 것이다. 이야말로 아주 오랜 옛날부터 이 마을에 살고 있는 주민들과 더불어 절대적 붙박이 그 자체다. 집—박물관, 땅—재, 정원—묘지 같은 낱말들 사이의 심상찮은 친화력을 생각해보라. 그리고 시간의 이 두 가지 양상을. 한쪽에는 비명소리와 분노로 가득 찬, 항상 새롭고 예측을 불허하는 역사가 있다. 그리고 다른 한쪽에는 시계의 문자반처럼 둥글게 닫혀 있는 세계가 있다. 사계절과 녹색, 황금색, 붉은색, 흰색 네 가지로 영원히 순환하는 이 세계 속에 인간사의 사건 같은 것이 끼여드는 법은 없으니 말이다.

내 고양이가 나를 쳐다보며 알 듯 모를 듯한 표정을 짓는다. 금빛 눈을 천천히 감으며 말이 없다.

매력과 광채

"사제관은 어디 하나 그 매력을 잃지 않았고 정원은 어디 하나 그 광채를 잃지 않았다." 사제의 정원에 둘러싸인 사제관에 25년째 살면서 나는 가스통 르루의 이 유명한 한마디 말을 수백 번도 더 들어왔다.

사제관의 매력? 그 정원의 광채? 나는 어느 면 그걸 증거하기 위하여 여기서 사는 기분이다. 문과 창문이 약간 협소한 편이지만 탄탄하고 근엄한 집인 이 사제관은 그 조용한 외관 뒤에 숱한 마법들을 감추고 있으니 말이다. 이따금 겨울날 좀 늦게 집으로 돌아오면 나와 같이 사는 어린 녀석이 밖으로 나와 집 앞 계단에 앉아 있는 것이었다.

—왜 밖에 나와 기다리지?

—들어갔다가 다시 나왔어.

—무서웠어?

—아니, 하지만 나무계단이 삐걱거려.

물론 아이는 무섭지는 않았지만 계단이 삐걱거렸던 것이다. 나도 마찬가지로 무섭지는 않다. 심지어 생 시드완 성자의 날인 11월 14일 자정에서 3시 사이의 한밤중에도 안 무섭다. 오늘 밤에는—그 까닭이야 알 수 없는 일이지만!—근 2세기 동안 이 집에서 살았던 서른일곱이나 되는 사제들이 여기 모여서 다같이 합창하듯이 큰소리로 식사 전 기도를 외우고 나서 아래층에서 떠들썩하게 먹어대는 것이다. 3층에 있는 방에서 새틸이불을 뒤집어쓰고 누워 있는 나는 절대로 무섭지 않다. 안 무섭다. 그렇지만 사제들 자기네끼리 그냥 법석을 떨라고 내버려두고 싶다.

그런데, 정원으로 말하자면……, 정원은 공동묘지와 붙어 있는 데 다가 최소한 2미터는 되는 축대 아래 있다는 것을 말해둬야겠다. 어느 해인가 나는 면장—본래 직업이 토목업이며 석공인—을 찾아가서 담장 밑 축대가 약 20미터도 넘게 아래쪽으로 불룩하게 나와 있는데 그것은 땅속에 묻혀 있는 수많은 척추와 어깨뼈들이 밀고 나오기 때문이라고 볼 수밖에 없다는 점을 지적했다. 이렇게 밀어붙이다가는 결국 사자들이 담을 뚫고 나오지 않겠어요? 면장은 수북한 수염 속에서 웃어보였다.

—내가 보기엔 한 30년은 너끈히 버틸 것 같은데요. 충고 한마디 하겠는데, 담장 밑 그늘에서 낮잠 자는 것은 삼가는 게 좋겠어요, 하고 그가 말했다!

가을에는 비가 많았고 겨울은 따뜻했다. 어느 날 아침 라디오에서 발디제르 지방의 어느 곳 지반이 무너져서 별장 한 채와 그 안에 있던 사람들이 모두 다 파묻혀버렸다는 뉴스를 들었다. 나는 자리에서 일어나 창가로 다가

가서 겨울 바캉스 떠나기를 포기하고 그냥 집 안에 머물러 있기를 잘했다는 생각을 했다. 그 광경은 상상만 해도 끔찍하고 묵시록적이었다. 담장의 배가 불룩하게 나온 곳은 석회로 칠한 가느다란 띠가 전부인 꼭대기 부분이 남아 있을 뿐이었다. 입을 딱 벌린 틈으로는 시커멓고 끈적거리는 흙이 토해져나와 정원을 가득 메웠다. 거기에 정강이뼈와 해골들도 섞여 있던가? 내 눈에는 창문 밖으로 꼭 그것들이 보였던 것만 같았다. 그러나 한 시간 뒤에 내가 현장으로 나갔을 때 그것들은 사라지고 없었다. 내가 헛것을 본 것일까 아니면 그사이에 사람들이 와서 치운 것일까? 뼈들을 주워 모으는 들창코 사내가 낫을 들고 와서……

나는 딱히 어떻다고 단정하지는 않겠다. 그것은 장차 내가 이야기할 다른 여러 가지 신비스런 것들과 더불어 사제관의 매력과 그 정원의 광채를 이루는 것이다.

열쇠와 자물쇠

필경 오래된 집들은 어느 것이나 다 그럴 것이다. 나의 집에는 열쇠들과 자물쇠들이 서로 맞는 게 하나도 없다. 열쇠라면 내 서랍 속에 넘치도록 가득 들어 있다. 가장자리를 곱게 접어 감친 V자형 맹꽁이 자물쇠용 열쇠, 속이 빈 막대기 열쇠, 이중 걸쇠를 여는 다이아몬드형 열쇠, 공격용 무기 같은 거대한 뭉치 열쇠, 레이스처럼 예쁘게 깎은 반지모양 책상 열쇠, 어디에도 맞지 않는다는 점이 유일한 단점인 만능 열쇠. 신비스러운 것은 바로 그 점, 즉 집 안의 그 어느 자물쇠도 이 열쇠들에 순순히 복종하는 게 없다는 점이다. 나는 분명히 해두고 싶어서 그 모든 열쇠들을 하나하나 다 테스트해보았다. 파스칼의 표현처럼 그것들은 식욕 증진 능력이 완전히 결여되어 있다는 것이 판명되었다. 그렇다면 이것들은 어디서 난 것일까? 이 아름다운 열쇠들은 저마다 쇠붙이로 된 의문부호 모양을 해가지고서 뭣 하러 여기 있는 것일까?

마찬가지로 이 집 안의 어떤 자물쇠도 제게 맞는 열쇠를 가진 것이 하나도 없다는 것을 구태여 지적할 필요가 있을까? 이리하여 내 모든 열쇠들에는 맞지 않아서 하나같이 무용해진 그만큼의 해당 자물쇠들이 존재하게 되어 있다. 마치 그 어떤 심술궂은 혼령이 온 마을을 구석구석 돌아다니면서 이 집 열쇠는 저 집에 저 집 열쇠는 이 집에 갖다놓기라도 한 것만 같다.

그런데 이건 대단히 상징적이다. 이 세상 전체가 한 무더기의 열쇠들과 자물쇠들의 모임이니 말이다. 인간의 얼굴, 책, 여자, 저마다의 낯선 고장, 저마다의 예술 작품, 하늘에 가득한 별들 이 모두가 자물쇠들이다. 무기, 돈, 사람, 교통기관, 저마다의 악기, 하나하나의 연장들 모두가 열쇠들이다. 열쇠는 사용할 줄만 알면 된다. 자물쇠를 내 것으로 하자면 그것에 봉사할 줄만 알면 된다.

자물쇠는 닫힘의 관념을 상기시킨다. 열쇠는 여는 행동을 상기시킨다. 그 양자는 각기 하나의 부름을, 하나의 소명을, 그러나 서로 반대되는 방향에서 형성한다. 열쇠가 없는 자물쇠는 해명해야 할 비밀이요, 밝혀져야 할 어둠이요, 판독해야 할 암호다. 인내와 고집과 칩거가 특징인 자물쇠 같은 인간이 있다. 그들은 "완전히 알기 전에는 여기서 한 발짝도 움직이지 않겠소!" 하고 딱부러지게 말하는 어른들이다. 그러나 자물쇠 없는 열쇠는 여행에의 초대다. 자물쇠가 없는 열쇠를 가진 사람은 두 발묶어놓고 가만히 있어서는 안 된다. 그는 손에 자신의 열쇠를 들고 자물쇠를 닮은 것이면 무엇이든 다 넣어 돌려보면서 오대양 육대주를 골고루 돌아다녀야 한다. 어린아이는 마주치는 모든 대상이 자물쇠가 그 정당성을 부여하는 열쇠라고 굳게 믿으면서 매순간 "이건 뭣에 쓰는 거지?" 하고 묻는다.

가택 침입 강도들은 각기 그 두 종류 중 하나에 속한다. 만능 열쇠 꾸러미를 손에 들고 슬그머니 다가오는 자는 에누리가 없다. 그는 열쇠형 인간이 아니라 자물쇠형 인간이다. 그는 유연하고 조직적이다. 그를 유심히 보라. 그는 미혼의 젊은 여왕에게 구혼자들을 소개하는 지체 높은 대신처럼 자신이 선택한 자물쇠 앞에 정중히 무릎 꿇고 앉아서 그 속에 열쇠를 하나하나 밀어넣고 돌려보는 것이다. 반면에 열쇠형 강도는 오직 한 가지 열쇠밖에 가진 것이 없다. 자물쇠 여는 지렛대 아니면 용접기뿐인 것이다. 사실 그는 밧줄로 만든 자물쇠라고 할 수 있는 고르디오스 매듭을 칼로 쳐서 끊어버린 무지막지한 알렉산더 대왕처럼 불한당인 것이다.

그 간교한 꾀와 저 사나운 폭력은 열쇠들의 유목민과 자물쇠들의 칩거족을 서로 원수지게 만들어놓은 심술궂은 혼령의 탓이다. 가슴을 찢는 듯하고 또한 그로테스크한 비명소리가 이쪽 저쪽에서 다같이 들려온다. 우리는 그 비명을 구혼 광고라고 부른다. 시인은 쓰디쓴 목소리로 말했다. "나는 사랑에 빠졌고 또한 사랑받고 있도다. 그 양쪽이 같은 사람이었더라면 얼마나 행복하랴!"

오로지 심술궂은 혼령의 탓이로다.

계단의 정신

집을 구성하는 유별난 상상 구조에 있어서 가스통 바

23

슐라르는 다락과 지하실에 가장 중요한 역할을 부여하고 있다. 송두리째 지상 단층뿐인 집—아파트도 결국은 그와 마찬가지지만—에는 매우 중요한 한 가지 차원이 결여되어 있다. 걸어올라가고 그에 맞먹도록 걸어내려오는 행위로 이루어진 수직적 차원이 빠져 있는 것이다. 이 수직적 차원을 물적으로 실현해놓는 것이 바로 계단이다. 특히 서로 상반되면서 동시에 상호보완적인 저 두 가지 계단, 즉 지하실로 내려가고 다락으로 올라가는 계단 말이다. 가만히 생각해보라, 우리는 항상 지하실로 '내려간다'. 우리는 항상 다락으로 '올라간다'. 비록 가장 초보적인 논리로 따져보면 그 반대되는 동작도 반드시 필요한데 말이다.

그런데, 이 두 가지 계단들은 다같이 어떤 신비스런 느낌과 동시에 오르내리기 불편하게 가파르다는 공통된 특징을 지니고 있긴 하지만 한편으로는 아주 다른 특징을 가지고 있다. 전자는 돌로 되어 있어 써늘하고 눅눅하다. 거기에는 곰팡이가 피어 있고 너무 익은 사과가 물러터진다. 후자는 뽀송뽀송한 나무계단으로 밟으면 삐걱거린다. 그 두 가지는 각자가 우리를 인도해가는 세계의 분위기를 미리부터 예고해주는 것이다. 포도주를 숙성시키는 동안 그 술냄새가 짙게 배어든 세월로 컴컴해진 지하실, 다른 한편에는 어린 시절의 먼지를 뒤집어쓴 요람과 인형과 그림책과 리본이 달린 밀짚모자가 뒹구는 다락.

그렇다, 바로 그거다. 계단은 그것이 안내하는 장소를 앞질러 맛보게 해준다. 이 앞질러 맛보기가 가장 뜨거운 절정에 달하는 것은 바로 그 계단이 도박장에서 숏타임용 침실을 향하여 올라가면서 노출이 심하고 분냄새 그윽한 야회복으로 출렁거릴 때이다.

계단보호협회 같은 것이 하나 있어야 마땅하지 않을까 싶다. 계단을 아예 없애버리거나 빠듯한 크기로 축소해 놓는 비참주의 건축은 보기에도 딱하다. 거대한 타워형 건물은 음산한 잠수 인형이나 수직으로 세운 전기관電氣棺 같은 엘리베이터 설치를 불가피하게 만듦으로써 스스로를 비하한다. 옛날의 도시계획법에 따르면 한 층계참에서 다른 층계참 사이 계단의 층계 수는 스물한 개를 초과하지 못하게 되어 있었다. 그것이 바로 인간적인 척도였다.

사실 세상에는 무용하고 절대적이며 기념비적이고 장엄한 거대 계단이 없지 않다. 그런 계단은 절도와 무관하다. 날이 갈수록 우리들에게 차례 오지 않는 두 가지, 즉 공간과 노력을 그 계단은 집의 주인 자격으로 당당하게 요구한다.

광대한 부챗살 모양으로 펼쳐진 거대한 호화 계단은 공간을 거침없이 베어먹는다. 궁궐에서 계단은 으뜸가는 심장부를 요구한다. 모든 것을 다 차지하고 실내 공간의 전부를 독점하려는 야심이 완연하다. 그 계단은 우리에게 그 층계들 위에서 살라고, 그 층계참에서 잠자라고 은근히 부추긴다. 아닌게아니라 '파리의 카지노'나 '폴리 베르제르' 같은 쇼 무대에서는 계단이 모든 공간을 독차지하고서 마치 웅대한 세속 제단인 양 가장 예쁘고 가장 눈부시게 벌거벗은 속살들을 즐비하게 펼쳐놓는 것이다.

그러나 계단을 올라가는 것은 '힘들고' 계단을 내려가는 것은 '위태롭다'. 무대 위에서 치마의 주름 장식과 비단 장화 때문에 위험천만했던 곡예를 끝내고 나서 세실 소렐이 도전처럼 외치던 소리를 누군들 기억하지 않으랴 : "나 잘 내려왔지?"

전화

필요불가결하면서도 폭군 같은 이 도구를 제압할 줄 알아야 한다. 내 친구 블라디미르 제드는 이 방면에 정통한 도사가 되었다. 예컨대 그는 전화벨이 울리는 횟수와 음감만으로 전화를 건 사람이 누구인지를 알아맞힌다고 장담한다. 전화벨이 울릴 때 그의 모습을 유심히 볼 필요가 있다. 그는 뭔가 영감받은 듯한 표정으로 천장의 몰딩

쪽으로 고개를 쳐들고서는 몇 사람의 이름들을 주워섬기
거나 멈칫거리며 생각을 더듬어가다가 되돌아와서는 마
침내 누구누구라고 딱 잘라 말하는 것이다. 그리고는 물
론 수화기를 들지 않기로 즉석에서 결심해버린다. 그런
식으로 자기 집에 쳐들어오는 폭거는 딱 질색이라는 것
이다.

그의 큰 관심사는 순전히 전화 통화만에 의한 여자관
계들로, 이 일이라면 그는 여간 진지한 게 아니다. 그는
우선 희생양을 택한다. 물론 그가 직접 만나서 잘 알고
있는 상대가 아니다. 그리고는 그녀에게 일단 첫 전화를
건다. 그것도 가능하다면 한밤중에. 그리고 마치 실수였
다는 듯이 정중하게 사과의 말을 하지만 상대방에게 궁
금증을 불러일으킬 만한 몇 마디를 뱉어내고 난 다음에
야 비로소 끊는다. 며칠이 지난 어느 날, 교묘하게 택한
시간에 다시 전화를 걸고는 호기심 유발 사업을 계속 추
진해나간다. 마침내 이 모험이 성공을 거두게 되면 그는
점차로 자신의 제물을 미치게 만들면서 그 여자와 사랑,
의혹, 신비주의가 뒤섞인 기이한 우정관계를 맺기에 이
른다. 이 우정은 물론 속내이야기, 침묵, 고백, 음탕한 암
시 등등으로 가득한 한밤중의 대화, 때로는 여러 시간에
걸친 대화들로 살쪄가는 우정이다. 거기에는 두 가지의
절대적으로 지켜야 하는 규칙이 있다. 절대로 거짓말을

하지 말 것(신비와 의혹이 기만으로 전락해서는 안 되니까. 이 전화 쇼는 블라디미르 제드의 숭고한 유희들 가운데서 저속한 일면을 통한 희화적 예감에 불과한 것이다). 다음으로는, 전화 통화 이외의 방법으로는 절대로 상대방이 누구인지 알려고 하지 말 것. 가장 오랫동안 사랑으로 무르익은 그의 관계가 깨지게 되는 것은 대개 이 두번째 규칙 위반 때문이다. 그가 내게 실토한 바에 의하면, 순전히 전화 통화만으로 무한정 만족한 채 그것이 보다 더 가시적인 관계로 나아가기 위한 한 단계가 절대 아니라는 것을 인정하는 공범을 아직은 발견해내지 못했다고 한다.

밑바닥 세계

밑바닥 세계는 세 가지다. 연료 탱크와 정화조, 그리고 유수조遊水槽가 그것이다.

내 연료 탱크는 벌써 25년 동안이나 가동 중이었는데(그러니까 6,000×25=150,000리터의 중유를 담았던 셈이다) 지금은 비어 있다. 전문가가 와서 그 안을 긁어내는 대청소를 하고 있다. 그러기 위해서 그 사람(젊지도 않고 호리호리하지도 않은)은 지름이 45센티미터인 '사람 구멍'을 통해서 지하실의 천장까지 기껏해야 40센티 밖에 안 되는 공간 속으로 들어간다. 정말로 신기한 점은 그 사람이 그 짓을 좋아하는 눈치라는 사실이다. 나는 지하실로 내려갔다가 그의 시커멓게 더럽혀진 얼굴이 웃음을 가득 담고 구멍 밖으로 불쑥 나오는 것을 보고 깜짝 놀랐다. 그가 연료 탱크의 탁한 공기 속에서 돌연 몸이라도 불편해지는 날에는 어떻게 그 사람을 끌어내야 할 것인지 알 수가 없다. 소파 수술을 할 때처럼 그의 몸을 조각조각 잘라서 꺼내야 하는 것일까 아니면 제왕절개를 할 때처럼 연료 탱크의 배를 갈라야 하는 것일까? 여기서 나는 모태 퇴행과 매장 환각(혹은 화장 환각)이 기이하게 만나서 나와 내 집과의 미묘한 관계에 접목되는 것 같은 느낌을 갖는다.

정화조. 나는 이웃에 사는 아이들이 걸핏하면 찾아와서 우리 집 화장실을 사용하고 있다는 것을 알고 있다. 심지어 어떤 녀석들은 순전히 그 목적 때문에 우리 집을 찾아온다. 우리 집 것이 특별히 안락하다고 여겨져서 그러는 것인지(사실 우리 집 화장실에는 읽을 거리가 아주 많이 비치되어 있다) 아니면 저희들 아빠 엄마가 쓰는 화장실을 사용하는 것이 꺼림칙해서 그러는 것인지 알 수 없다. 나는 모른 체 가만 내버려둔다. 나는 그 아이들이 와서 우리 집의 이를테면 분식성 지하식인귀糞食性 地下食

人鬼[3]이며 음산하고 게걸스럽고 불결한 영혼인 분뇨 정화조에다가 일용할 양식을 제공해주고 있다는 것은 상당히 좋은 일이라고 본다. 단 혼자뿐인 사내요 소식가인데다가 검소하게 사는 작가이고 보니 나는 불모의 삶으로 인한 불안감이 없지 않고 그 불안감은 급기야 가장 저급한 수준에서는 변비라는 모습으로 나타나는지라 가끔은 내 정화조에서 원망 섞인 한숨소리가 새어나오는 것만 같은 느낌마저 없지 않다.

유수조. 언제건 비가 많이 오게 되면 지하실에는 물이 고이고 그렇게 고인 물은 때로 웅덩이를 이루어 보일러를 적시기도 한다. 너무나 자주 배관공을 불러 들볶아댔더니 그가 마침내는 지하실 한가운데다가 사방 40센티미터, 깊이 1미터 되게 시멘트벽을 친(그러니까 160리터 용량의) 구멍을 하나 파주었다. 이게 바로 '유수조'라는 것이다. 사전에서 뜻을 찾아보니 흐르지 않는 수직형의 하수구란다. 이 정확하면서도 겹으로 모순인 이 낱말 뜻에 감탄하지 않을 수 없다. 하수구란 원래 수평으로 깔아놓은 관이며 물을 흘려보내는 데 쓰는 것이 아니던가. 그걸 만들어놓고 난 뒤부터 나는 그 구멍 밑바닥에서 매일 오르락내리락하는 물을 들여다보느라고 심심한 줄을 모

---

3) 이 작가는 식인귀, 혹은 아이 잡아먹는 귀신 신화에 관심이 많다. 그 신화가 현대적으로 해석되어 있는 걸작이 그의 소설 『마왕』이다.

른다. 그것은 내 얼굴이 비춰주는 일종의 검정 거울인데 까닭 모를 가는 떨림이 스쳐 지나가기도 한다. 어떤 주일에는 그 속이 완전히 말라 있어서 나는 이때 우리 집의 황갈색 내장 속을 들여다보거나 심지어는 힘들게나마 그 속을 문질러볼 수도 있었다. 그 후 어떤 때는 또 물이 차서 자칫하면 넘칠 뻔도 했다. 그것은 온도계나 기압계 훨씬 이상이다. 그것은 이 집의 항문, 혹은 자궁, 혹은 장腸이다. 기이한 나르시시즘으로 인하여 나는 이따금씩 한밤중에 지하실로 내려가서 내 유수조를 들여다본다. 한 번은 저녁을 먹고 돌아오다가 집 가까이 있는 어떤 공사장에서 일종의 삽 같은 걸 하나 발견했다. 그것은 모양과 길이가 유수조 밑바닥에까지 닿기 좋게 생긴 것이었다. 두어 시간 힘겹게 씨름을 한 끝에 나는 구멍 속에서 아주 적은 분량씩 아름다운 붉은색의 흙을 한 자루나 긁어냈다. 아마도 완전한 불모의 흙일 것이다. 과연 그 속으로 내 몸뚱이 전체를 태아처럼 밀어넣으면 넣어질지 의문이다.[4] 그러자면 먼저 엄격한 과정을 통해서 살을 많이 빼지 않으면 안 될 것이다. 그 구멍에는 시멘트 뚜껑이 덮여 있다. 내가 그것을 머리 위로 덮어써버린다면 과연 누

---

4) 이런 모체의 자궁 속으로의 퇴행현상은 이 작가의 소설 『방드르디』에서 벌거벗은 전신에 우유를 바르고 동물의 좁은 공간 속으로 미끄러져 들어가는 로빈슨 크루소의 행동으로 나타난다.

가 그리로 나를 찾으러 오겠는가? 어느 날 저녁 나는 카트린 엠에게 내 유수조를 보여주었다. 지하실로 내려갈 때 그 여자는 무서운지 파랗게 질린 표정이 되었다. 그러나 훗날 그녀는 내게 실망했다고 털어놓았다. 그 여자는 내가 자기를 타살하여 토막을 낸 다음 유수조 속에 처넣어주었으면 했다는 것이었다.

배관공은 그 구멍 밑바닥에 전기 펌프를 설치하여 자동적으로 물을 뽑아내도록 하는 것이 어떠냐고 말했다. 나는 우리 집의 가장 은밀하고 가장 인간적인 그 부분에다가 그런 기계적인 폭력을 가하고 싶지는 않다.

밤이 오면

하루종일 찾아오는 손님들이 잇달았었다. 이윽고 밤이 되니 이젠 아무도 없다. 마침내 나는 내일까지 혼자다. 불안감이 없지 않은 기쁨을 느끼면서 나는 이 밤의 통과를 준비한다. 거기에는 계시들과 눈물, 육체의 평화 속으로의 길고 완만한 변화, 꿈이 보여주는 몽환들, 그리고 몽상의 멍든 감미로움이 가득하리라. 그것은, 머리는 동쪽으로 발은 서쪽으로 둔 움직임 없는 여행 같은 것. 그 여행에서는 온갖 일이 다 일어날 수 있다. 죽음의 천사와

창조의 불꽃을 일으키는 천사, 둔탁하고 어두운 멜랑콜
리아의 여신과 어떤 친구나 이웃의 도와달라고 부르는
소리. 내 밤의 고독은 어떤 엄청난 기대의 또 다른 이름
이다. 잠든 자의 기대인 동시에 깨어 있는 자의 기대.

......

이 밤, 내 잠든 육체를 스치는 날갯짓과 은밀한 박동이
느껴진다. 내 잠자리 속으로 새들이 날아든 것인가. 새들
이거나 박쥐들이. 어떤 목소리가 대답한다. 아냐, 그건
묘지에 묻혀 있는 사자들의 영혼이야. 그 영혼들은 수세
기 동안 저 담장 뒤에서 떼지어 기다리고 있다.

......

어젯밤은 잘 잤다. 나의 불행도 잠이 들었으니까. 아마
도 불행은 침대 밑 깔개 위에서 웅크리고 밤을 지낸 것
같다. 나는 그보다 먼저 일어났다. 그래서 잠시 동안 형
언할 수 없는 행복을 맛보았다. 나는 세상의 첫 아침을
향하여 눈을 뜬 최초의 인간이었다. 이윽고 나의 불행도
덩달아 잠이 깼다. 그리고 내게 달려들어 간을 꽉 깨물
었다.

도시들

감옥이란 단지 질러놓은 빗장만이 아니다.
그것은 또한 하나의 지붕이기도 하다.

아를르의 유령

알리스캉Alyscamps[5]유적이 남아 있는 아를르에서는 매년 정초에 민속 모자와 예복으로 단장한 처녀들과 갈루베 피리[6]를 갖추어 지닌 북 치는 사람들, 흰 조랑말을 탄 카마르그의 들소지기들이 행진을 하고 파랑돌 춤이 한창이다. 사람들은 들소뿔 사이에 매달린 꽃장식 뜯어내기 놀이에 열중한다.

그러나 밤이 되면 내 창문 아래로 또 다른 말 달리는 소리가 들린다. 이번에는 무리를 지은 것이 아니라 고독한 소리다.

4년 임기로 선출된 아를르의 여왕은 이 '고장' 사람이어야 하고 프로방스 말을 할 줄 알아야 하고 처녀여야 한다. 매우 아름다운 여자이고 보니 임기를 다 채우지 못한 채 결혼을 해버리는 일이 종종 있다. 이렇게 되면 여왕은 그의 시녀들 중 한 사람에게 왕홀을 넘겨준다. 어린아이가 태어나면 대부는 그 아이 어머니에게 한줌의 소금, 성냥개비 한 개, 달걀 한 개 그리고 작은 빵 한 개를 접시에

---

5) 갈로로망 시대의 무덤들이 늘어서 있 는 아를르의 대로.
6) 프로방스 지방의 세 구멍짜리 피리.

담아다 준다. 그리고 아이에게 (프로방스 말로) 말한다. "너의 아이가 소금처럼 얌전하고 성냥개비처럼 곧으며 달걀처럼 가득하고 빵처럼 착하기를 비노라."

그러나 북방에서 온 빨간 머리 사내 하나가 광기에 사로잡혀 어둡고 축축하고 경사진 골목골목으로 내달린다.

포럼 광장—옛날에는 일자리를 찾으려고 농장의 머슴꾼들이 모여드는 곳이라 해서 '사내들의 광장'이라 불렸다—에서는 프레데릭 미스트랄의 동상이 우리를 맞아준다. 『미레이유』의 작자로 유명한 그는 망토를 팔에 걸치고 금방이라도 어디로 떠나려는 것만 같다. 그 동상을 별로 탐탁해하지 않았던 그는 "여행 가방만 들면 되겠군." 하고 말했단다. 턱수염이라든가 챙이 넓은 모자로 보아 사실 그 동상은 버팔로 빌을 너무나 닮았다. 미스트랄이 직접 만났을 때 자기가 기르던 개를 선물로 주었다는 그 버팔로 빌 말이다. 마이얀느의 공동묘지에 가보면 그 미국산 개를 만날 수 있다. 이 펠리브르 시인의 무덤가에 그 개가 조각되어 있는 것이다.

그러나 시인 미스트랄은 론느 강으로 내려가는 어느 비탈길 골목에서 피를 흘리며 어떤 여자를 찾아 달려가는 그 북방 출신의 화가를 과연 마주쳤을까?

아를르에서는 간 곳마다 플라타너스 그늘 아래 '코쇼네'와 그것을 둘러싼 반짝반짝 빛나는 금속 공들을 가운데 놓고 모여 서서 뭐라고 열심히 따지고 있는 작은 무리의 사람들을 만나게 되어 있다. 이 방면의 도사인 이방 아두아르는 그 누구보다도 그게 무엇인지를 잘 설명해줄 것이다. 이 페탕크라는 공놀이는 그 게임이 벌어지는 곳이면 어디서나—심지어 공장 마당이나 감옥의 뜰에서조차도—해묵은 마을 특유의 떠들썩하지만 예절바른 친근감의 분위기를 다시 만들어낸다.

그렇다, 아를르는 웃음 가득하고 햇빛 가득한 소읍이다.

그러나 꼬불꼬불한 그 도시의 그늘진 골목길을 가노라면 내 귀에는 항상 빈센트 반 고흐의 무거운 반장화 소리가 들린다. 그는 지금 로케트 사창가의 어떤 창녀에게 바치기 위하여 스스로 잘라낸 귀를 들고 피 흘리며 걸어가고 있는 것이다.

아비뇽의 마지막 관객

간이무대는 헐어서 치워버렸다. 이제 아비뇽은 화장을 지웠고 의상을 걷어 창고에 넣었다. 시계탑 광장에 우글대던 광대들, 죽마꾼들, 불꽃 토하는 사람들, 그 밖의 이동 교향악단 모두가 자취를 감추었다. 개울가에서 노숙

하던 히피들도 모두 떠났다. 그들은 이제 털고 일어나 면도하고 광내고 머리 빗고 말끔한 셔츠와 흰색 반바지로 갈아입고 도빌과 비아리츠의 코트에서 가족들과 테니스를 친다. 아비뇽 사람들은 그들의 도시를 재탈환했다.

발걸음 가는 대로 따라갔더니 돔 바위의 산책로에 이르게 되었다. 베네제 다리 위에서 북쪽으로 바라보이는 찬란한 정경을 앞에 두고 한동안 서 있었다. 론느 강, 오렌지색과 녹색의 텐트들이 점점이 수놓인 바르틀라스 섬, 좀더 멀리로는 빌뇌브 레스 아비뇽, 필립 르 벨 탑과 생트 앙드레 요새. 지나는 길에 페르상 알텐의 동상에 인사를 했다. 그는 1760년 아비뇽 백장령에 꼭두서니 재배법을 도입했다는데 이 식물은 매우 오랫동안 이 나라 소년병들의 제복바지에 붉은 물을 들이는 데 쓰였다.

이윽고 나는 동쪽으로 몸을 돌려 맑은 날이면 류베롱 산꼭대기가 바라보이는 지평선을 살펴보고 싶었다.

여자가 거기 혼자, 멋진 외출복 차림으로 서 있었다. 머리를 매만지고 반드럽게 화장한 그 여자는 손짓을 하며 큰소리로 뭐라고 말을 하고 있었다. 그 열정에 찬 대사는 누구에게 건네는 것일까? 로마식 기와를 이은 저 수많은 아비뇽의 지붕들에게? 대낮의 열기가 안개처럼 뿌옇게 서린 지평선을 향해서? 하늘을 긋고 가며 우는 명매기떼들에게?

"오 마미!" 하고 그 여자는 소리치고 있었다.

그리고 스페인어인지 포르투갈어인지 알 수 없는 말로 요란한 장광설이 뒤따랐다. 말뜻은 알 수 없지만 슬픈 어조는 아니었다. 그의 말 속에는 명랑함이 깃들여 있었다. 좀 지어낸 듯한 명랑함, 격려, 약속, 애정 같은 것이 느껴졌다. 그 장광설이 전개되는 공간을 유심히 살펴본 결과 그 열광적인 메시지의 수취인이 누구인지를 찾아낼 수 있었다. 바위 저 아래, 자갈이 깔린 마당이 내려다보였고 그 너머로 건물이 있었다. 아무런 장식도 없는 그 건물의 엄격한 모습, 철책으로 막힌 높은 창문들, 무미건조하고 답답한 인상으로 미루어 그 용도가 무엇인지는 쉽게 알 수 있었다. 감옥, 형무소, 교도소……

그러나 건물의 전면이 죽은 듯 고요한 것은 겉보기의 인상일 뿐이다. 그늘진 집 안에서는 생명이 생명을 노리고 있었다. 쇠창살 밖으로 손 하나가 불쑥 나왔다. 깡마르고 새카만 팔. 그러나 그 안의 창백한 얼굴과 허연 몸을 눈으로 보는 듯했다. 느리게 작별 혹은 재회의 신호를 보내는 손, 희망 혹은 감사의 몸짓.

아비뇽의 마지막 비극 여배우는 오직 한 사람의 관객을 위해서 연기하고 있다는 것을, 사실 그녀가 그토록 야단스럽게 의상을 갖춰 입고 그토록 요란하게 화장을 하고 몰상식할 정도로 수선을 떤 것은 오직 의무 때문이었음을, 일편단심의 마음 때문이었음을 알 수 있었다. 불과 오십여 미터 떨어진 곳에 갇혀 있는 한 사내의 착한 아내, 정숙한 부인이니까.

그래서 나는 자리를 떴다. 비록 외국어라는 베일을 통해서일망정 그들이 다시 만나게 되는 날—혹은 밤—을 위하여 그녀가 갇혀 있는 사내에게 던지는 약속의 말을 엿듣지 않기 위하여.

함마메트에서의 5일…… 50년……

미끄러지기 : 맹세코 말하지만 나는 아를르의 구시가 한복판, 고대 원형경기장, 생 트로핌 수도원 그리고 고대 극장 사이쯤에 자리를 잡고 나자 마침내 와야 할 곳에 와서 정착한 것으로 생각했다. 내 눈길이 미치는 범위가 기껏해야 카마르그 정도를 벗어나지 못하고 있었던 것이다.

그곳에서부터 불과 45분 되는 곳에 마리냔 공항이 있다는 것, 그곳에서 매일 라바, 오랑, 튀니스로 떠나는 비행기들이 이륙하고 있다는 사실을 깨닫는 데는 2년이 걸렸다. 그러고 나자 엉뚱한 방향으로 미끄러지는 것은 불가피한 일이 되었다. 나는 아를르로 간다. 나는 아를르로

가는 줄로만 생각한다. 그런데 나는 아프리카에 와 있는 것이다. 스페인(모로코), 프랑스(알제리), 혹은 이탈리아(튀니지), 세 가지 백색 아프리카들 중 하나 말이다. 그렇다면 아를르는 아프리카로 가는 길의 한 도정이거나 발레 드 슈브뢰즈의 집으로 돌아가기 전 기압 변화의 충격을 완충시키기 위해 잠시 머물렀다 가는 한 단계에 불과한 것일까?

이번에는 함마메트다. 빨간 부겐베리야로 뒤덮이고 아스파라거스가 돋아난 그 마술의 집 문턱에서 북아프리카의 친구들이 나를 향해 손을 흔드는 것이다.

알시스캉이여 안녕!

입문 : 프로방스의 하늘에 퍼지는 가느다란 섬유 같은 구름들로 보아 삼복 더위가 끝나가고 있음을, 건조하고 정화력이 강한 미스트랄 찬바람이 머지않아 불어닥칠 것임을 짐작할 수 있었다. 여러 주일에 걸쳐 한증탕처럼 찌던 더위가 가시고 벌써부터 기온이 견딜 만해지는 것이다.

그러나 튀니스 에어의 카라벨 기체 내에서는 이륙 직후부터 전혀 다른 종류의 분위기 변화가 준비되고 있다. 100분 뒤면 튀니스 공항에 착륙하게 될 것이다. 날씨는 쾌청, 현지 기온은 섭씨 34도. 이 같은 더위의 예고를 기내의 승객들은 농담처럼 받아들인다. 그러나 반시간 뒤

여승무원이 달콤한 목소리로 튀니지의 날씨는 점점 더 좋아지고 있으며 현지 기온은 38도라고 방송을 하자 웃음짓던 표정들이 굳어진다. 착륙할 때는 완전히 공포 그 자체다. 예고된 기온이 41도까지 올라간 것이다.

트랩 위로 나서자 화염방사기의 불 같은 열기가 전신을 휩싼다. 체내에 비축되어 있던 얼마간의 서늘함 덕분에 간신히 지탱한다. 그러나 그같은 유예도 아주 짧은 시간 동안만 가능하다. 카르타고 공항의 신축 청사까지는 300미터나 남아 있다. 여행자들은 마치 성서의 불비 속에서 도망치는 소돔의 주민들처럼 내닫는다. 대합실 안으로 들어서자 기온이 훨씬 견딜 만해진다. 밖은 46도인데 실내는 23도인 것이다.

레일라가 아직 활짝 피지 않은 작은 재스민 꽃다발을 가지고 나를 맞아준다.

두 시간 뒤 미켈란젤로 두라조가 하늘에서 떨어지듯 불쑥 나타난다.

그리고 두 시간 뒤, 우정의 삼총사가 열대 정원의 그늘에 그 대장을 중심으로 다 모였다. 서늘한 박하차를 마신다. 태양이 그 용광로의 불을 끈다. 그 마지막 광선이 대지를 떠나는 순간 공작새들이 날아올라 거대한 아카시아나무 꼭대기의 석양의 장밋빛 잔광 속으로 올라앉는다. 그들은 밤새도록 거기에 올라앉아 있을 것이다.

저녁바람이 인다. 바오밥 나무들이 저희들끼리 두런거리고 협죽도들이 꽃 떨어진 가지들을 허공 속에서 흔든다. 한순간 우리는 유칼리 나무의 꽃술로 허옇게 뒤덮인다.

어떤 사랑의 이야기: 1917년 조지아 출신의 한 미국 청년이 미 해군제복을 입고 유럽에 상륙했다. 전쟁이 끝나자 그는 이른바 '광란의 시절Les années folles'의 매혹에 휩쓸려든다. 이 시절은 유럽이 경험한 가운데서도 가장 창조적인, 그러니까 가장 현명한 시절이었다. 그 후 그는 아주 짧은 몇 번의 체류 기간들을 제외하고는 미국으로 돌아가지 않았다.

파리, 몽파르나스, 다다, 초현실주의, 피카소. 진 헨슨의 거의 비인간적일 정도로 충격적인 아름다움에 충격을 받은 만 레이는 그를 모델로 삼아 일련의 걸작 사진들을 찍었다.

그리고 이탈리아, 나폴리, 카프리, 아나카프리. 진에게 티베르 섬은 그의 인생 행로를 바꾸어놓는 세 번의 결정적인 만남이 이루어지는 곳이다.

우선 악셀 문트와의 만남이 그것이다. 그 만남의 존재 이유는 나폴리 만 저 위에 만발한 꽃들 한가운데 매달린 한 채의 빌라로 구체화되고 고착되는 중이다. 그가 자신과 동일시하고 자신의 전 생애를 담고자 하는 집은 무로

45

부터 창조하여 돌 하나하나를 쌓아올리고 매일매일 무엇인가를 덧보태어 극도로 개성화한 거처다. 이는 마치 달팽이가 연하고 무방비 상태인 제 몸의 주위에 분비하여 만드는 껍질, 그러나 그냥 분비된 것이 아니라 마지막 숨을 다하는 날까지 복잡하게 다듬고 완전하게 되도록 정성을 다한 껍질과 다름이 없다. 이런 과정을 데카르트는 '지속적인 창조'라 하였는데 그것은 곧 하나님이 이 세상을 창조한 다음 곧바로 물러난 것이 아니라 천지창조의 첫 순간 못지않게 매순간 계속하여 그 세계를 창조하고 있으며 창조적 숨결(그 숨결이 없으면 만물은 한순간에 무로 돌아가고 말 것이다)을 통해서 세계를 끊임없이 존재에 비끄러매어 놓는다는 것을 의미한다.

(그와 마찬가지로, 방문객들은, 진이 사라져버린다면 헨슨가의 집도 함마메트 만 위의 그 정원과 함께—그것도 무시무시하고 마술적인 속도로—지워져버리고 말 것임을 확신할 수 있다.)

또 하나의 만남은 비올레트와의 만남이다. 그녀는 키가 자그마한 영국 출신의 이혼녀로 진보다는 약간 나이가 많다. 용연향처럼 섬세하고 신경이 예민하며 열정에 찬 지성의 소유자인 그녀는 침착하고 힘찬 이 조지아 사내에게 반드시 필요한 불안과 활동성의 효모라고 할 수 있다.

그리고 끝으로 신탁의 입은 그 역시 카프리에 은퇴하여 살고 있는 91세의 영국인과의 만남을 통하여 열리도록 되어 있었다. 그는 진과 비올레트를 보자 그들은 아직 제자리를 찾지 못하였으므로 다시 길을 떠나 더 남쪽으로, 오리엔트 방향으로, 아프리카 해안을 향하여 내려가서 함마메트 만의 모래밭에다가 텐트를 치지 않으면 안 된다는 것을 알려주었다.

　그들은 신탁에 복종했다. 지금부터 반세기 전인 1923년의 일이다. 당시 함마메트는 발 아래 파도가 밀려와 부서지는 성벽, 요새화된 아랍식 성채 카스바, 그리고 시프레 나무와 유칼리 나무 숲이 반달 모양으로 둘러싼 40여 킬로미터의 모래사장이 전부였다. 그들은 최초로 그곳에 도착한 이를테면 아담과 이브였다. 그러나 모든 것이 미개척 상태였다.

　그들은 물이 있는 곳에 이르기 위하여 도랑을 팠다. 거기서부터 풍차가 우거진 나뭇잎들 위로 거대한 어린애 장난감 같은 날개를 빙빙 돌리며 엉뚱하고 요란스러운 소리를 내고, 처음에는 연못에 모인 맑은 물이 작은 수문들에 의하여 열리고 닫히는 물길의 망을 통해서 2헥타르에 달하는 정원을 골고루 축여준다.

　이렇게 창조는 시작되었다. 그 이후 창조는 한 번도 그치지 않은 채 계속되었다. 그 집과 그 정원은 진의 신체기관에 공생관계로 연결되고 그와 마찬가지로 성장, 재흡수, 허물벗기, 쇠퇴, 회춘의 과정에 순응하는 생체라고 할 수 있으니까 말이다.

세 채의 집 : 저마다의 영혼에게는 하나씩의 고향이 있듯이 저마다의 인간에게는 하나씩의 집이 있는 법. 그러나 성격학과 건축학은 한결같이 광대한 범주들을 특수 케이스들로 가득 채워놓고 있다. 이 특수 케이스들은 바로 성격학과 건축학에 의해서 밝혀져 드러난다.

악셀 문트의 모범에서 진이 영감을 얻은 것이 있다면 그것은 바로 그와 정반대로 실천하는 것이었다는 느낌이다. 거만하게 수평선을 굽어보는 산 미셸의 전망대보다 그는 오히려 단층뿐인, 아니 정원과 같은 높이의 나지막한 집이 더 낫다고 생각했다. 그래서 집은 초목들 속에 푹 파묻혀 있다. 악셀 문트는 밖을 내다보고 싶어했고, 또 그 이상으로 남의 눈에 띄고 싶어한다. 헨슨은 겉으로 보이는 그 어떤 장관에도 관심이 없다. 그는 은밀함을 원한다. 산 미셸의 집은 고독한 자·모험가·정복자의 집, 떠돌이 독수리가 기습공격을 잠시 멈추고 내려앉아 쉬는 둥지다. 반면에 진과 비올레트의 집은 사랑하는 사람들의 땅굴이다. 서로서로에 대한 사랑뿐이 아니라 제 몸이 닿아 있음을 항상 느끼고 싶은 고장과 땅에 대한 사랑. 창 밖을 내다보면 아무것도 보이는 것이 없다. 창문으로 비쳐 들어오는 빛은 나뭇잎들의 휘장에 가려 걸러진다. 그것은 필요한 만큼의 초목으로 연장된 땅의 집이요 흙의 집이요 대지의 집이다.

제3의 주거 형태는 장 클로드 파스칼이 카스바의 두터운 성벽 속에 파놓은 가옥에서 그 모범을 찾을 수 있다. 여기서는 모든 것이 광물의 세계, 바다의 요소, 돌과 소금에 속하고 있어서 이중으로 불모성을 드러낸다. 방들과 방들이 서로 이어지고 서로 뒤엉키고 작은 계단과 참호와 좁은 복도에 의하여 서로 통한다. 마치 어떤 거대한 조가비 속이나 거인의 귓속으로 들어와서 잔뼈와 고막과 이관耳管들 사이에서 길을 잃은 것만 같다. 뚫린 창호들 앞에는 '조개껍질새'가 바닷바람에 그 투명한 원반을 흔들어 소리를 내는 바람에 악귀들이 놀라 도망간다고 한다.

이것은 세련의 극치며 전제적인 권력을 가진 장식가의 광란이다. 카르타고의 도기陶器들에서부터 욕실 옆에 붙어 있는 무어식 욕탕의 거대한 구리 수도꼭지에 이르기까지 지중해 연안지방이 갖추고 있는 것들 중에서 가장 희귀한 것들은 모두 다 수집해놓은 것이다. 이런 곳에는 데 제셍트[7]의 그림자가 어른거린다.

헨슨가의 집은 느리고 마음이 가득 깃들인 증식을 통

---

7) 위스망스의 소설 『거꾸로A Rebours』의 주인공.

해서 얻어진 산물이다. 파스칼의 집은 젊고 조급한 두뇌가 다듬어낸 순간적이고 추상적인 비전이다.

야상곡 : 나는 비올레트의 방에서 잠자리에 들었다. 나는 비올레트의 침대에서 잤다. 사실 그녀는 그리 멀지 않은 곳에 있었다. 창 너머, 침대와 마찬가지로 해가 움직여가는 축을 따라 놓인 그녀의 무덤이 보였으니 말이다. 그러나 그녀는 동쪽으로, 나는 서쪽으로 머리를 두고 있어서 밤마다 우리는 서로 반대방향으로 흘러다니다가 머리와 다리를, 배와 배를, 마주하며 교차하곤 하는 것이었다.

어리석은 콩트들 때문에 명예를 손상당하기 일쑤인 '출몰하다'라는 이 아름다운 단어가 이토록 깊고 이토록 순수한 의미를 갖는 경우란 그리 많지 않다.

......

달빛에 이끌리어 나는 한밤중에 밖으로 나왔다. 집 안에는 여전히 낮의 후텁지근한 열기가 배어나오고 있는데 정원은 얼마나 상쾌하고 시원한가. 아마도 야생 라벤더인 듯한 키 작은 덤불 숲이 내 시선을 끈다. 그 위를 뒤덮은 채 반짝이는 것들 때문이다. 나는 그쪽으로 다가가본다. 무수히 많은 은빛의 작은 나비들이 달빛 속에서 꽃들에 매달려 꿀을 뜯고 있는 것이다. 너무나 뜻밖의 일이다. 그러나 밤나비들이라고 해서 꿀을 뜯지 말라는 법이야 있겠는가?

아침의 기도 : 주여, 저의 가는 길 위에, 광휘에 찬 사랑을, 저의 삶을 휩쓸어버릴 사랑을 놓아주소서!

마음도 섹스도 진정된 가운데 이런 기도를 드리는 내게 어찌 두려움과 떨림이 없겠는가. 불타는 마음으로 기도를 하면 그것이 결국은 성취되고 만다는 것을 경험으로 알고 있는 터이니 말이다.

기도에 덧붙이는 말 : 주여, 제가 소원을 빌거든 부디 무조건 들어주지는 마시옵소서!

베제탈리아 : 미켈란젤로 두라조는 세상에 둘도 없는 친구로 괴상하고 세계주의적이며 잡다한 박식함이 주체할 수 없을 정도라 그 속에선 달라이 라마와 자바의 이구아나 도마뱀과 페데리코 펠리니가 파티의 샴페인잔 부딪치듯 잘도 만나 뒤섞인다. 세네갈 사람들이 입는 도포옷 같은 것을 걸치고 그는 정원을 이리저리 돌아다니면서 가지가지 각도에서 골고루 사진을 찍고 내게 식물학 강의도 해준다.

그리고 여기 연못에는 북아프리카산 로터스, 꽃이 피면 하루 만에 지고 소금그릇처럼 열두 개 열여섯 개 혹은 스물네 개의 작은 구멍이 뚫린 캡슐만 남는다. 그 속에서 톡톡 튀어나오는 열매를 먹은 나그네는 영원히 고향의 기억을 잊어버린다던가. 그 옆에는 파피루스들과 수련, 수면 위로 삐죽 솟은 나일강의 수련들, 물 히아신스, 아이리스, 인도네시아 사람들이 그 구근을 캐서 먹는다는 코끼리 귀. 빽빽하게 자란 대나무 숲에서는 그 윤기 나는 대궁들이 서로 뒤엉킨 채 실바람만 불어도 돛대처럼 삐 걱거리며 신음하는 소리를 낸다. 비올레트의 무덤 옆에 는 가장자리에 바이올렛 꽃을 심어 테를 두른 반원형의 돌화단을 여섯 등분하여 장미원을 만들어놓았다. 그러나 계절 탓일까 아니면 안주인이 죽고 없어서일까? 그 빛 바랜 화단에 장미꽃 한 송이 찾아볼 수 없다. 반면에 가 시독말풀─혹은 흰 독말풀─들만 크고 흰 초롱꽃을 달고 치명적이라는 독한 냄새를 풍긴다. 열대 아카시아는 그 붉고 노란 꽃들로 인해서 불나무란 별명이 어울린다. 오 동나무에는 커다란 바이올렛 향내가 나는 푸른색의 큰 꽃들이 피어 있는데 중국인들에겐 이 꽃이 우정의 상징 이란다. 바바리아 선인장은 엉큼하게도 따끔따끔한 털을 뒤집어쓴 열매들을 선보이는 게 고작이지만 레몬 나무는 매일 오렌지처럼 달콤하고 커다란 레몬을 바구니 가득 채워준다. 나는 미켈란젤로의 꽁무니를 따라다니면서 아 마릴리스, 하이비스커스, 협죽도, 여덟 쪽 혹은 아홉 쪽 으로 갈라진 야자 모양의 큰 잎사귀 때문에 팔마 크리스 티라고도 불리는 아주까리가 각기 어떤 특징을 가지고 있는지를 기억해두느라고 바쁘다. 담장을 기어올라가며 자라는 암브리아는 매우 향기 짙은 꽃들을 작은 포도송

이처럼 매달고 있는데 그게 마치 밀랍으로 조각해놓은 것만 같다. 그리고 또 여기는 무화과나무, 그 뿌리로 앙코르 와트 사원의 포석들을 쳐들며 솟아오른다는 고무나무의 친척이다. 그리고 저기는 토스카나 대공의 재스민, 시칠리아의 치자나무, 송아지를 집어삼킨 괴사怪蛇처럼 아랫배가 불룩 나오고 껍질에 강철 같은 침이 돋은 신비한 못나무. 또 나는 등꽃 비슷한 보라색 꽃이 주절주절이 달린 귀중한 목제나무인 능소화과의 자카란다. 그리고 오직 공기 속의 습기만을 빨아들여 메마른 모래 속에서 자라는 저 천골의 '마귀손톱'을 잊지 않기 위하여 눈여겨 봐둔다.

정오 : 강렬한 태양. 모래사장에 조그만 계집아이가 하나 몸은 벌거벗었으나 머리에는 커다란 밀짚모자를 쓰고 쪼그리고 앉아서 온몸을 챙이 넓은 모자의 그늘 속에 담으려는 듯 한껏 웅크린다. 아카시아 꽃들이 테라스 바닥에 여기저기 떨어져 있다. 그러나 이 순결한 자연의 양탄자를 밟지 않도록 조심하지 않으면 안 된다. 벌들이 꿀냄새를 맡고 저공비행으로 달려들기 때문이다.

바로 이런 극단한 시간에 비올레트의 서재의 불길한 신비가 가장 무시무시한 마력을 발휘한다. 그것은 궁륭을 머리에 인 팔각형의 방으로 벽은 서가로 뒤덮여 있다. 한결같이 수준 높고 해묵은 고전 서적들이다. 키플링, B.

쇼, G. 스타인, O. 슈펭글러, 그리고 호머와 셰익스피어 같은 옛날 책들, 모두가 영어다. 그러나 전후 프랑스가 생산한 문학—카뮈, 이오네스코, 사르트르—은 비올레트가 그 궁벽한 곳에 묻혀 살면서도 어느 것 하나 놓치지 않고 다 읽었고 다 이해했다는 것을 말해준다. 벽 속에 깊숙이 파묻힌 두 개의 작은 네모난 창으로 나뭇잎들에 가려진 채 흘러드는 청록색의 떨리는 빛은 팔각형 속에까지 여덟 개의 별 모양을 새긴 흑백의 대리석 타일들 위에서 힘을 잃은 채 퍼진다. 이 음산한 형상의 한가운데 머리가 잘린 채 이지러진 해신 넵튠의 조각상. 온 사방에서 불을 지르는 태양에 포위된 채 이 어슴푸레한 작은 방은 낡은 제본과 눅눅한 책장의 곰팡내를 풍기면서 가슴을 찢는 듯한 우수 속에 잠겨 있다. 마치 원자폭탄의 묵시록적 대재난을 겪은 후 이천 년 역사의 사상과 시와 연극들로부터 살아남은 모든 것을 간직한 문화와 정신의 공동묘지에 온 것만 같다.

에로티카 : 튀니지, 육체의 땅,이라고 지드는 노래했다. 물론 회교도의 문명은 2천 년 동안 서양을 중독시키고 있는 청교도주의의 악취로부터 멀찍이 벗어나 있었다. 그러나 사랑의 권유가 이 지역만큼 감미롭고 더 강박적인 곳은 세상 어디에도 없다. 이곳에 처음 온 타관 사람은 즉시 소년들이 다가와서 질문을 던지고 냄새를 맡

고 몸을 쓰다듬는 것을 볼 수 있고 질문(부인은 같이 오지 않았나요?)에 대한 대답이 어정쩡하면 놀림감이 된다. 그것은 바닷가에서 마주치는 사랑의 특별교육이다. 마누라와 자식을 데리고 잠깐 수영이나 해야겠다고 순진하게 찾아온 얼마나 많은 게르만적인 남편들이 시프레 나무 아래로 유인당하여 놀라운 탈선에 빠져들었던가!

바다로 가는 가로수 그늘진 오솔길을 따라 걷는다. 오솔길은 돌기둥들로 둘러싸인 어떤 분수에 이른다. 계단 몇 개를 밟고 내려서면 벌써 키 작은 가시나무들이 돋아난 모래와 소금이다. 그러나 다시 미모사와 아카시아 덤불 숲을 건너 질러가야 바닷가의 빈터가 나온다. 거기가 바로 '비너스의 숲', 으슥한 장소, 혹은 루이 15세 때 사람들 표현으로 '폴리아'라는 곳이다. 정충이 떨어지는 곳마다 망드라고르가 돋아난다는 속설이 사실이라면 그곳에는 그 신비의 식물이 급속도로 번식하여 숲을 이룰 것이다. 소년 셋이 이곳에서 영업을 한다. 백인, 갈색인, 흑인. 그들이 당신을 차례로 맞는다. 다른 두 사람 중 하나가 더 좋다고 하는 경우말고는 그들은 퇴짜놓는 것을 인정하지 않는다.

아니말리아 : 비너스의 새인 공작은 분명 에로티시즘으로 가득한 이 분위기에 꼭 어울리는 토템 동물이다. 왜냐하면 공작이 날개를 부채같이 활짝 펼 때, 우리가 진실을

외면하지 않고 용감하게 정대면한다면, 이놈이 사실은 '속옷을 벗는 것'임을 알아차릴 수 있기 때문이다. 공작은 깃털로 된 그의 치마를 걷어올려서 엉덩이와 섹스를 드러내보이는 것이다. 위선적인 인간들은 기어이 그와 반대되는 쪽으로 해석하려고 들지만 공작의 몸짓이 갖는 진정한 의미는 바로 거기에 있다. 그의 본성은 앞쪽에 있는 것이 아니라 뒤쪽에 있는 것이다.

평범한 회색 저고리를 입은 귀부인 공작새가 한 떼의 병아리 공작들을 거느리고 등나무들 사이로 돌아다닌다. 이 소규모 가족의 보호자는 공작지기로 승격한 일곱 살 난 혜슈미다. 왜냐하면 이 근처에는 사람 손을 벗어나 야생동물이 다 되어가는 개들과 고양이들이 돌아다니기 때문이었다. 햇빛 아래서든 바닷물 속에서든 언제나 벌거벗은 몸뚱이를 드러내고 있는 우리 서양인 미치광이들 가운데서 혜슈미야말로 농촌의 반석 같은 양식을 한 몸에 증거해 보이고 있다. 우리들끼리 매일같이 즐겨 내뱉는 농담,

—혜슈미, 바닷가에 가서 같이 수영하자!

그의 어린 갈색 얼굴에는 아이러니와 의심이 불꽃처럼 반짝거린다. 그는 온 힘을 다해 그 괴상망측한 권유를 물리친다. 목까지 옷의 단추를 꼭꼭 채운 채 그는 편도나무 아래로 가서 쭈그리고 앉아서 저녁까지 꼼짝도 하지

않는다.

공작새들이 '레옹! 레옹!' 하고 소리치고 듬직하고 거창한 흰 닭이 '꼬끼오!' 하고 운다. 그러나 실제로 그들은 자신들의 우짖는 소리를 훔쳐서 '레옹'과 '꼬끼오'를 번갈아 뱉어내는 앵무새를 어이없고 기가 차다는 듯 바라보기만 할 뿐 하나같이 입을 굳게 다물고 아무 소리도 내지 않는다. 이 흉내꾼의 연주 속에서 드문드문 섞여서 들리는 진짜 울음소리, 과장된 가짜보다 더 수줍고 자신 없는 그 진짜를 가려내자면 미켈란젤로의 숙달된 귀가 필요하다. 나루터와 분수는 개구리와 거북이떼들에게 완전히 점령당해버렸다. 거북이들을 갖다 넣은 것은 진이였지만 그는 거북이가 감당 못할 만큼 숫자가 늘어나고 덩치가 커지면서 몇몇 식물들을 파괴하는 까닭에 후회가 막급이다. 아주 더운 시간이면 이놈들은 물가로 슬그머니 기어나왔다가 사람이 나타나면 아주 민첩하게 물 속으로 뛰어드는데 그 소리가 또한 요란하다.

저녁이면 개구리들이 입과 입술로 낼 수 있는 모든 음색을 빠짐없이 선보이며 요란스레 울어댔다. 그 중에서도 특히 베일을 쓰지 않은 예쁜 처녀가 길거리를 지나갈 때면 튀니지아 청소년들이 수작을 붙여보려고 으레 동원하는 그 혀 부딪치는 소리 같은 울음소리가 일품이었다. 여자가 베일을 쓰는 이곳 관습에 대하여 반대운동을 전개하고 있는 레일라는 그 소리를 들으면 자신도 모르게 움찔하곤 한다. 오늘 아침 바닷가 분수의 둘렛돌 위에 서 있던 미켈란젤로는 한 떼의 청개구리들이 둘러싸고 그를 향하여 목청껏 울어대는 광경을 보게 되었다. 그 후 그는 자기가 개구리들의 왕으로 선출된 것이라고 믿는다.

가끔 나무들 꼭대기 위로 한 무리의 새들이 스쳐 지나 가는 것을 볼 수 있다. 금속 같은 느낌을 주는 녹색의 새 들로 빠르고 힘차게 날면서 짧고 요란한 소리를 내며 울 곤 한다. 이들은 아프리카 사냥조들인데 이 새들의 출현 은 더위가 더욱 심해진다는 예고이기에 한숨이 절로 나 온다.

그러나 이곳의 주인은 단연 고양이, 아니 고양이들이 다. 그들은 무리를 이루고 있는데 서로 비슷하지만 결코 섞이는 법이 없는 두 가지 종류, 즉 털의 색깔이 연한 샴 종과 보다 색깔이 짙은 버마종으로 구분된다. 나는 이미 아를르에 있을 때부터 짐승들이 종의 순수성을 이토록 고집하는 것을 보고 매우 놀란 바 있다. 그곳에 있는 내 친구네 집에서는 샴종 암코양이 한 마리를 키우고 있었 는데 그에게 관심을 가진 구혼자가 주위에 많이 있는데 도 불구하고 아를르에서 단 한 마리뿐인 샴종 수코양이 가 있는 도시 반대편 끝에까지 기어이 찾아간 것이었다.

해가 타는 듯이 뜨거운 시간이면 샴종과 버마종 고양

이들은 다같이 그물처럼 뒤엉킨 잔가지들로 집의 정면을 뒤덮고 있는 거대한 부겐베리야 나무를 완전히 점령한다. 거기서 이놈들은 정오의 후끈한 열기에 완전히 지쳤다는 듯 머리를 밑으로 하고 앞다리를 늘어뜨린 채 나뭇가지에 매달려 있는데 그 모습이 마치 속을 비워버린 가죽을 걸어놓은 것만 같다.

실레지아에서 포로가 된 진을 기다리면서 비올레트가 조가비를 박아 만든 거대한 돌나막신 가까운 곳에 그 집 고양이들의 공동묘지가 있다. 무덤 하나하나에는 회교도식으로 간단한 돌이 세워져 있다. 그러나 이 돌들은 옛날에 카르타고 영토였던 이 지방에서 수집한 고대 건축물의 파편들이다. 오직 하나의 무덤에만 묘비명이 새겨져 있다. 이건 엘렉트라의 무덤인데 유독 여기만 묘비명을 새겨놓은 것은 그 고양이의 정다움, 고귀함 그리고 유머 때문만 아니라 그의 유해가 바다 저 건너에 남아 있기 때문이다.

그리운 엘렉트라를
추억하여
친척 수키와 트레보 헨슨이 세우다
1953년 6월 17일 함마메트 출생
1955년 4월 14일 이탈리아 로마에서 사망
세상에서 가장 정답고 가장 고귀하고 재미있는 고양이였다

5일…… 50년…… : 이 집과 이 정원의 매혹이 지닌 특징과 힘, 그것이 내 마음을 사로잡는 치열함은 거의 수학적인 형식으로 표현이 가능할 정도다. 나는 그 지붕, 그 나무들 아래서 5일 낮과 5일 밤을 지냈다. 그런데 그 지붕과 그 나무들은 한 인간의 생애의 50년을 그 속에 담고 있는 것이다.

5일, 50년. 이 같은 불균형은 내가 그곳에 도착한 이래 그 우수에 찬 영향력으로 줄곧 나를 사로잡았던 매혹의 압도적이며 전능 막강한 질량을 그대로 말해준다. 그 오십 년, 그 이천 주일, 그 일만팔천 날이 베어 넘긴 나무의 나이를 말해주는 나이테의 동심원처럼 거기에 가시적으로 남아 있으니까 말이다. 그러나 진 헨슨이라는 나무는 베어 넘겨진 것이 아니라 굳건히 살아 있다. 그가 없다면 이곳의 모든 것은 감동적이긴 하지만 죽음에 의하여 힘을 잃고 무해해진 아름다움의 유적, 고고학, 박물관에 불과할 것이다. 진이 있음으로 해서 돌, 조각, 데생, 그림, 조가비, 깃털, 보석, 나무, 상아, 책, 꽃, 새…… 등, 그 모든 기막힌 수집품이 살아 고동치며 나를 뜨겁게 사로잡는 것이다. 물건 하나하나, 존재 하나하나가 내게 말해준다. 그것은 나름대로의 빛나는 저의 날, 저의 시간을 가지고 있음을, 그래서 마침내 헨슨의 섬에 영광스럽게 받아들여져서 그 일부를 이루게 된 것임을. 이리하여 나는 마치 어떤 빙하의 푸른빛 나는 깊이처럼 현기증을 불러 일으키는 이 시간의 놀라운 두께를 민감하게 느끼는 것 이다. 진은 반세기 동안 한데 뒤섞인 두 사람의 생애의 완만한 발현과도 같은 이 영지 위에 군림하고 있다.

진 헨슨. 완벽했던 한 생애의 완성기에 이른, 너그러움 과 힘에 넘치는 이 기막힌 노인. 두 충실한 신도가 쳐들 어주는 자기 과수원 포도나무 가지 아래로 걸어가는 실 레노스 신. 비올레트의 죽음으로 왕좌를 잃은 시저와 같 은 그는 이 아프리카 해안에 와서 귀양살이를 하며 저녁 마다 이곳의 영혼이었던 그 여자의 무덤을 비틀거리는 걸음으로 찾아가 꽃을 바치나니……

내일 나는 태양과 아름다움과 우수에 취한 채 북쪽으 로 날아가리라.

뉘른베르크 1971

1971년 6월 14일. 알베르 뒤러Albert Durer 탄생 500 주년 기념전시회를 보려고 어제 저녁 뉘른베르크에 도착 한 나는 바퀴 달린 모든 교통기관의 통행이 금지된 보행 자, 산책객, 상점고객들의 전용 거리의 한복판에서 '여인 숙garni'의 방 하나를 찾아냈다. 독일을 여행하는 프랑스 사람들은 분명히 알고 있어야 할 일이지만, garni라는 말의 독일식 의미는 절대로 누추함, 싸구려, 사창가의 동의어가 아니다. 이것은 그냥 식당이 갖추어지지 않은 호텔을 의미하는 것으로 호텔에 붙어 있는 식당들의 한심한 환경, 소음과 냄새를 생각해볼 때 오히려 여행자가 선호해야 할 숙박시설이다. 냄새로 말할 것 같으면 나는 전혀 불평할 입장이 아니다. 내 방은 어떤 약초 판매상 바로 위에 위치하고 있어서 갓 베어낸 풀냄새가 나 있는 곳까지 올라온다. 그 속에는 매콤한 박하, 쐐기풀, 서양지치, 타임, 향수박하 향기가 스며 있다. 뒤러 작품들의 거대한 복제화들이 간 곳마다 걸려 있는 이 도시에서 나를 맞아주는 이 약초들의 다발은 물론 무한히 작은 것과 무한히 큰 것이 다같이 요구하는 이 화가와 그가 그린 그 섬세한 풀과 꽃들의 판화를 상기시킨다. 풀더미와 묵시록, 꽃의 수술과 유성流星. 뒤러는 바로 이 두 극단 속에 송두리째 담겨 있다.

6월 15일. 두 극단……, 이곳은 지금 뒤러 탄생 500주년 기념행사가 한창이지만 그와 동시에 산산조각났던 도시 한복판에 끄떡없이 버티고 서 있는 법원에서 열렸던 전범 재판의 25주년을 어찌 생각하지 않을 수 있겠는가? 작은 천장들과 함께 바다처럼 펼쳐진 도시의 지붕들을 그 호전적인 실루엣으로 굽어보고 있는 카이저스부르크의 한 방에서는 스테레오 시설을 완벽하게 갖춘 상설 공연시설이 요란한 북소리, 비오듯 쏟아붓는 포탄, 폐허 등 뉘른베르크가 겪어온 묵시록적 운명의 도정을 여섯 개의 스크린 위에 재연하여 펼쳐보이고 있다. 그러나 거기서 불과 몇 미터 떨어진 장난감 박물관은 뉘른베르크가 채색조각한 조그만 오브제들의 중심지임을 상기시켜준다. 이런 오브제들의 기능은 어린아이들의 욕심 많고 파괴적인 손에 전세계 놀이문화의 상징을 안겨주는 일이다. 인형, 자동차, 운동기구들은 2세기 전의 것들로 오늘날의 그것과 너무나 흡사하다. 반면에 앞쪽의 벽이 제거되어 있어서 17, 8세기 가옥에 있어서 방들의 배치며 가구와 집 안의 분위기와 경제생활을 훤히 들여다볼 수 있게 되어 있는 장난감집들을 보면 사정은 아주 딴판이다. 바로 이 점이 이 박물관의 가장 흥미로운 대목이다. 거기서 밖으로 나와 몇 걸음을 옮기면 지난 5월 26일로 꼭 143년째가 되는 어느 날 무에서 불쑥 솟아난 듯한 한 소년이 가스파르 하우저라는 이름으로 그의 시대를 떠들썩하게 했던 바로 그 자리에 이른다. 오늘 그의 무덤에는 다음과 같이 새겨져 있다. *그의 시대의 수수께끼인 가스파르 하우저 잠들다. 출신 미상. 알 수 없는 죽음.*

알베르 뒤러, 가스파르 하우저, 리하르트 바그너, 히틀러, 장난감들…… 뉘른베르크는 마술의 도시인가?

6월 16일. 많은 예술가들이 뿌리뽑힌 존재들, 경찰의 표현대로 '집도 절도 없는' 사람들—반 고흐 같은—이라지만, 뒤러는 뉘른베르크와 그의 옛 프랑켄과 뗄 수 없는 관계를 맺고 있다. 뉘른베르크는 그 성벽들, 납작한 모자를 쓴 둥글고 실팍진 종탑들, 박공과 돌출한 창들이 달린 집들, 부드러운 골짜기를 이루는 주위의 들판, 키 큰 전나무 숲의 검은 벽에 둘러싸인 하얀 귀리밭, 이 모든 것들과 더불어 미술관에 전시 중인 작품들 속에 깃들여서 그 본질인 양 열정적으로 메아리치고 있다.

헤겔은 그의 저서 『미학』에서 네덜란드와 독일 화가들을 이탈리아 예술가들과 구별지어주는 것은 바로 그림 속에 언제나 그들의 가족적 환경이 거의 강박적일 만큼 담겨 있다는 사실이라고 썼다. 그러나 한 작품은 나무와도 같은 것이다. 뿌리가 대지의 짙은 어둠 속에 깊이 뿌리박고 있으면 있을수록 가지들이 껴안을 수 있는 하늘의 넓이는 그만큼 더 넓은 것이다. 한쪽은 다른 한쪽이 없이는 존재할 수 없다. 뒤러는 『탕자 돌아오다』에서 프랑켄 농가의 마당에서 풍기는 거름 냄새가 느껴지도록 만들 수 있기에 또한 신의 노여움이 폭발하게 하고 그 숲들에 천사들과 악마들이 가득 차게 만들 수도 있는 것이다. 이런 점에서 뒤러를, 그가 만났을지도 모르는 동시대 예술가들 가운데 다시 위치시켜놓고 생각해본다는 것은 매우 의미 있는 일이다. 그들은 바로 다 빈치, 미켈란젤로, 보티첼리, 벨리니, 라파엘이다. 라파엘! 뒤러의 세례를 받고 나자 그의 그림 하나하나는 육체와 사물의 무게를 벗고 마치 알레고리들의 무도와도 같은 모습으로 변하는 것이다!

6월 17일. 오늘 목요일 아침에는 도시가 쥐죽은듯 조용하다. Der Tag der Einheit(통일의 날)이기 때문이라는 설명이다. 서독 사람들이 마음을 가다듬고 독일은 하나라는 사실을, 2천만에 달하는 그들의 형제들이 장벽 저 너머에 그들과 갈라져 살고 있다는 사실을 상기하는 공휴일이다. 마음을 가다듬는 일로 해서 날씨도 좋고 하니―그날은 나라 전체의 고속도로가 꽉 막히고 나무 밑에서 음악을 들으며 피크닉을 하는 전원의 축제날이다. 이런 기념일은 사실 11월이기에 가능한 것이다. 어쨌든 전체적인 인상은 서독이 동독을 하나의 액운쯤으로 여기고 있다는 것이다. 알자스로렌 지방을 잃고 나자 바레스는 "절대로 말은 하지 않되 항상 생각한다."고 했다. 동독에 관한 한 여기서의 격언은 '간혹 말을 하되 절대로 생각하지는 않는다'일 것 같다. 프랑스 사람들 가운데서 이걸 불평하는 사람이 어디 있겠는가? 모리악의 말이 생각난다. "사람들은 날 보고 독일을 사랑하지 않는다고 비난한다. 천부당만부당하다! 독일이 둘이 된 이후만큼 행복했던 적이 없었던 나다!"

6월 18일. 사람들은 뒤러 그림의 획이 보여주는 거칠음, 투박함을 이해하고자 한다. 그의 힘은 대부분 거기서 온다. 천부의 재능génie, 재치talent, 숙련métier이라고 하는 세 가지 예술적 기능에다가 많은 예술가들의 경우, 우리는 위의 세 가지를 대신하는 것으로 수완dé-brouillardise을 하나 더 추가할 수 있을 것이다. 질료를 창조해내는 천부의 재능, 형태를 창조하는 재치, 기량의 원천인 숙련은 모두 존중할 만한 자질이다. 반면에 수완은 완전히 멸시의 대상이다. 어느 예술가에게나, 어느 인간에게나 이 네 가지 요소가 잠재해 있다. 다만 그 상대적인 양과 비율이 다양한 차이를 보일 뿐이다. 뒤러는 무한을 꿰뚫어 보고 그 이전에는 생각할 수도 없었던 세계들을 창조하는 드높은 천부의 재능을 소유하고 있었다. 숙련은 금은세공상이었던 그의 아버지의 아틀리에와 화가 미셸 볼게뮈트의 아틀리에에서 습득한 저 비길 데 없는 자질이었다. 그러나 형태들을 다듬고 그 형태에 유연한 넉넉함과 춤추는 듯한 우아함을 부여하는 재치는 어떠한가? 뒤러는 이 중간적인 능력을 갖추고 있지 못하며 그리하여 천부의 재능과 숙련의 노골적인 충돌을 통해서—숙련은 천부적 재능의 외침과 섬광을 세심하게, 날것 그대로 복원시킨다—우리들을 놀라게 한다고 말할 수 있지 않을까?

최초의 천부적 재능을 재치에 의하여 지나치게 해석하고 어느 면 힘을 약화시키고 있는 그의 동시대 이탈리아 예술가들과의 비교에서 암시받을 수 있는 점은 바로 이것이다.

6월 19일. 자신의 자화상을 그리는 것만으로는 만족하지 못하여 여러 점의 〈나체 자화상〉을 또한 그린 화가가 그 말고 더 있는가? 마치 그의 육체는 그의 작품세계 속으로 들어가기 위하여 이제 더 이상 탄복할 만한 것, 쾌락의 도구, 혹은 자기 만족의 대상이기를 그치고 가련한 것, 고통의 도구 혹은 혐오의 대상으로 전락하기를 기다렸다는 듯 사실 이 나체 자화상들은 뒤러의 생애의 마지막 부분에 가서야 나타난다. 터키탕의 나상—화가의 길게 자란 머리털을 싸잡고 있는 그물망 때문에 이렇게 부른다—은 초췌하고 창백한 얼굴을 우리들 쪽으로 수그리고 있는데 사지는 뼈가 앙상하고 가슴은 푹 들어갔고 배에는 주름이 졌으며 섹스는 늙어 시들었다. 더욱 감동적인 것은 뒤러가 고난받는 그리스도처럼 크레용으로 둥근 원을 그려 표시한 왼쪽 허리의 어떤 한 점을 손가락으로 가리키고 있고 '여기가 아프다'라고 주석이 붙어 있는 그림이다. 이것은 아마도 일종의 원격진찰을 받기 위하여 어떤 의사에게 보내려고 그린 그림인 것 같다.

6월 20일. 지난 수요일 나는 뒤러의 동시대 화가들에 대하여 언급했었다. 그뿐 아니라 왕자, 군인, 사상가, 신학자 등 다른 동시대인들에 대해서도 이야기할 필요가 있을 것이다. 프랑스와 1세, 막시밀리언 1세, 교황 쥘 11세, 루터, 에라스무스, 멜랑크톤…… 독일 고딕과 르네상스와 종교개혁 사이의 불안한 균형 속에서 뒤러는 마음속으로 질문을 던진다. 그는 루터를 존경한다. 그에게서 독일인으로서의 자화상을 발견하는 것이다. 그러나 그가 가장 빛나는 작품을 할애한 것은 다름아닌 성모 마리아다. 그는 대서양산 게, 산돼지, 다리가 여섯 개인 송아지, 독일 기병의 마구를 갖춘 말을 아주 정밀하게 그린다. 그러나 마치 실수로 그런 것처럼 이 짐승들 무리에다가 한마리의 일각수와 물고기 꼬리가 달린 사람을 섞어넣는다. 이 감당할 길 없는 불안정 앞에서 뒤러는 질문을 던진다. 그는 손에 붓을 들고 거울을 들여다보면서 화가로서 스스로에게 질문을 던진다. 화가가 이렇게 많은 자화상을 그린 경우는 많지 않다. 그의 가장 오래된 자화상—화가가 8세 되었을 때다—은 2세기 전 뮌헨에서 불에 타없어져버렸다. 그 후 우리는 그의 열세 살 적, 스무 살 적(엉겅퀴가 있는 초상), 스물일곱 살 적(르네상스 시대의 왕자의 모습으로), 스물아홉 살 적(Albertus Durrus Noricus 억센 북방인 알베르라는 사인과 함께 그리스도의 모습으로) 모습을 접하게 된다. 그 다음에는 그가 점

점 더 의혹과 불안 속으로 빠져드는 모습으로 비쳐지는
데생들과 에스키스들이다. 뒤러는 자신을 찬미하기 위해
서가 아니라 자기 스스로에게―그리고 수백 년의 세월을
거슬러 우리들에게―나는 누구인가?라는 질문을 던지기
위하여 자신의 이미지에 관심을 쏟은 것이다.

탕헤르[8]에서의 회식

우리들 주위로 백악질의 야산에 층층이 쌓아올려진 도
시 탕헤르가 그 수많은 창문에 불을 켰다. 지평선 저쪽에
는 지브랄타르 바위 위로 어둠이 내리고 있었다. 우리
의 오른쪽에는 지중해의 고요한 물 위로 달이 떠올랐다.
왼쪽에는 마지막 석양빛이 잠겨드는 대서양의 거친 물
결. 에드몽 샤를로Edmond Charlot가 알제리아에서 보낸
어린 시절과 그가 겪은 그 수많은 지진들, 특히 그 자신
은 기억도 할 수 없지만, 그의 부모가 정원에서 저녁식사
를 하고 있을 때 집이 무너져 어린 그의 요람을 덮쳤던
첫번째 지진 이야기를 막 들려주었다. 그는 또한 구름떼
처럼 몰려들던 마지막 메뚜기떼들의 재난도 경험했다.

---

8) 모로코의 항구도시.

기이하게도 그의 기억에 깊이 아로새겨진 것은 그 두 가지 재난의 무서운 소리였다. 지진은 동굴 속에서 울리는 듯한, 대지 전체를 뒤흔드는 저 근원적인 소리로 노호했고 굵은 메뚜기떼들은 나무를 잎사귀 하나 없이 발가벗기면서 무수히 성난 듯 달려들어 어지럽게 탁탁 튀는 소리를 냈다.

그리고 그는 알베르 카뮈에 대한 그의 우정을 이야기했다. 그는 2차세계대전 전에 이미 카뮈의 작품[9]을 최초로 출판한 사람이었고 앙리 엘, 막스 폴 푸셰를 중심으로 한 잡지 『샘Fontaine』 그룹과도 가까웠다. 그것은 많은 사람들이 영원히 프랑스의 것일 줄 믿었던 한 고장의 지중해적 청춘과 정신이 최후의 빛을 발하던 시절, 한 황금시대의 마지막 광채였다. 그러고 나서는, 그러고 나서는……[10]

그는 또한 말하기를, 탕헤르에서는 이상하게도 서쪽으로 강제 이주당한 것만 같은 기분이 들어서 자신의 근원에 고집스레 충실하기 위하여 자꾸만 대서양 쪽으로는 등을 돌리려고 애를 쓴다고 했다. 이미 율리시즈는 6일 동안 사나운 태풍 속에서 표류하며 '세상 끝으로 떠내려

---

9) 카뮈의 시적 산문집 『안과 겉』 『결혼』은 당시 알제에 있던 샤를로 출판사에서 처음으로 나왔다.

10) 알제리는 1962년 프랑스로부터 독립했다.

가다가' 마침내 칼립소의 동굴에 이르렀었다. 빅토르 베라르는 그 동굴이 바로 여기서 지척인 세우타[11] 근처임을 밝혀낸 바 있다. 세우타의 민물은 『오디세이』에 언급된 네 줄기 샘에서 나오는 것이다. 순수한 지중해 사람들에게 이 서쪽의 머나먼 끝(모로코는 Maghreb el Aqsa, 즉 가장 먼 서쪽나라인 것이다)은 불길한 구석이 없지 않은 곳이다. 헤라클레스가 그의 열두 가지 영웅적인 사업을 완수한 헤스페리데스[12] 정원 역시 이곳에서 멀지 않은 릭수스—나중에 라라슈가 된—에 있다고 샤를로는 우리에게 상기시켜준다. 그리고 끝으로 그는 이 땅의 마지막 수수께끼 하나를 소개해주었다. 이번에는 산악지방에서 있었던 신비로운 일이다. 지금부터 몇 년 전, 우아르자자트 남쪽 드라아 골짜기에 자리잡고 살던 작은 유태인 공동체가 있었는데 그 마을이 말할 수 없을 만큼 중요한 종교서적 필사본들이 가득 들어찬 도서관과 함께 그야말로 고스란히 증발해버린 것이 그것이었다.

너무나 오래전부터 나는 모로코보다 튀니지를 더 좋아했기에 그 대조에 민감하지 않을 수 없다. 모로코 튀니지 Moroc-Tunisie. 이 두 가지 이름만큼 글자와 정신을 적절

---

11) 지브랄타르 맞은편에 있는 아프리카 해안의 스페인령 항구.
12) 제신의 정원을 지키는 님프들. 그리스 신화에 의하면 이 정원에 자라는 황금사과나무의 열매를 따먹으면 영생불멸한다고 한다.

하게 결합시킨 예는 없을 것이다. 전자는 메마르고 광물적인 간결함에 의하여, 후자는 애무하는 듯하고 관능적인 말놓기[13]에 의하여. 나는 이제 막 찬란하면서도 야생의 위대함과 엄격함을 지닌 풍경을 거쳐왔고 더할 수 없이 총명하지만 까다롭고 우울하며 유머 감각이 별로 없는 사람들을 접촉해보았다.

많은 사람들에게 모로코 하면 무엇보다도 마라케슈다. 열에 들떠 있고 사향 냄새가 풍기는 광란하는 도시, 여행자의 어깨를 부여잡고 놓지 않는 시니컬한 도시. 너무나도 유명한 제마 엘 프나 광장은 마치 거대한 상설 곡마단 같이 군고기장수들, 광대, 곡예사, 점쟁이, 이야기꾼, 이 뽑는 사람, 대마초장수로 북새통을 이루고 있다. 그러나 나의 시야는 내 옆에 있는 천재적인 미국 사진작가 아더 트레스 덕분에 더욱 밝고 깊어졌다. 그는 가는 곳마다 우리들의 발 아래서 온갖 형상들과 장면들을 불쑥 솟아오르게 만들었다. 그것들은 사진작가의 부름에 응하고 있었으므로 잔혹하고 광적인 양식에 있어서 서로 닮은 것이었다. 마라케슈의 메디나에서 그는 마치 본능에 이끌린 듯 온갖 그림들이 가득한 어떤 이상한 가게로 직행했다. 그러나 그 가게의 전면은 맹수 우리 같은 몰골이었

---

13) 프랑스 말로 튀니지Tunisie의 명칭은 2인칭 단수 'tu'(친근한 사이에 서로 말을 놓을 때 사용하는 '너')로 시작된다.

다. 우리를 맞아들이는 가게 주인은 자신도 아더 트레스와 마찬가지로 사진작가라고 소개한다. 그의 전문은 꿈을 사진 찍는 것이라고 했다. 고객이 찾아오면 그는 우선 자기식으로 그 고객의 정신분석부터 한다. 그러고 나서 작업을 시작한다. 그는 정밀 묘사 방식으로 무대를 그리고 소도구를 준비하고 의상을 만든 다음 분장을 시킨다. 이리하여 고객은 그의 은밀한 꿈인 알 카포네와 일치하도록 보르살리노 모자를 눈 밑까지 깊숙이 눌러쓰고 두아니에 루소의 그림 속에서 불쑥 튀어나온 것만 같은 시카고의 뒷골목에서 기관총을 겨누고 있는 모습으로 차린다. 그렇지 않으면 인조 표범 가죽으로 기운 원시인 치마를 두르고 칡넝쿨과 고사리가 우거진 무대를 배경으로 박제 사자와 마분지로 만든 표범 사이에서 가슴을 내밀고 으스대는 타잔이 된다. 그것도 아니라면 천일야화의 왕자가 되어 비단과 보석으로 몸을 감싼 채 요염한 여인들 가득한 특석 한가운데서 군림한다. 이런 모든 것이 여간 진지하고 심각하고 엄격한 것이 아니다. 여긴 시장바닥이 아니며 꿈을 가지고 장난치는 법이 아니니까 말이다……

그러나 내가 다시 접한 모로코에서 잊지 못할 인상으로 기억 속에 새겨두게 된 것은 마라케슈가 아니다. 그것은 오히려 카사블랑카였다. 모로코의 모든 도시들 가운

데서도 가장 기상천외의 도시인 동시에 볼거리가 가장
적으며 사랑받지 못한 카사. 날은 흐리고 써늘했다. 무시
무시한 파도가 일어서 천둥치듯 으르렁거리며 해안 언덕
의 바위 위로 창백한 물살을 몰아쳤다. 축축한 바람에 서
민 아파트같이 생긴 세 채의 거대한 콘크리트 건물을 물
보라가 뒤덮으면서 발코니마다 널린 검고 흰 누더기 빨
래들을 흔들고 있었다. 조무래기 아이들이 목쉰 소리로
왁자지껄 떠들어대면서 어떤 건물의 벽으로 공을 날리자
주먹질하는 듯한 소리가 탕탕 울리곤 했다. 거기에는 사
람의 가슴을 쓰리게 하면서도 부풀게 하는 거친, 절망,
그리고 에너지가 함께 있었다. 산맥과 대양과 거친 기후,
그러나 또한 이베리아적 친화력과 말〔馬〕을 좋아하는 취
향을 갖춘 모로코는 시원스럽게 미소지을 줄은 모르지만
그 나라를 사랑하고 이해하는 사람들의 키를 크게 해주
고 가슴을 넓혀준다.

　좌중의 사람들 중 하나가 에드몽 샤를로의 추억담과
내가 느낀 인상들에 대한 이야기에 말없이 귀를 기울이
고 있었다. 신학자 같은 학구적인 안경에도 불구하고 사
막의 바람과 정치적 활동의 불에 단련된 그의 금욕적인
얼굴은 조금도 부드러워지지 않았다. 우리는 그 무하마
드 아사드가 살아온 전설적인 모험을 알고 있었기에 그
가 하는 말[4] 한마디 한마디에는 그 모험의 메아리가 담

겨 있는 느낌이었다. 세기 초에 동부 갈리시아의 르보브
에서 태어난 이 오스트리아 출신의 유태인은 베를린 언
론사의 특파원 자격으로 팔레스타인에서 처음으로 중동
지역을 접하여 알게 되었다. 그는 빠른 속도로 변신했다.
그는 이슬람('종교라기보다는 삶의 한 방식')과 아랍어
와 새 이름과 사막, 그 사막의 자연스러운 용법인 유랑생
활(연못의 물이 흐르지 않고 고여 있으면 악취를 풍기지
만 흐르면 맑다. 여행하는 인간도 마찬가지다), 그리고
무엇보다도 서양 식민지 지배자들에 항거하는 아랍 제국
의 대의를 자기의 것으로 선택했다. 이리하여 그의 모험
은 아라비아의 로렌스의 성공한 모험이 된다. 그는 가당
치도 않은 타협을 구하는 대신 자신의 서구적인 모든 뿌
리를 뽑아버리는 힘과 용기를 가졌기 때문이다. 그는 이
탈리아에 대항하여 키레나이카에서 싸웠고 입든 사우드
의 정치자문관으로 활동했으며 메카 순례의 종교적 도취
감을 맛보았다. 그러나 그것은 아직 극동과 허드슨 강 하
구 어디쯤에 위치하게 될 거창한 그의 사업의 한 준비에
불과했다. 그는 오래 전부터 인도대륙 북부에 하나의 위
대한 이슬람 국가를 건설한다고 역설해왔다. 1947년 8월
파키스탄이 건국했을 때 아사드는 그 신생국가를 세례받

---

14) 원주 : 무하마드 아사드, 『메카로 가는 길Le Chemin de La
Mecque』(파야르, Fayard ed.).

에 올려놓고 역사상 최초의 파키스탄 여권을 발급받았다. 파리, 그리고 뉴욕 주재 유엔 전권대사로서 그 나라를 대표한 사람도 그였다.

지금은 탕헤르의 헤라클레스 기둥 아래에 은퇴하여 물러앉은 아사드는 코란의 영역과 주석 달기에 마지막 정열을 쏟고 있다. 이 성스러운 과업을 완수하도록 운명이 그에게 점지해준 이 은퇴생활은 의미심장하다. 지브랄타르는 균형 잡히고 절도 있고 투명하고 한계를 아는 지중해 세계가 안개에 덮인 채 사납게 일어나는 저 가없는 대양을 바라보는 열쇠 구멍이 아니고 무엇인가?

뉴델리의 리퍼블릭 데이

1977년 초에 나는 내 생애에서 가장 큰 여행을 했다. 앞으로도 나는 그보다 더 멀고 그보다 더 낯선 여행은 결코 하지 못할 것이다. 나는 건초가리 만에서 밴쿠버까지 캐나다를 횡단해보았고 일본 전국을 누비고 다녀보았고 두알라의 밀림을 뚫고 가보았고 타실리의 사막에서 야영을 해보았고 아부심벨의 사원에도 가보았다. 그러나 델리에 첫발을 딛는 즉시 나는 내가 일생 처음으로 타관에 왔다는 것을 깨달았다. 부적합. 이것이 이 나라에 어울리는 단 하나의 단어다. 처음 찾아가 보는 나라들은 우리가 그 나라에 대하여 평소에 지니고 있던 이미지와 많게 혹은 적게 일치한다. 베니스는 95%, 런던은 70%, 도쿄는 60%. 인도의 경우는 이런 계산이 전혀 통하지 않는다. 출발하기 전에 나는 이 마하라자와 간디의 나라에 대하여 쓴 가장 오래된 것과 가장 최근의 것을 포함하여 서너 권의 책을 정독해두었다. 실제로 접해본 인도는 이런 독서 내용을 그냥 부정하는 정도가 아니었다. 그건 전혀 다른 그 무엇이었다. 출발 전에 내가 배운 모든 것은 내 머릿속에 고스란히 남아 있었지만 전혀 다른 곳에서 전개되고 있는 듯한 내 실제 경험과는 아무런 상관이 없었다.

그래서 나는 인도에 관해서는 아무 글도 쓰지 않기로 마음먹었다. 여러 해가 지난 후에야 나는 저 불가피한 부적합 불일치의 문제를 정면으로 접근해보면서 글을 써보게 되었다. 물론 나도 봄베이의 떠들썩한 거리, 캘커타의 거지들, 혹은 바라나시의 화장터 등 전형적으로 이국풍정을 자아내는 것들에 대해서 말할 수 있을 것이다. 그러나 나는 차라리 1월 26일에 있는 리퍼블릭 데이 이야기로 만족하고 싶다. 계절풍……, 그걸 제외한다면 그것은 프랑스의 혁명기념일인 7월 14일 축제를 상당히 잘 모방한 것이다.

그 전날 우리는 어떤 광대한 캠프를 방문했는데 거기

에는 5백 명의 무희들과 그 가족들이 이 거대한 나라의 심층적인 삶을 상징하는 30여 개의 알레고리 수레에 나누어 타고 대행진에 참가하기 위하여 모여 있었다. 히말라야와 갠지스 강 유역과 말라바르 해안 및 코로만델 해안이 어깨를 스치며 뒤섞이는 이 캠프는 그야말로 인종, 종교, 예술의 전설적인 대집합으로 무질서하게 흩어진 모닥불들과 악기들과 의상과 벌거벗은 모습이 플로베르의 소설 『살람보』 첫 장면에 등장하는 대연회를 연상시켰다(나는 앞에서 부적합이라는 것에 대하여 말했었지만 문학과 관련된 이 비유는 철회할 생각이 없다. 나는 나름대로의 잡동사니 교양을 가질 권리가 있고 만사를 나의 주관성이라는 두꺼운 굴절 안경을 통해서 볼 수밖에 없으니까 말이다). 이것이야말로 6억 5천만에 달하는 온갖 피부색의 인간들이 조사된 것만 1652종이나 되는 언어를 사용하며 21개의 주에 분산되어 살고 있는 이 나라의 믿기지 않는 다양성의 놀라운 축소판이라고 할 수 있었다. 이러고 나서 지난 '식민지' 시절처럼 인도Indes를 복수형으로 말해보면 생각이 달라진다.

이튿날 행진에 참가할 민속 알레고리 수레 30여 대가 마치 환상 속의 선단처럼 어둠과 빛 속에 우뚝 서 있다. 사람들이 분주히 오가고 먹고 마시고 음악에 맞추어 춤을 춘다. 믿을 수 없을 정도로 울긋불긋한 이 거대한 마

을은 이미 한 달 전부터 거기에 만들어져 있었고 축제가
끝난 뒤 전국 각지로 흩어지는 데는 그보다 더 많은 시간
이 걸릴 것이다.

　이 축제—리퍼블릭 데이—는 그러니까 리오의 카니발
인 동시에 미국 독립기념일이요 프랑스의 7월 14일이다.
여기에 추가하여 상상하기조차 어려운 인도적 특징들이
가미되어 있다고 해야 하겠다. 우선 여러 대의 헬리콥터
에서 군중들 머리 위로 장미 꽃잎을 비오듯 뿌려대는 것
을 시작으로 하여 공화국 대통령의 모자와 인디라 간디
의 백발이 서로 인사를 주고받고 나서 천 개가 달린 좌석
에 자리잡는다. 군대는 어찌나 반들반들하게 빗다듬었는
지 마치 무슨 마술상자 속에서 이제 막 꺼내놓은 것만 같
다. 납으로 만든 병정들이요 장난감 같은 병기들. 그리고
제복을 갖추어 입고 발맞추어 걸어가는 어린 소년들의
집단. 내가 앉아 있는 곳만큼에 이르자 그들은 발걸음을
멈추고 45도 각도로 돌아서더니 나를 똑바로 쳐다보며
큰소리로 경례를 한다(사실 인디라 간디와 대통령이 그
리 멀지 않은 곳에 앉아 있다. 그 경례는 그들을 향한 것
이기도 하다).

　한편 민속 알레고리 수레들의 경우, 앞에서 이미 말한
부적합 바로 그것이어서 리오나 니스의 카니발을 연상하
지 않을 수가 없다. '벼농사'를 대표하는 수레가 따로 있

고 '돼지 기르기'를 표상하는 수레가 따로 있는가 하면 '인구 억제를 위한 투쟁'의 수레(아빠, 엄마 그리고 오직 두 아이뿐인 '행복한 소가족')가 따로 있다. '전염병과의 투쟁'의 수레(녹색의 괴물을 찌르는 거대한 주사기), '지참금과의 전쟁'(저울의 한쪽 접시에 눈물을 흘리며 앉아 있는 한 청년은 필요한 처녀의 몸값으로 다른 접시에 놓인 재산과 균형을 유지하기에는 역부족이다. 그 옆에는 처녀가 추호도 양보할 수 없다는 입장의 아버지 앞에서 애원하고 있다). 그런데 물론 이 구경거리는 민속적인 축제와는 아무런 관계가 없다. 그것이 겨냥하는 대상은 외국인, 관광객이 아니다. 인도 그 자체, 인도의 여러 지방들, 계급들, 파벌들과 그들 각자가 안고 있는 문제들을 스스로에게 재현하여 나타내고 있는 것이다. 그것은 '장마당'의 (외면적인) 축제가 아니라 내면적인 의식화의 한 방법인 것이다.

나는 앞에서 '상상하기조차 어려운 인도적 특징들'이란 표현을 사용했었다. 인도에서는 너무나 흔한 일이지만, 이번에 남이 흉내낼 수 없는 인도 특유의 표징이 되어준 것은 다름아닌 새떼들이다. 우리는 비행기에서 내리면서부터 이미 그걸 눈여겨보았다. 우리들 머리 위 텅 빈 하늘 높은 곳에 마치 무슨 수호신처럼, 성령의 비둘기처럼, 그러나 짐승의 썩은 시체를 파먹는 불길한 모습으로 둔갑한 듯, 독수리 한 마리가 떠돌고 있었다. 리퍼블릭 데이 행사는 전투기들이 군중들의 머리 위로 저공비행하여 지나가는 순서로 끝이 나도록 되어 있었다. 우리들은 각자 조그만 유인물을 하나씩 받았었는데 거기에는 힌두어와 영어로 전투기들이 지나가기 전에는 음식물 보따리를 끄르지 말라는 주의의 말이 적혀 있었다. 그렇게 하지 않으면 독수리떼들이 몰려들어 전투기들의 비행에 지장을 초래하기 때문이라는 것이었다.

사실 이 새떼들은 작은 새끼 까마귀의 일종으로 이 나라 도시들에 들끓고 있었다. 팔팔하고 민첩하고 영리하며 믿을 수 없을 만큼 대담한 이 새들은 창문에 망이 쳐져 있지 않으면 부엌으로 날아 들어오고 길거리에서는 어린아이들이 먹고 있는 빵을 낚아채간다.

오후에는 라슈트라파티 브하완의 으리으리한 무갈식 정원에서 공화국 대통령이 주최하는 파티가 열렸다. 식탁보를 덮고 프티 푸르를 잔뜩 차려놓은 테이블들이 열린 직사각형을 이루고 그 안쪽에 성장을 한 초대 손님들이 큰 무리를 이루어 웅성대고 있었다. 테이블 뒤쪽에는 멋지게 차려입은, 그러나 맨발인 드라비다족 웨이터들이 분주히 오가고 있었다. 그들 뒤 3미터가 채 안 되는 거리에는 불안정하고 새카맣고 날개 달린 또 다른 군중이, 수백 수천 수십만 마리의 새끼 까마귀들이 깃털의 바다를 이룬 채 조마조마하게 앞으로 나왔다 뒤로 물러났다 하면서 무슨 신호만 있으면—우리가 거기 있는 동안 신호는 없었다—살아 있는 탐욕의 올가미인 양 식탁들 위로 덮쳐들 태세로 기다리고 있었다.

카이로

그대의 꿈은 하나의 이집트,
그대는 황금 마스크를 쓴 미이라이니[15]

옆에서 잠자고 있는 친구를 부르며 건네는 장 콕토의 이 강렬한 시구에다가 '이집트'라는 말은 그 수수께끼 같은 마술적 의미를 부여한다. 그 마술적 의미는 분명 동방 특유의 일반적 감수성에 속한다. 그러나 내게는 그 감수성을 웬만큼 이해할 수 있는 개인적인 이유가 있다. 나의 어머니의 사촌—부르고뉴 지방의 같은 마을에서 태어나

---

15) 원주 : 「평가(平歌, Plain-chant)」(1922). 이 기막힌 시의 제목은 동음이의어인 plain과 plein 사이의 말장난으로 보지 말고 문자 그대로의 뜻으로 해석하는 것이 옳을 것 같다. plain이라는 말은 평평하다는 뜻의 planus에서 온 것이다. 그러므로 이 제목은 평평한 노래라는 뜻이 된다. 시인과 그 시를 헌정받는 사람은 마치 묘석의 돌로 새긴 와상처럼 바닥에 등을 대고 누워 있다. 한 사람은 잠들어 있고 다른 사람은 깨어 있다.

같이 자란—은 파리의 카르티에 라탱에서 같은 시기에 공
부하던 어떤 젊은 이집트 남학생과 결혼을 했는데 그 남
자가 훗날 아랍어 작가로 널리 알려지게 되는 타하 후세
인이다. 처음으로 카이로에 가기 훨씬 이전에 나는 그러
니까 생 제르멩 앙 레에 있는 우리 집에서 우리 '이집트
가족' 네 사람을 해마다 만나곤 했던 것이다. 나는 타하
후세인의 품격 있는 모습에 강한 인상을 받았다. 신비스
러운 코란 연구가이며 위대한 작가—그러나 나는 그의 작
품을 읽을 수는 없었다—인 그는 친근하고 매력적이며 모
르는 게 없는 사람이었다. 그의 눈으로 보면 해마다 학교
에 들어가기만 하면 쫓겨나곤 하는 게 고작인, 어느 면으
로 보나 자기 자신과는 정반대되는 먼 친척조카인 나였지
만 그는 나를 편애하는 눈치였다. 그러나 나를 황홀하게
하는 사람은 누구보다도 그의 아들 모에니스였다. 당시
어린 알랭-푸르니에 같은 나에게 있어서 그 모에니스는
—나보다 네 살 위였다—바로 대장 몬느[16]였다. 나는 아
직 만화책에 코를 박고 있는 나이였을 때 그는 벌써 첫 시
집을 발표했다. 그는 안 읽은 책이 없었고 모르는 게 없었
으며 아랍어와 영어를 유창하게 구사했다. 그의 머릿속에

---

16) 알랭 푸르니에의 자전적 소설 『대장 몬느』에서 주인공 교사의 아
들인 작중 화자 프랑스와는 그 시골학교에 새로 전학온 몇 살 위의 대장
몬느에 대하여 신비한 매력을 느끼고 따른다.

는 지드, 콕토, 마시뇽, 주베 등 그의 아버지의 집에 드나 드는 저명인사들에 대한 일화와 추억들이 무궁무진했다. 그리고 무엇보다도 그는 피라미드니 아스완 사막이니 룩 소르니 혹은 레바논, 발베크 같은 것들이 내 마음속에 환 기시켜주는 멋들어진 이미지들에 에워싸여 있었다.

오랜 세월이 지난 뒤에야 비로소 나는 현지에 가서 꿈 과 현실을 비교해볼 수 있었다. 나는 1976년에야 처음으 로 이집트에 가보았다. 나는 이제 막 그곳에 두번째로 체 류했다. 이번에는 친구인 사진작가 에두아르 부바와 동 행이었다. 나는 이미 두 번씩이나 캐나다와 일본에서 여 행의 동반자로서 그가 지닌 탁월한 장점을 높이 평가했 던 터였다.

카이로가 사람들이 여생을 그곳에서 마치고 싶어할 가 장 낭만적인 도시라고 말한다면 거짓말일 것이고 아무도 그 말을 믿지 않을 것이다. 불행하게도 이 도시는 멕시 코, 캘커타, 심지어 알제 같은 제삼세계의 거대 수도들이 앓고 있는 병으로 신음하고 있다. 즉 그 도시의 하부구조 는 지탱할 수 없을 정도의 인구 증가로 인하여 한계에 이 른 것이다. 이런 도시가 실질적으로는—도로의 넓이, 대 중교통, 공공 서비스, 그리고 주거 등으로 볼 때—2백만 의 주민을 받아들일 준비밖에 되어 있지 않은 상황에서 천만을 수용하지 않으면 안 된다고 한다면 그건 혼돈 그 자체일 수밖에 없다. 어떤 관점에서 본다면 카이로는 사람이 살 수 없는 곳이지만 그래도 이집트 사람들의 친절함, 유머, 그리고 손쉬운 인간관계 덕분에 상당량 어려움이 상쇄되고 있는 것이 사실이다. 가장 파국적인 상황을 극복할 수 있게 해주는 것으로 미소가 있다. 한 가지 예만 들어보겠다. 나는 몇몇 보행자들과 더불어 인도의 가장자리에서 기다리고 있는데 초만원의 버스들이 달리고 있는 광경이 보인다. 사람들이 앞뒤의 문에, 범퍼 위에, 지붕 위의 짐칸에 포도송이처럼 잔뜩 매달려 있다. 나는 혼자소리로 외친다. "아이쿠 끔찍해라! 저러다가 여러 사람 죽겠네!" 이 말을 들은 어떤 행인이 대답한다. "아 선생, 죽는 사람만 있는 게 아니랍니다. 가끔은 태어나는 사람들도 있으니까요!"

그 두번째 여행을 통해서 나는 카이로의 새롭고도 아주 거창한 일면을 발견할 수 있었다. 나는 소설 『유성流星, Météores』에서 쓰레기장과 쓰레기 치우는 사람들, 넝마주이 같은 기이한 서민들에 많은 페이지를 할애한 바 있었다. 그것이 인연이 되어 나를 초청한 카이로 사람들이 내게 그 도시의 쓰레기장을 보여주기에 이르렀다. 쓰레기장은 모크하탐 채석장에 위치하고 있었다. 고고학자들에 의하면 지제의 피라미드들은 여기서 나온 돌로 축조한 것이었다. 나는 미라마스 근처에 있는 마르세이유

쓰레기 하치장을 길게 묘사했었다. 그런데 카이로의 그 것에서 볼 수 있는 특이한 점은 쓰레기장에 사람들이 자리잡고 살고 있다는 사실이었다. 통제가 불가능한—호적이 없는, 다시 말해서 출생도 사망도 군복무도 없이 공식적으로는 존재하지 않는—주민들로서 만오천 내지 이만 정도로 추산되는 사람들이 그곳에 고정적으로 정착하여 살고 있다. 쓰레기 수집 업무는 시에서 맡아하지 않고 이를테면 민간이 주도하도록 맡겨져 있는 것이다. 그리하여 노새들이 끄는 수천 대의 수레들—세 마리의 노새가 앞쪽에서 끈다—이 그 거대한 도시를 누비고 다니다가 그 음산한 곳으로 한데 모인다.

거기는 안내자 없이 갈 곳이 못 된다. 그랬다가는 돌을 맞을 위험이 있다. 안내자는 엠마뉘엘 수녀거나 그의 동료 중 한 사람이다. 쓰레기장의 마돈나인 엠마뉘엘 수녀는 마르고 키 작은 여자로 굳센 떡갈나무도 무릎 꿇릴 신앙심과 굽힐 줄 모르는 신념의 힘을 지녔지만 언제나 미소가 가득하다. 그는 모크하탐에 학교와 무료 진료소를 세웠다. 그의 꿈은 도시에서 나오는 모든 찌꺼기들을 농사에 사용할 수 있는 퇴비로 만드는 공장이다. 그러자면 엄청난 돈이 필요하다. 그는 그 돈을 구하고 말 것이다. 아르파공[17]이라 하더라도 오 분만 설득당하면 그녀에게 금고를 열어줄 것이다. 엠마뉘엘 수녀한테는 굴복하지 않을 수가 없는 것이다. 그러나 이번에 우리를 안내해줄 사람은 그의 오른팔인 안느 수녀다. 이 여자는 근육덩어리로 뭉쳐진 불도저 같은 여자다. 우리는 어떤 곳이라도 갈 수 있는 튼튼한 차를 타고 떠난다. 보통 자동차로는 쓰레기장의 언덕과 웅덩이들을 감당해낼 수가 없기 때문이다. 우리는 그 유명한 '죽은 사람들의 도시'를 끼고 달린다. 원래는 기독교도들의 공동묘지인데 장례식을 거행하는 예배당과 가족묘지에 사람들이 무단입주하여 살고 있는 곳이다. 앞으로 우리가 보게 될 곳에 비교한다면 여기는 그래도 손색 없는 주택지다. 지중해지역 2월의 서늘하고 바람이 잘 통하는 날씨다. 그러나 우리는 초장부터 아주 야릇하고 시큼한 악취에 목이 칵 막히는 것을 느낀다. 오랫동안 옷에 배어 남게 될 이 냄새는 결코 잊을 수가 없다. 엄청나게 더운 여름날 이곳에서 풍기는 그 지독한 악취가 과연 어떤 것인지는 가보지 않고는 상상할 수 없다. 우리는 아주 이상하고 거대한 마을에 와 있다. 사람 사는 곳은 울타리를 두른 마당과 더러운 움막으로 되어 있는데 모두 쓰레기로 다져 만든 것이다. 그 안에 어린아이들, 여자들, 그리고 검은색 돼지들이 우글거렸다. 어떤 돼지는 엄청나게 큰 놈으로 비스듬히 누운 채

---

17) 몰리에르의 희곡 『수전노』의 주인공. 인색한 사람의 대명사.

꽥꽥거리는 여러 마리의 새끼돼지들에게 젖을 빨리고 있다. 아이들은 여느 다른 동네에서와 마찬가지로 깔깔대면서 서로 쫓고 쫓긴다. 겨울방학 중이어서 학교는 텅 비어 있다. 그러나 무료 진료소에는 낡은 두 개의 타이어 바퀴 위에 차축을 걸치고 그 위에 판자를 덮고 양탄자를 깐 수레에 크게 화상을 입은 사람이 하나 실려온다. '우리 앰뷸런스'라고 안느 수녀가 농담을 한다. 부상자들은 프랑스 간호사들이 돌본다. 의사는 눈에 띄지 않는다. 아무리 주위를 둘러보아도 남자라곤 없다. 검은 옷을 두른 채 불안하고 사나운 표정으로 대기실에 쭈그리고 있는 그 수많은 여자들로 볼 때 오히려 그 편이 낫겠다. 민족학이 그렇듯이 의학도 여성화하면 좋은 점이 많다. 아니 하나 더 보탠다면 사진예술도 그렇다. 사람들에게 사진기를 들이대는 것은 어쩔 수 없이 실례되는 일이고 공격적일 수밖에 없는데 사진을 찍는 사람이 여성일 경우에는 좀더 너그럽게 봐준다. 그러고 보니 이번의 어려운 여행길에 나와 함께 나선 이 유명한 사진작가 부바가 모크하탐의 정경을 찍은 사진을 나는 아직까지 보지 못했다. 그의 우정과 부드러운 감성이 지옥의 마지막 바퀴 같은 이곳의 장면들과 인물들에 대하여 어떻게 반응했는지 나는 궁금하기 짝이 없다.

지옥? 정말 지옥일까? 나는 엠마뉘엘 수녀가 있을 때

그 말을 입 밖에 냈었다. 수녀는 단호하게 정정했다. "지옥이라구요? 아니죠, 이건 연옥이죠." 한편 안느 수녀는 그의 마지막 고백으로 우리를 꼼짝도 못하게 만들어놓았다. "그런데 말예요, 나는 여기 오기 전에 제네바의 한 종합병원에서 17년 간 일하고 나왔는데 단단한 중독 치료를 받아야겠다는 생각이 들더군요."

예루살렘에서 뉘른베르크로

1985년 5월 7일.

뉘른베르크의 프랑켄할레는 관객을 7천 명까지 수용할 수 있다. 오늘 저녁 이곳은 검은 가죽장화와 가죽바지, 맨몸에 걸친 배지투성이의 가죽조끼 차림의 젊은 장발족으로 터질 듯 초만원이다. 무대 위에서는 함부르크의 우상인 우도 린덴베르크와 그의 로커들이 요란한 소리를 내고 있다. 건조한 기타들, 타악기, 복고조의 색소폰, 거대한 확성기로 키운 가수의 트림하는 듯한 목소리, 이 모두가 강철빔을 진동시키고 태풍 같은 바람으로 군중을 휩쓴다. 나는 무엇 하러 이 생지옥에 왔나 하고 자문하면서 의자에 비스듬히 기댄다. 갑자기 진행자가 내쪽으로 머리를 수그리더니 끔찍하게도 이렇게 말한다.

─정확하게 3분 30초 후에 당신 차렙니다!

나는 도살장으로 끌려가는 송아지처럼 자리에서 일어
난다. 도대체 빌리 브란트는 무슨 생각으로 이 S.P.D. 당
의 축제에 나를 불러다가 문학적 '맛'을 가미하려 했단
말인가! 그러나 이젠 너무 늦었다. 너무. 나갈 수밖에 없
다. 로커들의 머리 위로 커튼이 떨어진다. 나는 무대 전
면으로 떠밀려 나간다. 수많은 마이크들이 작은 뱀 대가
리들처럼 내 앞으로 내닫는다. 서치라이트에 눈이 부시
다. 시작하자! 나는 고함친다.

─나는 이스라엘에서 오는 길입니다!

내 목소리가 이중으로 들린다. 우선 내 변변찮은 입을
통해서 가느다랗게 흘러나온 내 속삭이는 듯한 목소리.
일 초쯤 지난 다음에는 홀의 천장과 벽에 부딪치면서 메
아리가 되어 울리는 똑같은 말. 청중은 나의 이런 공격에
한 대 얻어맞은 듯 굳어진다.

─어제 나는 비어슈바에, 생 장 다크르에, 소돔에 있었
습니다. 나는 40도의 열기 속에서 사해의 바닷가를 한바
퀴 돌아보았습니다. 그 남쪽 면은 소금판들로 뒤덮여 있
습니다. 얼마 있지 않으면 그 소금판들이 서로 닿아서 염
화나트륨의 대부빙군을 형성하고 그 밑에서는 점점 더
뻑뻑한 화학성 수프가 계속하여 부글거리며 끓을 겁니
다. 사해는 죽어가고 있습니다. 예루살렘에서 나는 북 페

어의 개막 테이프를 끊었는데 내 작품들 중 『마왕』과 『방드르디』가 히브리어로 번역된 것을 발견했습니다. 책의 부피가 반으로 줄어 있더군요. 모종의 검열을 당해서 그렇게 된 것이 아니라 히브리어에서는 모음이 다 제거되기 때문입니다. 나는 현 내무장관이신 유셉 부르그 랍비를 소개받았습니다. 금세기 초 드레스덴에서 태어난 그는 여러분과 마찬가지로, 그리고 나보다는 훨씬 더 유창한 독일어로 말했습니다. 그는 철학자 트라우고트 외스트라이히, 에두아르드 슈프랑거, 로마노 구아르디니, 그리고 동방학자 엔노 리트만 같은 교수들에게 배웠습니다. 20년 후 나 역시 그분들에게 배웠지요. 내가 그에게 뉘른베르크에 간다고 했더니 자기를 대신해서 독일 젊은이들에게 인사를 전해달라고 그러더군요. 그 부탁을 이제 전한 셈이군요. (박수소리) 나는 하이파와 텔아비브의 학생들 앞에서 강연을 했습니다. 어느 날 밤 예루살렘에서 우리는 식당을 찾고 있었습니다. 어느 골목에서 아직 불이 켜진 어느 카페의 진열장이 우리들의 시선을 끌었습니다. 안으로 들어서면서 우리는 큰 충격을 받았습니다. 1930년대 베를린. 키치 냄새가 물씬 나는 실내 분위기였지만 전혀 인위적이라는 느낌은 없었습니다. 반대로 먼지가 앉고 낡아서 진실됨이 역력했습니다. 『서 푼짜리 오페라』와 『푸른 천사』 같은 포스터도 붙어 있었습니다. 나는 그 이상한 향수 때문에 마음이 흔들렸습니다. 우리가 경험하지 못했던 어떤 시절이 그리워 눈물이 나게 하는 그런 향수 말입니다. 나는 베를린—프라하—비엔나 이 세 개의 도시를 생각했습니다. 남북으로 이어지는 이 세 개의 도시들은 유럽의 척추와 같은 것으로 밖의 세계로 저 보편적 천재들을 내보냈습니다. 막스 라이하르트, 아인슈타인, 카프카, 프로이트, 츠바이크 그리고 많은 사람들이 있지요. 물론 유태인들에게는 미국도 필요 없었고 이스라엘도 필요 없었습니다. 그들은 독일어를 사용하는 중부 유럽 전체가 자기네 집이었으니까요. 나치는 그 창조와 문화의 싱싱한 샘을 파괴했습니다.

그러니 40년 간의 평화를 축복하기 위하여 오늘 저녁 여기에 모인 뉘른베르크의 젊은이 여러분, 나는 여러분에게 권하고자 합니다. 지중해 저쪽 여러분들의 정신적 아버지들을 만나러 가보십시오. 여러분과 만날 약속을 하겠습니다. 내년에 예루살렘에서!

나는 계단을 내려와 사라졌다. 오색의 플래시들로 불 밝혀진 에릭 부르동 패닉 오케스트라 위로 다시 막이 올랐다.

육체

늙는다는 것. 겨울을 위하여 선반에 얹어둔 두 개의 사과.
한 개는 퉁퉁 불어서 썩는다. 다른 한 개는 말라서 쪼그라든다.
가능하다면 단단하고 가벼운 후자의 늙음을 택하라.

가면들의 황혼

나는 여성다움의 온갖 장치가 남자들이 여자들에게 강요해서 생긴 것인지 아니면 여자들 스스로 좋아서, 그게 본능이기 때문에 자발적으로 택한 것인지 오랫동안 의문이었다. 여기서 내가 '장치'라고 표현한 것은 향수, 화장, 머리손질, 옷차림, 그리고 극도로 불편하고 보기 싫은 굽 높은 신발들에 이르는 모든 것을 가리킨다. 깊이 생각해 보면 이건 공연한 의문이라고 할 수 있다. 사실 어떤 사람에게 무엇을 강요하는 것으로 말하자면 그것에 대한 취향과 욕구를 주입시키는 것보다 더 효과적인 것은 없으니까 말이다. 한편, 여자들이 남자들에 비하여 사회에 의하여 '미리 만들어지는' 정도가 더한 것은 분명하겠지만 실제로 우리의 감정, 사상에서부터 겉으로 보이는 외모에 이르기까지 온갖 것들을 '기성품'화하여 공급하는 집단의 저 신비스런 압력으로부터 자유스러운 사람은 아무도 없다. 여자는 영화나 대중음악의 스타, 거국적으로 추앙받는 여성, 혹은 사회운동가 같은 나름대로의 '모델'을 가지고 있다. 그러나 남자에게도 판에 박은 모델이 없지 않다. 사업가, 군대의 장교, 유혹자, 성직자, 남색가 혹은 히피 같은 예만 들어보아도 곧 뚜렷하게 알아볼 수 있고 지목할 수 있으며 거의 회화에 가까운 일련의 초상화들을 떠올릴 수가 있는 것이다.

내가 이제 방금 써놓은 몇 줄을 다시 읽어보니 문장 속의 모든 동사들을 과거형으로 바꾸어놓아야 되는 것이 아닐까 하는 느낌이다. 사실 내가 위에서 쓴 것은 십오 년 전만 해도 사실이었고 50년 전이었다면 더욱 실감이 났겠지만 지금은 날이 갈수록 적절하지 못한 표현이 되어가고 있는 것이다. 오늘날에는 성직자들마저 보통 사람들과 똑같은 복장을 하고 돌아다니고 마릴린 먼로와 브리지트 바르도를 추종하는 후예는 더 이상 찾아볼 수 없어진다는 인상이다. 나는 종종 몇몇 고등학교로 찾아가서 학생들과 이야기를 나누곤 하는데 교실에서 만나는 학생이 남자인지 여자인지 분간이 잘 가지 않는 경우가 많다. 머리 모양에서부터 블루진에 이르기까지 남자인지 여자인지 분명히 구별할 수 있게 해주는 게 아무것도 없다. 실수로 남녀를 잘못 분간하는 바람에 한바탕 웃음을 사고 난 다음부터 나는 아주 조심을 하게 되었고 엉뚱한 호칭이 될 위험이 있는 '무슈'니 '마드모아젤' 같은 표현을 쉽게 사용하지 않게 되었다.

그렇다면 이제 틀에 박힌 모방의 시대는 끝난 것일까? 이제 사람들은 저마다 가면과 갑옷과 제복을 벗어버리고 자기 본연의 모습을 되찾게 된 것일까? 여기서도 또한 성급한 결론은 금물이다. 신중하게 생각할 필요가 있다. 이제 마침내 가면들이 우수수 떨어지는 황혼기가 도래한 것인지는 모르지만 또 어떤 '새로운 표상들'이 암암리에 무르익다가 혁혁한 개성으로 구체화되어 돌연 압도하는 힘을 발휘하지 말라는 법도 없으니까 말이다. 그러나 그런 변신이 일어난다면 그것은 적어도 틀에 박힌 모방이 얼마나 인위적이고 일시적인가를 드러내 보인다는 장점은 있을 것이다. 판에 박힌 모방을 플라톤의 이데아 같은 하늘에 새겨진 자연스럽고 영원한 진실인 줄로 여기는 것이야말로 환상 중의 환상인 것이다.

아름다움의 '전범'이 일시적인 유행에 불과하다는 것은 잠시 과거를 돌아보기만 해도 충분히 납득할 수 있는 일이다. 프리드리히 니체는 1882년에 루 안드레아스 살로메를 처음으로 만난다. 러시아 출신의 젊은 여자인 루는 그 후 릴케와 프로이트의 조언자요 구원의 여성이 된다. 이 기막힌 삼인조를 두고 동시대의 어떤 사람은 이렇게 말한다. "한 위대한 지성인이 그녀와 사랑에 빠지게 되면 9개월 뒤에는 어김없이 걸작을 하나씩 낳는다." 니체와 만나던 무렵 루의 모습을 보여주는 초상들은 오늘날까지 남아 있어서 쉽게 접할 수 있는데, 불거진 광대뼈, 넓고 볼록한 이마, 그리고 뒤로 잡아당긴 머리털 등 마치 면도날로 조각한 듯 단단하고 팽팽한 그 젊은 얼굴의 순정한 모습에 우리는 매혹되지 않을 수 없다. 그런데 니체는 그의 누이에게 보내는 편지에서 무엇이라고 썼던가? 그는 전하기를, 이제 막 어떤 젊은 여자를 만나 알게 되었는데 어찌나 지성미가 빛나는지 그의 볼품없는 생김새를 까맣게 잊어버릴 지경이라고 했다. 오르탕스 슈네데르에서 블랑슈 당티니에 이르기까지 지금부터 1세기 전 사교계 여인들은 폭신하고 통통한 아름다움으로 사내들의 욕망에 불을 질렀다는 사실을 상기한다면 사실 니체의 이 같은 평가는 놀라울 것이 없다.

그렇다, 여자의 아름다움에 대한 역사를 한번쯤 책으로 써보면 좋을 것 같다. 그 책은 우리에게 뜻하지 않은 놀라운 일들을 알려줄 것이다. 예를 들어서, 프랑스에서는 네 사람의 여자 스타들이 차례로 등장했는데, 그들을 통해서 일종의 신격화한 예찬 속에서 제 모습을 갖추어 활짝 피어났다가 점차 기울어져가는 어떤 표본적 '유형'의 역사를 쉽게 분간해볼 수 있을 것이다. 시몬 시몽, 세실 오브리, 브리지트 바르도, 잔느 모로가 그들이다. 처음에는 작고 귀엽고 뽀로통한 얼굴의 발바리에서 시작하여 스핑크스 같은 모습으로 옮겨갔다가 마침내 잔느 모로의 밑으로 처진 입 가장자리에 새겨진, 만사를 초월한 듯한 지성의 쌉쌀함으로 바뀌어간 것이다. 이 유형에 공통된 특징 한 가지가 있다면 좋게 늙기가 지난하다는 점이다. 이런 시각에서 보면 가능성은 세 가지다. 절대로 늙지 않는 것(폴린느 카르통, 다니엘 다류, 미셸 모르강), 좋게 늙는 것(가브리엘 도르지아, 시몬 시뇨레, 프랑스와즈 크리스토프) 그리고 끝으로 좋지 않게 늙는 것.

아름다움이 다르고 우아함이 다르고 매력이 다르다. 그러나 매우 흥미로운 또 다른 미적 가치, 즉 힘에 대해서 말해보자. 수세기 동안, 아니 어쩌면 수천 년 동안 힘과 사내다움은 이를테면 동의어처럼 여겨져왔다. 어느 정도인가 하면, 대중들의 상상 속에서는 몸무게와 털은 결코 없어서는 안 될 힘의 속성을 구성하는 것들이었다. 이 방면에 있어서 E. R. 버러우의 주인공인 타잔이 불러일으킨 혁명은 너무나도 중요한 사건이었다. 타잔이야말로 이론의 여지가 없는 힘의 상징이니까 말이다. 그러나 그것은 전혀 새로운 유형의 힘, 즉 털 없이 매끈매끈하고 민첩한 힘이다. 그는 턱이 매끈매끈하고 배가 나오지 않은 젊은 영웅이다. 사실 이 수염의 문제는 핵심적이다. 잘 생각해보라. 수염이 난 타잔을 어떻게 상상할 수 있겠는가. 그뿐이 아니다. 그가 매일 아침 면도를 한다는 것 또한 상상할 수 없는 일이다. 사실 '젊은' 영웅이라는 표현은 충분하지 못하다. 아주 적절하게 표현하자면 '어린애 같은'이라고 말해야 할 것이다. 타잔에겐 수염이 없다. 앞으로도 없을 것이다. 그는 영원히 사춘기 이전의 인물이니까 말이다. 그는 키와 힘이 쑥쑥 자란 열 살짜리 소년이다. 그렇기 때문에 어느 어리석은 영화감독이 타잔에게 여자를 짝맞추어준 다음 서투르게 에로틱한 제스처를 하게 만들자 미국의 청교도 협회들이 분노하여 일어났던 것이다.

그러나 초인적인 힘이 곧 사내다움을 뜻하는 것은 아니라면, 또 열 살 먹은 어린아이도 초인적이 되려면 될 수 있다면, 그 초인적인 힘이 여자의 몸에라고 해서 깃들이지 못하라는 법이야 있겠는가? 사내다움과 힘을 한데 결부시켜 생각하는 관습이 무너지면서 여자다움과 연약함을 한데 연관지어 생각하는 관습 또한 함께 무너진다. 사실 따지고 보면 경마장에선 암말이 수말 못지않게 힘차고 수말 못지않게 빨리 달린다. 2년 전까지만 해도 이 문제는 이론적인 차원에서만 그럴듯하게 여겨졌다. 그러나 바야흐로 반대되는 지평의 양극—캘리포니아와 동독—에서 우리 앞에 새로운 이브가 나타났다. 비계라고는 조금도 찾아볼 수 없는 비단 같은 피부 아래로 흐르는 유연하고 탄탄한 근육의 모뉴먼트. 젖가슴 그 자체도 흉곽 근육의 포근한 안감을 받친 것이어서 남자의 거추장스러운 섹스만큼도 근육 조직의 운동에 지장을 주지 않는다. 성공은 눈부신 바 있다. 분명히 말하지만 그 성공은 여자다움의 한계 안에 엄격하게 머문 채 수행된다. 절대적으로 여성적인 아름다움이 빛을 발하는 그 여자들에게서 '남자 같은' 특징이란 찾아볼 수 없다. 거기에는 태연하고 역설적이며 도전적인 균형미가 살아 있으며 덧붙여 살랑거리는 익살까지 섞여 있다. 새로운 이브는 과거의 연약하고 포근한 판박이 여인상과 동시에 보호자로 자처하며 사내다운 위신에 지극히 예민한 남성상을 산산조각 내놓고 있으니 말이다. 그야말로 우리 '문명'의 중요한 한 부분이 송두리째 무너지고 있는 중이다. 파괴일까? 그렇다, 그러나 새로운 자유, 창조, 해학 그리고 아름다움이다. 2000년대의 새로운 이브에게 환영의 인사를!

베루슈카

그녀는 일찍이 서양이 낳은 가운데서도 가장 유별나고 가장 잔혹한 영원한 여성의 화신이다. 그녀의 엄청나게 크고 바싹 마른 몸의 저 꼭대기에 올라앉은 완벽하게 아름다운 작은 머리통, 깨끗이 면도질한 두개골, 슬픔에 젖은 시선. 그녀에게는 밀랍으로 만든 마네킹과 이제 막 미라의 끈을 풀고 나온 클레오파트라 여왕 같은 데가 있다. 우리는 전라의 몸에 발끝부터 뒤통수까지 울긋불긋한 색칠을 한 그녀를 보았다. 나무기둥을 푸르게 감고 올라간 등나무 줄기처럼 꼬인 모습. 사진작가는 모래톱에서 둥근 조약돌들이 자욱이 뒤덮인 바닥을 클로즈업으로 잡았는데 그 조약돌들 중 하나가 바로 자는 듯 눈을 감고 있는 베루슈카의 머리통이다.

이 예외적이고 환상적인 인물이 가장 극적인 역사적 상황으로부터 곧바로 나왔다는 것은 우연이 아니다.

1944년 7월 20일. 12시 42분, 히틀러가 그의 참모들과 함께 전선의 상황판을 펴놓고 심각하게 검토하고 있는 라스텐부르크(동프러시아)의 '늑대구멍' 회의실에서 돌연 폭탄이 폭발한다. 히틀러 총통은 가벼운 부상만을 입었을 뿐이다. 만약 그때 그가 죽는다면 일단의 반나치 장교들이 권력을 장악하고 평화를 요청하기로 만반의 준비가 되어 있었다.

보복과 탄압은 가혹했다. 체포된 사람의 수가 7천 명을 넘고 비츠레벤, 클루게, 롬멜 등 3인의 원수를 포함하여 처형된 사람이 5천 명에 육박한다.

하인리히 폰 렌도르프는 음모에 가담한 주역은 아니었지만 동프러시아 귀족들 중 내심 깊이 반나치적 정서를 지닌 가장 대표적인 인물들 중의 하나로 기회가 오자 즉시 제3제국의 골통을 후려쳤다.

그는 전통적으로 말과 가까이하는 집안의 태생으로—

그의 삼촌은 트라케넨의 유명한 종마사육장들을 운영했다—토지 귀족이며 거대한 마우어 호반의 약 6천 헥타르에 달하는 스타이노르트 영지를 상속받았다. 그 영지는 1400년 이래 렌도르프 가문의 소유였다. 마리 엘레오노르 공작부인은 1689년에 광대하고 화려한 바로크식 대저택을 건축하면서 그 건축사업의 자세한 내용을 얼마나 세심하게 기록으로 남겨놓았는지 지금도 자물쇠 하나하나의 가격과 온갖 양탄자들의 길이와 폭, 천장을 다듬은 미장이의 이름을 낱낱이 알 수 있을 정도다. 수백 년 묵은 떡갈나무들이 심어진 정원의 오솔길들을 따라가면 갈대 우거진 호수가 나오고 거기에는 흑조들이 떠다니고 가을철이면 검둥오리와 물떼새들의 우짖는 소리가 솟아오른다. 퇴락한 낭만적 정자에는 여전히 프랑스어 운문으로 된 마드리갈 연애시가 새겨져 있다.

그대가 태어나던 날 내가 만약
그대에게 이름을 지어주는 책무를 맡았다면
아폴로 신으로부터
미래를 읽는 지혜를 얻어
그대의 영혼과 눈길을 생생하게 그려야 했다면
그대 이름은 주저 없이 바이야르라 지었으리라.

이곳은 지리적으로 보나 정신적으로 보나 담배 연기와

떠들썩한 목소리들로 가득 찬 가운데 나치운동이 부글거리며 끓고 있는 뮌헨의 맥주집들과는 까마득히 먼 거리에 있다. 그러나 운명의 장난은 무궁무진한 것. 그 무슨 기이한 운명의 장난인지, 스타이노르트는 1941년 6월 이래 히틀러가 자리잡은 라스텐부르크로부터 불과 20킬로미터 떨어진 곳에 위치하고 있는 것이다. 그러자 당시 외무장관이던 리벤트로프는 즉시 이 성관의 반을 징발하여 그의 수행원들과 더불어 그곳에 거처하기 시작했다. 이리하여 렌도르프 가문 사람들은 본의 아니게 나치의 민감한 신경조직의 한복판에 들어앉아 게슈타포의 고위층과 요원들에 둘러싸여 있게 되었다.

시한폭탄을 장치한 측으로부터 거사 전날 소식을 접한 하인리히 폰 렌도르프는 스타이노르트를 떠나 도중에서 제복으로 갈아입고서 반란군측의 이름으로 군사정부를 수립하기로 되어 있는 쾨니히스버크로 갔다. 바로 거기서 그는 죽음과도 같은 기다림의 하루가 끝나갈 무렵 거사가 실패했다는 소식을 접했다. 절망한 그는 자동차로 스타이노르트 가까운 곳으로 돌아와 마치 일상의 점검을 마치고 귀가하듯이 평복 차림으로 말을 타고 성관으로 들어갔다. 그러나 이제 그에게 환상은 없었다. 어떻게 할 것인가? 남아 있으면 체포될 것이 확실했다. 도주한다면 그것은 아내와 어린 세 딸들을 S.S.의 손에 넘겨주는 것을 의미했다. 그는 남아 있기로 결심했다. 그러나 이튿날 아침 게슈타포의 자동차 한 대가 성관의 현관 앞에 와서 멈추는 것을 보는 순간 본능이 앞섰다. 그는 어린 시절부터 너무나 익숙했던 숲 속 깊숙이로 그림자처럼 몸을 날렸다. 개들도 그의 자취를 찾아내지 못했다. 그러나 몇 시간 후, 다시금 책임감을 이기지 못한 그는 숲 속의 사냥꾼들이 만나는 장소에서 자신을 체포하러 오라고 전화를 걸었다.

그는 쾨니히스버크에 감금되었다가 베를린으로 이감되었다. 그러나 다시 한번 더 살고자 하는 의지가 앞섰다. 이감 도중 그는 호송차량 밖으로 몸을 날려 또다시 도주하는 데 성공했다. 그는 나흘 낮, 나흘 밤 동안 메클렘부르크 숲 속을 헤맸다. 신고 있던 구두의 끈을 압수당한 채였으므로 발은 피투성이가 되었다. 기진맥진해진 그는 마침내 어떤 삼림 간수에게 보호를 요청했고……, 삼림 간수는 그를 경찰에 넘겼다.

그의 아내 고트리베 폰 렌도르프는 체포되고 그녀의 세 딸과 격리되었다. 세 딸 마리 엘레오노르, 베라, 그리고 가브리엘은 당시 일곱 살, 다섯 살, 세 살이었다. 앞으로 5개월 동안 그녀는 딸들이 어떻게 되었는지 소식을 알지 못하게 된다. 체포된 지 며칠 뒤, 그녀는 네번째 아이를 출산한다. 사실은, 음모에 가담한 사람들의 모든 아이들은 따로 데려다가 투링게의 작은 마을에 가명으로 집단 수용하고 있었다.

사형수 감방에 갇혀 있던 하인리히 폰 렌도르프는 아내 고트리베에게 마지막 편지 한 장을 전할 수 있었다. 그는 아내에게 자신이 도망침으로써 아내와 세 딸들의 목숨을 위태롭게 만든 것을 용서해달라고 간청한다. 그리고 참혹한 죽임을 모면하기 위하여 자신은 마음 약하게도 손목의 동맥을 끊었다고 실토했다. 그는 얼굴도 보지 못하게 될 막내딸 카테리나의 탄생을 축복한다. 그는 다른 사람들과 함께 푸줏간의 갈고리에 매단 피아노 줄로 교수형에 처해진다. 처형당하는 사람들이 끝없이 고통당하는 이 최후의 광경은 총통께서 야회를 더욱 즐길 수 있도록 카메라가 남김없이 촬영한다.

그 후 1945년 1월부터, 소련의 붉은 군대가 점령한 최초의 독일 지방인 동프러시아 전체는 묵시록적인 파괴로 초토화되고, 가장 어두운 한겨울밤에 주민 전체가 미친 듯이 도망치고 도시들이 쑥밭으로 변하고 땅이 불타는 가운데서도 광분한 독재자의 온갖 명령들과 처형이 그치지 않고 쏟아지고 있었다는 것을 상상해보지 않으면 안 된다.

이 이야기의 에필로그는 그 이미지에 필적하는 것이다. 태초에 저 기막힌 스타이노르트라는 낙원이 있었다.

그리고 그 후 전쟁이라는 연옥과 1944년 7월 20일의 지옥, 그리고 독일 전체의 붕괴라는 또 하나의 지옥이 있었다. 그런데 이때 이 모든 잔해들로부터 저 아연실색할 여자아이가, 그의 아버지가 교수형을 당할 때 천사 같은 얼굴을 지닌 겨우 다섯 살짜리 어린아이였던 베라가 불쑥 모습을 나타내어 크고 또 커서 차츰차츰 베루슈카로 변해갔다. 이 세계의 가장 이름난 잡지들이 거대한 칡넝쿨 같은 몸, 남녀양성을 겸한 듯한 까까머리의 그 수수께끼 같은 얼굴, 기묘하고 독창적인 에로티시즘을 서로 차지하려고 경쟁을 하는 그 베루슈카……

　보들레르였다면 열렬히 사랑했을 저 열대의 독이 담긴 꽃이 마침내 활짝 피어나기 위해서는 아마도 그 모든 잃어버린 영화, 그 용기, 그 너그러움, 그 폐허, 그 피, 그 눈물이 필요했는지도 모른다.

손

　옛날에는 손이 네 개 달린 몇몇 포유류 동물을 '사수류四手類'라고 불렀고 오늘날에는 기꺼이 '영장류'로 지칭하고 있으며 한편 보통 사람들은 항상 '원숭이'라고 불렀다. 그런데 한편, 인간은 '두 손 가진 동물bimane'이 아니라 '두 발 가진 동물bipede'이라고 불리고 있으니 기이한 역설이다. 마치 인간의 장점은 두 개의 손을 가졌다는 것뿐만이 아니라 특히 두 개의 발을 가졌다는 데 있다는 듯이 말이다. 이렇게 되고 보니 인간은 '네 발 가진 동물'인 개와 '네 손 가진 동물'인 원숭이의 중간쯤 되는 형국이다.

그러니까, 인간이 인간다워지는 데 있어서 큰 몫이 그의 두 손 덕분이라고 할 때, 만약 조물주가 마음이 변해서 그의 두 발이 달린 자리에 두 개의 손을 달아준다면 인간은 원숭이 수준으로 떨어지는 꼴이 될 것이다. 그러니까 손의 이야기로 돌아와 보건대……, 그러나 손이 너무 많아서도 안 될 일이다! 사실 인간을 인간답게 만드는 것은 직립이다. 인간의 상체 쪽 두 팔은 하체의 두 다리와 비교해볼 때 아주 짧아서 그의 두 손은 높은 곳에 올라앉은 채 순화되어 허공으로 뻗치도록 되어 있다. 발은 손에게 귀중한 평형추 노릇을 하면서 보행에 참가하는 것을 면제해주는—심지어는 금지하는—일종의 알리바이가 되어준다. 인간의 존엄성은 송두리째 짧은 팔과 손을 갖춘 동체를 가늘고 곧고 신속하고 끝이 두 발로 마감된 두 다리 위에 올려놓고 있는 그 건축적 구조에서 읽혀진다.

그런 까닭으로 춤보다 더 고상하게 손을 높이 받들어

예찬하는 예술은 없다고 하겠다. 사람들은 흔히 남녀 무용수들의 발에 대하여 이야기하기를 좋아한다. 발은 어떤 위치에 자리잡을 때마다, 어떤 형상을 갖출 때마다 항상 그와 대응되는 손을 가리켜 보인다. 날개 달린 듯 공중에 떠 있는 두 손은 발 그 자체의 축소된 이미지인 것이다.

그와 정반대되는 경우는 손과 몸의 결속관계가 단절된 상태를 생각해보면 곧 증명이 된다. 몸에서 잘려진 손을 상상해보라, 얼마나 끔찍한 모습인가. 아니 그보다 더 심한 상상도 해볼 수 있다. 몸에서 잘려나간 채 살아서 손가락들을 꿈틀거리며 기어가는 손을 상상해보라. 거미의 모습이 바로 그렇지 않은가. 거미의 운명은 바로 몸에서 잘려진 채로 악몽 속에서처럼 재빠르게 움직이는 능력을 부여받은 메마른 작은 손을 닮았다는 데 있다.

손과 몸. 손은 활동적이고 민첩하고 호기심이 많으며 개척정신이 강하고 관능적이고 간지럼을 잘 먹이며 때로는 애무하고 때로는 잔혹하다. 그런 손에게 몸은 특별한 상대이며 선택된 영토이고 희롱감이며 쾌락감이며 장난감이다.

수음masturber=manus turbre : 즉 손으로 동요시키다, 라는 뜻이다. 옛날에는 se manier(스스로를 조종하다)라고도 했다.

그러나 섹스뿐이 아니다. 손이 몸의 다른 여러 부분 하나하나와 맺을수 있는 특별한 관계를 길게 묘사해볼 수도 있을 것이다.

발 : 가시를 뽑아주고 난처한 일을 면하게 해준다(바티칸 궁전 안에 있는 유명한 청동 조각상).

눈 : 눈을 문질러 비벼주고, 가려주고 보호해준다. 손은 햇빛을 가리는 모자챙 역할을 한다. 두 손을 동그랗게 하면 쌍안경이 된다. 자세히 보아야 할 것이 있으면 손이 그것을 두 눈 가까이 끌어당겨다 주고 책이나 신문을 적당한 거리에 고정시켜놓는다. 조약돌을 집어서 눈앞에 갖다 바친다든가 등등……

머리털 : 손은 손가락들을 활용하여 빗이 되어준다. 또한 딱딱한 바닥 위에 몸을 누일 때는 베개 역할도 한다.

두 손의 상호활동 : 오른손이 왼손에게 해주는 여러 가지 서비스, 혹은 그 반대.

만능 배우로서의 손.

두뇌는 물론 자신의 여러 가지 결정들을 수행하는 비천한 하수인인 손을 높은 데서 의젓하게 굽어볼 수 있다. 그렇긴 해도 제각기 다르게 생긴 다섯 손가락의 다양함은 두뇌로서는 속시원히 풀지 못하는 작은 수수께끼다. 과연 집게·갈퀴·갈고리·쇠스랑·포크같이 집거나 들어올리는 데 쓰이는 인공적 도구 및 기구들을 손과 견주어보면, 그 인공적 도구들을 구성하는 각 요소들은 서로 완벽하게 닮은꼴을 이루고 있는 반면, 손의 손가락들은 각기 저마다의 독특한 개성을 지니고 있다는 것을 알 수 있는데 이 점이야말로 수수께끼가 아닐 수 없다. 이 괴이한 다양성을 앞에 두고 인간의 정신은 의문에 잠긴 채 암중모색인 것이다. 각각의 손가락에 붙여진 이름들 자체가 암시하는 어이없는 설명이야말로 인간이 이 다양성에 대하여 얼마나 난감해하고 있는지를 웅변으로 말해준다. 손가락질하고 지시하고 고발하는 손가락—집게손가락 index—이야 반드시 있어야 한다지만, 새끼손가락 auriculaire[18])이 귓구멍 속을 긁고 파내기 위하여 마련되었다거나 약손가락annulaire[19])이 반지를 끼우기 위하여 만들어진 것이라고 단정하기는 어렵다. 한편 키가 제일 큰 저 가운데 얼간이로 말할 것 같으면, 그 누구도 그것이 무엇 때문에 다른 모든 손가락들보다 길이가 더 길어야 하는 것인지 딱 부러지게 말하지 못한다. 오직 엄지손가락만이 진화의 과정을 밟아오는 동안 여타의 손가락들과 대립하는 기능에 있어서 너무나도 근본적이고 새로운 역할을 맡아왔기에 인간 존재의 특성은 바로 이 손가락에

---

18) 새끼손가락을 뜻하는 불어의 auriculaire는 그 자체가 귀와 관련된 형용사이기도 하다.

19) 약손가락을 뜻하는 불어의 annulaire는 반지를 가리키는 형용사이기도 하다.

있다고 보는 사람들이 없지 않았다. 그래서 폴 발레리는 절묘한 과장법을 구사하여, 인간의 엄지손가락이 지닌 대항 능력과 인간 정신이 지니고 있는, 제 스스로를 반성할 수 있는 자질—의식—을 서로 결부시켜본다.

두뇌

신경조직을 갖춘 인간이 거꾸로 세워놓은 나무와 같다는 것을 가장 먼저 지적한 것은 아마도 르네상스 시대의 해부학자들이었던 것 같다. 뇌는 그 나무의 구근 모양을 한 뿌리에 해당되고 척추는 그 나무기둥으로서 거기서부터 수많은 가지들이 뻗어나가고 또 그 가지들은 무수한 잔가지들과 섬유들로 갈라진다. 뇌가 신경나무의 끝에 자리잡고 있다는 입지 조건은 아마도 폴 발레리가 그 처음 2행의 시를 쓴 바 있는 비유적 우화의 근원일 것 같다.

> 인간의 저 꼭대기에 올라앉은 두뇌는
> 그 주름들 속에 저의 신비를 지니고 있었나니.

뇌의 주름들의 신비! 회백질을 형성하는 120억 개의

뇌세포의 이해라는 영토 속으로 신경학이 한 발 한 발 나아가면 나아갈수록 그 신비의 두께는 더욱 두꺼워지고 우리의 무지에 대한 의식만 커진다. 이는 마치 컴컴한 심연 속으로 줄 끝에 매달아 늘어뜨린 횃불이 가늠할 길 없는 심연의 깊이만을 드러내 보여주는 것과 같다. 오늘날 인간의 뇌는 그곳의 바다, 수많은 섬들, 거기에 자라는 식물과 동물, 풍토, 인간 연구 등 거의 모든 분야가 백지 상태로 남아 있는 하나의 대륙과도 같아 보인다. 인간이 인간을 모른다고 파스칼은 말했다. 우리 자신의 뇌는 우리의 한계를 넘어선다. 그러고 보니 인간이 자신의 머리통 속의 신전에 모셔진 그 작은 회백질의 신을 향하여 던질 수 있을 저 두려움과 존경심으로 가득 찬 말이 어떤 것일지는 쉽사리 상상해볼 수 있다.

오 나의 뇌여! 막강한 힘을 지녔으면서도 또한 변덕쟁이인 그 어떤 신에게인 양 너에게 간청하노라. 탁자를 빙글빙글 돌리듯이 너에게 묻노라. 뇌여, 너 거기 있느냐? 시인인 나는 m(혹은 ra, 혹은 fi)로 끝나는 절묘한 압운을 찾아내야 한다. 소설가인 나는 단편소설의 사분의 삼을 써놓고도 결말을 어떻게 매듭지을지 몰라 너에게 가르쳐달라고 간청한다. 결말이 멋있지 못하면 좋은 단편이 되지 못한다. 미술비평가인 나는 어떤 화가의 미학을 규정할 공식을 찾아내지 않으면 안 된다. 네게 그의 그림들을 하나하나 보여주면서 소리친다. 찾아내! 찾아내! 마치 행방불명된 소녀를 찾으려고 경찰견을 풀어놓고 소녀의 옷 냄새를 맡으라고 다그치듯이. 나는 너를 안다. 너의 무궁무진한 능력을 나는 믿는다. 내가 요구하는 바를 네가 얼마든지 만족시켜줄 수 있다는 것을 나는 안다. 그러니 2년 뒤로 미루지 말고 내일 당장 가르쳐다오.

시간이야말로 수십억 개의 톱니바퀴들이 한데 맞물려 있는 저 현기증 나는 기계, 즉 기억의 기본적인 차원들 중의 하나다. 즉각적인 반사작용이나 즉시의 반응은 그의 할 일이 아니라 오히려 극도로 단순화한 동물적 하위 뇌수인 척추의 소임이다. 그렇다, 뇌는 기억이며 따라서 시간이다. 뇌가 만들어지는 데는 시간이 필요하지만 시간은 또한 뇌를 갉아먹는다. 뇌는 늙고 죽는다. 뇌가 사유 그 자체와 동일한 것이고 보면 그 뇌가 늙어 죽는다는 사실은 참을 수 없는 일이다. 뇌는 살로 된 정신이다. 그래서 어느 누구도 조만간 자신의 골통 속에 담긴 것이라고는 오직 우글거리는 구더기떼뿐일 날이 온다는 것을 의심치 않는다. 빅토르 위고는 어떤 하인이 탈레랑[20]—그

---

20) 탈레랑Charles-Maurice de Talleryrand : 프랑스의 정치가. 원래 고위 성직자였으나 대혁명 이후 정계에 뛰어들어 의회의원, 혁명정부의 집정내각·집정정치 시대·나폴레옹 제국·제1차복고왕정에서 줄곧 외무장관으로 활약하여 탁월한 정치력을 발휘한 인물로 유명하다.

의 시신이 막 방부처리되고 난 직후였다—의 골을 쓰레기통에 버리는 것을 목격했다고 주장한다. 두 번씩이나 혁명을 주도했고 30여 년 동안 20여 명의 왕들을 속이고 유럽을 떨게 했던 그 골을 말이다.

그 뇌가 늙어 죽게 되어 있다는 사실에 정신주의자들은 마음의 동요를 느낀다. 베르그송의 철학은 바로 사유에 있어서 뇌의 역할을 가능한 한 제한함으로써 정신의 불멸성을 지키려는 절망적인 노력의 일환이었다고 말해도 크게 틀릴 것이 없을 것이다. 뇌란 무엇인가? 교향악단의 지휘자가 지휘봉을 휘둘러 교향악의 큰 줄거리를 지시하듯이 사유가 운동하는 마디들을 짚어주는 단순한 무언극 기관에 불과하다. 사실 신경학에 새로운 발전이 이루어질 때마다 영혼의 고유 영역과 육체를 초월한 영혼의 불멸성이라는 영역은 점점 더 좁아진다.

결국 신을 믿는 사람들은 육체의 부활이라는 도그마를 하는 수 없이 인정하지 않으면 안 될 것이다. 해묵은 신학에 따라 우리는 의무처럼 그것을 믿고 있다. 최후의 심판을 알리는 나팔소리가 울려퍼지면 우리는 무심, 섬세함, 민첩함 그리고 광채라는 네 가지 영광스런 속성을 갖춘 하나의 육체를 되돌려받는다고 신학은 말한다.

그러나 그것은 바로 뇌가 지닌 고유한 속성들이 아니고 무엇인가?

나의 달걀과 나

이제 세계지도에는 백색으로 남은 부분이 없다, 우리가 살고 있는 별은 이제 완전히 다 탐사·발굴·조사가 끝났다, 따라서 발견과 모험이 더 이상 불가능해졌으니 슬프기 짝이 없다, 하는 소리를 자주 듣는다. 나는 이런 소리는 한귀로 듣고 흘려버린다. 왜냐하면 다른 한귀로는 우리 집 정원과 우리 마을에서 오는 온갖 소리들이 들려오기 때문이다. 우리 집 정원과 우리 마을에 대해서는 아직도 모르는 것이 너무나 많고 탐사, 발굴, 조사할 것이 너무나 많아서 한 사람의 일생으로는 모자랄 지경인 것이다. 그리고 내가 쓰고 있는 모자 밑에는 회백질의 굵직한 계란이 하나 들어 있는데 그것 하나만으로도 하나의 대륙, 아니 하나의 별, 아니 하나의 태양계를 이루는 것이어서 이제 겨우 시작에 불과한 그것의 탐사는 가장 희한하고 가장 어지러운 여행의 권유인 것이다.

신경학이 우리에게 권하는 여행이 바로 그것이다. 그러나 동시에 그 학문은 수많은 암초들을 숨겨놓고 있다. 예컨대 노쇠가 그런 암초들 중의 하나다. 나는 바로 얼마 전부터 안경을 쓰기 시작했다. 그런데 바야흐로 나의 뇌에 관련된 근심스럽기 짝이 없는 소식을 접한 것이다. 나의 뇌세포는 새것으로 교체되지 않은 채 매일 평균 일만 개씩 죽는다는 것이다. 내가 태어난 이래 줄곧 그래왔다는 것이다. 간단히 말해서 나의 머리 위에서 회백질 달걀이 햇빛에 눈 녹듯이 녹고 있는 것이다. 아인슈타인은 말했다. "줄 맞추어 행진하는 데 뇌까지는 필요 없고 그저 척추만으로 족하다." 그렇다면 나는 이제 머지않아서 행진하는 것밖에 아무것도 못한다는 것인가?

사정이 이쯤 되면 난 딱 잘라 거절이다. 행진을 하라고? 그런 거라면 어렸을 때 할 만큼 했다. 수많은 젊은이들이 그랬듯이 나도 패거리와 부대편성, 군대식 암호 같은 것을 몹시 좋아했었다. 그러다가 늙어가면서 나는 그런 모든 것을 뒤흔들어버리기 시작했다. 나는 집단이니 이데올로기니 하는 것들을 저 멀리 던져버렸다. 고독, 독립, 그리고 창의에 필연적으로 전제되어 있는 위험 부담이 더 이상 두렵지 않아졌다. 그리하여 마흔 살에 나는 책들을 쓰기 시작했다. 스무 살 때는 다만 상상도 할 수 없었을 책들을 말이다. 그래서 나는 말한다. 갓난아기의 말짱하게 새것인 뇌가 좋긴 좋지. 그렇지만 일생에 걸친 배움, 경험, 암중모색의 탐구, 인내 같은 것도 중요하거든. 처음에 천부적으로 받은 게 있고 다음에 그걸 가지고 우리는 건설하는 것이다. 우리 자신을 만들어가는 것이다.

머리털

머리털은 오직 등뒤에서 봐야 보인다는 것을 누가 모르겠는가? 앞에서 보면 온통 얼굴만이 자리를 다 차지하고 얼굴만이 관심을 독차지한다. 위에서 보나 왼쪽에서 보나 오른쪽에서 보나 머리털은 얼굴 때문에 가장자리로 밀려나서 그저 얼굴을 돋보이게 하는 것을 존재이유로 삼는 사진틀 노릇이 고작이다.

등뒤에서 보면 머리털은 전면적으로 넓게 펼쳐져 있다. 사실 그것은 멋의 함정들 중 하나다. 즉 머리를 잘 다듬는다는 것은 등뒤에서 보는 모습에 신경을 쓴다는 뜻이다.

거기에는 자기 희생적인 일면이 있다. 아주 멋진 머리 모양—어깨 위로 몽롱한 파도처럼 흘러내리며 물결치는 드넓은 머리숲, 혹은 살무사처럼 꼬인 채 단단하고 깜찍하게 늘어뜨린 땋은 머리—을 만들어 가지자면 예외적인 인내심이 필요할 테니 더욱 그렇다. 생 종 페르스의 시 :

당신이 내 머리 매만지기를 끝내고 나면
나도 당신을 증오하기를 끝내겠어요.

그것은 타자의 존재가 강요하는 가장 잔혹한 압제다. 나는 나 자신을 위하여 세수를 하고 나 자신을 위하여 옷을 차려입는다. 나는 너를 위하여 머리를 매만진다.

반대로 승려, 병정 혹은 죄수의 면도로 밀어버린 두개골은 비인간적인 규율과 질서를 위하여 타인과의 자연적 사회적 관계를 단절했음을 명백히 드러낸다.

엉덩이 예찬

엉덩이에 대한 예찬은 아무리 해도 지나치지 않을 것이다. 만약에 조물주가 무슨 변덕을 부려서 인간이 가진 것들 가운데서도 가장 부드럽고 피동적이고 맹목적일 만큼 푸근하게 믿기 잘하는 모든 것, 매질을 당하거나 눈에 보이지 않는 헌신만이 본분인 그 모든 것이 와서 숨어 있는 이 둥근 구릉을 남자와 여자에게서 박탈했다면 어땠을까 하는 생각만 해도 아찔해질 지경이다. 엉덩이는 언제나 수줍게 가려져 있기를 바라는 만큼 매맞는 것을 두려워한다. 그 보들보들한 살은 가장 요란스러운 소리를 내면서 뽀뽀를 하고 싶게 만드는 것인데도 사람들은 대개 학대하고 싶을 때만 엉덩이를 노출하도록 만든다. 엉덩이가 목말라하는 것은 부드러운 애정인데도 장 자크

루소가 쓴 유명한 한 페이지의 추억 때문인지 사람들은 엉덩이에 피학대 음란증 성향이 있다고 믿는다.

다음과 같은 사실을 유의해보시라. 말[馬]이 인간들에게서 예외적일 정도의 대단한 인기를—'인간을 매료시킨 가장 고상한 애인'—차지하면서 멋있고 민감한 동물로 찬상되고 있는 것은 전쟁과 노동에 있어서 말이 수행한 역할 덕분이라고는 믿지 말라.

그게 아니다. 그 까닭은 오로지 말이—개, 소, 낙타 심지어 코끼리와는 달리—매력적인 엉덩이를 가진 동물이기 때문이다. 이 장점만으로도 이 동물에게 비길 데 없는 인간적 덕목을 부여하기에 충분하다.

튀튀TUTUS[21]

꽃은 식물의 섹스다. 그래서 꽃이 매혹적인 것이다. 그러나 그것은 비밀스러운, 무의식적인 매혹이다. 사실 세상의 그 누가 꽃의 향기를 맡으면서, 옷깃에 꽃을 꽂으면서, 처녀에게 꽃을 바치면서 꽃의 그같은 파렴치하고 외설스러운 기능을 머릿속에 떠올리겠는가? 식물은 그것

---

21) 튀튀tutu : 가볍고 투명한 천을 여러 겹으로 겹쳐서 만든 발레리나의 무대의상.

이 지닌 가장 빛나고 가장 향기로운 것으로서의 제 성기들을 노출 과시한다. 인간의 세계에 몹시 수줍어하는 사람이 있고 나체주의자가 있듯이 식물에도 은화식물隱花植物이 있고 꽃식물이 있다.

의심할 여지 없이, 튀튀는 그 풍부하고 빳빳한 화관으로 인하여 발레리나와 장미꽃의 동일화, 여자—꽃 이미지에 한몫을 거든다.

그러나 여기서는, 꽃의 경우와는 반대로, 섹스의 존재가 잊혀지지 않고 있다. 도발적인 요소가 너무나도 명백한 것이다. 튀튀는 앙큼하게도 엉덩이를 가리는 척하면서 동시에 사실은 빳빳하게 뻗친 채 폭발하는 듯한 스커트의 밑자락들을 통하여 엉덩이의 존재를 돋보이게 하여 열광을 이끌어낸다. 튀튀는 발레리나의 몸 중에서도 가장 살이 많고 가장 통통한 부분의 희고 수증기 같은 대폭발이며 순결한 분무噴霧다.

괴로운 몸의 예찬

오랫동안 나체예술과 생명은 뗄 수 없는 관계에 놓여 있었다. 그리스 조각은 힘든 노력의 영광과 개선의 휴식을 만끽하는 스포츠맨의 육체를 찬양했다. 해부학적인 견지에서 흠잡을 데 없는 그 조각은 송두리째 살아 숨쉬는 육체의 관찰에 의존했다. 프락시텔레스Praxiteles[22]는 한창 활동중이거나 힘든 운동을 하기 전에 마음을 가다듬고 있는 살아 있는 육체에만 관심을 가졌다. 종교나 풍속과 관련된 이유로 해서 그는 결코 시체를 해부해본 적이 없었다. 르네상스 시대—플랑드르 사람인 앙드레 바살Andre Vasale—에 와서야 기이하게도 인간의 시체 해부금지에 대한 위반 사례가 나타난다. 그때부터 온갖 예술가들이 공동묘지와 형장과 고문실로 몰려들게 되었다. 레오나르도 다 빈치의 수첩들에는 해부학적 도판들이 가득 들어차 있고 1세기 후 렘브란트에 이르면『해부학 강의』와 더불어 그 기이한 경향은 절정에 이른다.

앎에 대한 목마른 욕구 한 가지만으로 이 일종의 시간屍姦을 충분할 만큼 설명할 수는 없다. 거기에는 또한, 흔히들 태양과 마찬가지로 똑바로 쳐다볼 수 없는 것이라고 말하는, 죽음에 대한 도전적 태도가 합세하고 있다고 볼 수 있다. 그리고 그리스도를 십자가에 매달고 내리는 장면을 즐겨 묘사한 기독교 미술에 줄기차게 자양을 공급했던, 고통에 대한 병적인 취향도 빼놓을 수 없다.

상처 입고, 치료받고, 죽임을 당하고, 수의에 감싸이는

---

22) 기원전 4세기경 아테네에서 활동했던 그리스의 조각가.

인간의 육체는 우리들 각자의 내면에서 형이상학적 현기증과 피학·가학적 도취감을 자극하는 거대한 주제다. 이는 잔혹함과 애무, 죽임과 찬양이 교차하는 다분히 변태적인 변증법이다. 벗은 몸이 아니라 상처를 감싸는 것이므로 보다 더 내밀하고 보다 더 애매한 고전적 드라페의 바통을 이어받은 것이 붕대다. 폴 발레리는 말했다. "진실은 벌거벗었다. 그러나 벌거벗음 속에는 상처 입은 자가 있다." 보다 더 심오한 현실이 가차없이 냉혹한 예술을 기대하고 있으며 동시에 그 예술을 보상한다는 뜻이다.

섹스

섹스에 있어서 어려운 문제는 바로 그것을 만족시켜도 물리기는커녕 그 반대로 더욱 흥분이 고조된다는 점이다. 그래서 성교는 하면 할수록 더 하고 싶어진다. 신체기관에 필요한 양의 수분을 공급하면 저절로 없어지는 자연적인 목마름과 만족시켜주면 줄수록 점점 더 심해지는 술꾼의 병적인 목마름을 비교해보라. 그러나 일단 만족을 얻으면 오랫동안 진정되는 '정상적'인 성적 욕망이란 것이 과연 있을까? 나는 그렇게 생각지 않는다. 그 속에는 너무나 많은 뇌가 개입하고 있는 것이다.

어린이들

태어난 지 겨우 몇 주일인 이웃집의 갓난아기.
밤낮없이 그치지 않고 울어댄다.
캄캄한 어둠 속에서 그 어리고 가냘픈 울음소리에
내 가슴 떨리다가 안심한다. 그것은 이제 막 존재를
강요받은 허무가 내지르는 항의의 외침이니.

제3의 A

 그날 아침 시간에는 아킬레스와 파트로클러스,[23] 오레스트와 필라드,[24] 몽테뉴와 라 보에시처럼 널리 알려진 우정의 모범적 예에 대한 이야기가 주제였다. 그러나 우정amitié은 우리들의 감정적 신화 속에서 사랑amour보다 훨씬 뒤처진 채 너무 겸손한 2등 자리만 차지하고 있기에 선생님은 그 두 가지의 비교 검토를 통해서 우정이 아주 중요한 몫을 하는 예를 찾아보려고 애를 썼다.

 ―여러분, 한번 생각해보세요, 하고 그는 설명하는 것이었다. 사랑과 우정의 큰 차이는 바로 서로 주고받지 않는 우정은 있을 수 없다는 점입니다. 나에게 우정을 느끼지 않는 친구에게라면 나도 우정을 느낄 수가 없지요. 우정은 이처럼 서로 나누든가 아니면 존재하지 않든가 둘중의 하나입니다. 요컨대 한쪽만 느끼는 불행한 우정이란 있을 수 없다 이겁니다. 반면에 사랑은 유감스럽게도……!

---

 23) 그리스 신화에 등장하는 전사. 아킬레스인 줄 잘못 알고 헥토르에 의해 살해되었으나 친구 아킬레스가 그 원수를 갚았다.
 24) 그리스 신화에 나오는 페니키아의 영웅으로 오레스트의 친구. 신화에서는 그들을 변함없는 우정의 표상으로 삼고 있다.

그 말에 좌중 속에는 침묵이 흘렀다. 싹이 터서 잘 자라다가 애인의 무관심 때문에 그만 망쳐버린 사랑의 정열은 바로 그 침묵 속으로 침몰해버렸다. 그러자 선생님은 라신느의 비극에 나오는 그 유명한 사랑의 대혼란을 예로 들었다. A는 B를 사랑하고 B는 C를 사랑하고 C는 D를 사랑하고 D는 A를 사랑하여 모두가 딴사람의 뒤만 따라가며 눈물을 흘리는 것이다. "절대로 나를 사랑해줘요! 하고 요구하지 말라, 아무 소용이 없는 일이리니. 그러나 하나님은 말한다……. 오로지 나를 사랑하라고." 발레리는 이렇게 경고했습니다.

　그러나 이렇게 우정에 할애된 일등 메달의 가치는 배가될 필요가 있다.

　―사랑과 우정의 차이점이 한 가지 더 있습니다, 하고 선생님이 말을 이었다. 존중하는 마음이 없이는 우정이란 존재할 수 없다는 점이 그것입니다. 만약 내 친구가 나 보기에 비열하다고 판단되는 행동을 저질렀다면 그는 더 이상 나의 친구가 될 수 없습니다. 멸시의 감정은 우정을 죽입니다. 반면에 사랑은 유감스럽게도……!

　그 말에 좌중 속에는 다시 침묵이 흘렀다. 사랑하는 사람의 어리석음, 비열함, 야비함에 상관하지 않는 광란의 사랑이 그 침묵 속으로 침몰해버렸다. 상관하지 않는다고? 상관 않는 정도가 아니다. 사랑은 때로 사랑하는 사람에게 최악의 결함들이 있어주기를 열망하듯 그런 비열함에서 자양분을 취할 정도다. 사랑은 더러운 것을 먹고 살찌는 분식성糞食性일 수도 있으니까.

선생님은 이 정도로 설명을 마쳤다. 그리고 그를 향하고 있는 모든 어린 얼굴들을 의아한 표정으로 바라보면서 저렇게 다감한 나이에 저들은 우정이라는 맑고 신선한 물과 사랑이라는 뜨겁고 혼란스러운 물에 대하여 어떤 것을 경험했을까 하고 자문해보았다. 그때 교실 저 뒤쪽에서 한 사람이 손을 들었다.

─알겠습니다, 선생님. 그렇지만 찬미admiration는요?

찬미? 뚱딴지같이 찬미는 무슨 찬미? 비교 검토할 것이 따로 있지 원! 엉뚱한 질문으로 분위기를 흐려놓는다는 것은 옳지 않아!

─글쎄요, 찬미라고요? 갑자기 왜 찬미를 거론하는 거지요?

학생은 난처한 듯 잠시 주저했다.

─그건, 저…… 찬미admiration도 A자로 시작하니까요, 선생님.

교실 전체가 웃음을 터뜨린다. 선생님이 교탁을 소리나게 탁탁 두드린다. 선생님은 이 말썽쟁이에게 벌을 내리실까? 그러나 그는 잠시 생각에 잠겼다가 마음을 바꾼다. 찬미? 이것이야말로 그가 잠시 전에 저 어린 가슴속에서 사랑과 우정이 차지하고 있는 몫이 무엇일까 하고 마음속으로 던졌던 질문에 대한 답이 아닌가? 선생님은 알고 있다. 만약 지금 당장 교실 안의 모든 책상 서랍을 열어본다면 잡지와 신문들에서 오려낸 온갖 그림과 사진들, 영화배우, 가수, 권투 선수 혹은 자전거경기 선수 등 온갖 젊은 스타들이 올림피아 신전의 신들처럼 모셔져 있으리라는 것을 알고 있는 것이다. 그는 이미 여러 번 조사를 해보았기 때문에 어린이들이 찬미하는 성인군이 누구인지 알고 있다. 특히 그 찬미자인 어린이가 사춘기를 겪으면서 추앙받는 성자가 性을 바꾼다는 것을 선생님은 알고 있다. 그리하여 열세 살의 소녀는 지금까지 자기가 찬미했던 여성 스타들을 외면해버린 채 남성 영웅들에게로 고개를 돌리고 같은 무렵 사내아이들은 타잔과 제임스 본드를 버리고 셰일라와 마리 폴의 팬이 된다.

　　그러나 자칫 잘못 돌을 뒤집었다가 뱀집이 나타나게 되듯이 아이들의 서랍을 잘못 열면 독약이 나온다는 것도 선생님은 모르지 않는다. 어리석게도 우리 사회가 사형선고라는 후광을 씌워[25] 보여주는 악당들의 얼굴, 갱들의 사진, 불량배들의 초상이 바로 그런 것이다. 왜냐하면 찬미는 사랑보다도 더 위험한 정념일 수가 있기 때문이다.

---

25) 원주 : 사형제도가 폐지되기 전에 쓴 글임.

찬미는 근원적인 성운星雲과도 같아서 그것이 훗날 노쇠하거나 차가워지면 사랑이 되어 나타날 수도 있고 우정이 되어 나타날 수도 있는 것이다. 혈기왕성하고 단순하고 설익은 열정으로 찬미는 빛나고 풍요로운 구원일 수도 있지만 부패하고 살인적이고 파괴적인 것이 될 수도 있다. 폭군들은 그것을 잘 알고 있다. 영원불변의 젊음—치유할 길 없는 미성숙이라고 해도 될까?—을 버리지 못한 어른들의 경우, 찬미의 감정이 그 어떤 감정보다도 우세한 나머지 생명을 향한 충동 속에서 사랑과 우정을 앞질러 덮어버리는 것이다.

"나를 놀라게 해주세요!"하고 세르주 드 자길레프는 콕토에게 주문하곤 했다. 그같은 지상 명령을 통해서, 혁신적 창조적 천재적이기를 어쩌나 집요하게 애원했는지 그의 눈에 콕토는 언제나 변모하는 상태에, 다시 말해서 홀딱 반할 만큼 찬미의 대상으로 남아 있는 것이었다.

만지기

나의 첫사랑은 어떤 짐승 우리의 철책에서 상처를 입었다. 내 나이 여섯 살 때였다. 나는 동물원에 있는 검정 표범을 고통스러울 만큼 열정적으로 좋아했다. 아무리

애원해보아야 소용이 없었다. 내가 그 놈을 쓰다듬거나 심지어 그의 두 다리 사이로 들어가서 흑단 같은 털 속에 코를 박고 드러누울 수 있도록 그 멋들어진 짐승을 꽁꽁 묶어줄 사람은 아무도 없었다. 훗날 나는 키플링의 『밀림의 책』을 읽으면서 그때의 이루지 못한 열망의 감정을 다시 한번 상기했다. 바기라의 무성한 털 속에 벌거벗은 몸을 숨기는 모우글리는 내 마음속에 잠재해 있던 해묵은 향수를 아프게 자극했다.

만지지 마! 하루에도 수백 번 귓전에 메아리치는 이 가증스런 명령에 어린아이는 그만 장님이 되고 냄새를 못 맡는 개가 되어 모든 것이 진열창 저 너머에 갇혀버린 세계 속에서 쓸쓸하게 헤맨다. 그 대신 어른들이 그에게 제공하는 보상은 드물고 시시한 것들이다. 아기는 그래도 아직은 어머니의 젖을 양손 가득 움켜잡고 빨 수 있다. 나중에 아빠의 팔에 들려 올라앉게 되면 그 조그만 손가락들을 제 입 안에 처넣지 않고는 배기지 못한다. 그러나 그 다음에 그에게 차례 오는 것은 고작 주무르고 놀 수 있는 밀가루 반죽과 모래무더기, 아주 재수가 좋아야 바닷가에서 맨발로 걸어다니노라면 발가락 사이로 꼬물꼬물 똬배기가 되어 솟아오르는 물컹한 개흙뿐이다.

우리들의 위생적인 청교도 사회는 촉각의 체험과 만족에는 날이 갈수록 부적절한 모습이 되어가고 있다. 눈으로만 만져라. 우리가 어린아이 적에 가졌던 온갖 충동들을 박살내는 이 어처구니없는 충고가 보편적 억압적인 지상 명령이 되어버렸다. 에로틱한 접촉의 장소들은 금지되었거나 감시투성이로 변했다. 그와 동시에 온갖 영상들의 급속한 인플레이션이 전개되고 있다. 잡지, 영화, 텔레비전이 눈만 포식하게 하고 인간의 그 나머지 감각들은 무용지물로 만든다. 오늘날의 인간은 입마개 쓰고 팔 잘린 채 신기루들이 가득 찬 궁전 속을 어슬렁거리고 있다.

그렇지만 이따금씩 진열창으로 큼직한 돌팔매가 날아가고 어떤 젊은 몸뚱이가 그 안에 가득한 금지된 과일들 위로 덮치나니……

광적인 사랑

박물학자들은 양서류가 어떤 방식으로 수정하는지에 대하여 오랫동안 의문을 품어왔다. 그들은 분명 수캐구리가 암놈 위에 올라타고 그 조그만 양손으로 배를 꽉 움켜잡고 있는 것을 보았지만 정자의 침투 과정은 여전히 수수께끼로 남아 있었다. 그 신비가 해명되려면 18세기 말 이탈리아의 사제인 라짜로 스팔란자니를 기다리지 않으면 안 되었다. 우선, 수놈이 암놈의 복부를 너무나도 거세게 문지르는 광경을 목격할 수 있었으므로 정자가 개개의 손가락 끝에서 새어나오는 것이 아닌가 하는 의문이 생겨날 정도였지만 수컷의 양손은 아무 상관이 없다는 것을 인정하지 않으면 안 되었다. 스팔란자니는 이 조그만 동물에 맞는 아주 작은 장갑을 만들어 씌웠다. 그런데 정식으로 장갑을 낀 수캐구리들도 맨손으로 애쓴 개구리들과 조금도 다름없이 아빠가 되었으므로 그 원인은 다른 곳에서 찾을 수밖에 없었다. 수컷이 양팔을 기계적으로 운동해서 암컷이 알을 쏟아내게 하는 것은 분명하지만 실제로 알에 씨를 심는 것은 알들이 쏟아져나오는 바로 그 순간이라는 사실을 증명했다는 데 스팔란자니의 공로가 있다. 요컨대, 이 수정방식은 자궁 안에 정자를 주입하는 포유동물의 방식과 암컷이 물 속 깊은 곳에 낳아놓은 알에다가 어백魚白을 뒤덮는 어떤 종류의 물고기들의 파종방식의 중간쯤에 아주 조화롭게 위치하는 것이다.

다양한 생식방식의 차원에서 보건대 대자연은 그야말로 어리둥절할 정도로 창의성을 발휘하고 있다. 물고기들의 경우만 두고 말하더라도, 큰가시고기는 배뇨 구멍에서 뽑아내는 끈끈이 실의 도움으로 해초 조각들을 모아가지고 새의 둥지와 넉넉히 견줄 만한 둥지를 만든다.

또 다른 종류의 물고기들은 순전히 공기방울들로 된

거품 둥지들을 만든다. 드물게 보는 우아한 테크닉이다.

바닷속 깊은 곳에 사는 심해어인 세레티아스의 암컷은 저보다 백 배나 더 작은 두세 마리의 수컷들을 제 배에다가 딱 들러붙여 가지고 달고 다닌다. 이 미니 남편들의 기생 상태는 총체적인 것이다. 즉 입 쪽의 도관을 암컷의 몸에 고정시키고 있는 이 놈들은 두 마리 양쪽 순환기의 직접적인 커뮤니케이션을 유지하여 이를테면 피를 공유하는 것이다. 그 결과 그들의 소화기관, 치아, 아가미 및 심장은 기능이 위축되어 종국에는 아주 없어져버린다. 사라지지 않고 남아 있는 유일한 기관은 그들의 하나뿐인 존재 이유인 거대한 고환뿐이다.

암수한몸의 동물들—혼자 힘으로 번식하도록 만들어진—도 여전히 서로 사랑을 나누기를 꿈꾸는 것이어서 때로는—성게들의 경우처럼—아무리 봐도 조물주의 계획에는 없었던 것으로 보이는 교미를 실현해보려고 여간 애를 쓰는 것이 아니다. 그보다 더욱 절묘한 경우인 달팽이들—이들 역시 암수한몸의 동물이다—은 일생의 전반부는 수컷 노릇을 하다가 나중에는 좀 덜 피곤한 암컷의 역할을 맡는다.

사람들은 사마귀가 교미중에 수컷을 잡아먹는 것은 그 엄청난 식욕 때문이라고 오랫동안 믿어왔다. 그러나 최근에 전혀 그렇지 않다는 사실이 밝혀졌다. 사실은 수컷의 뇌가 정자의 사정을 억제하는 작용을 하기 때문인 것이라는 주장이다. 그래서 암놈이 수태하고자 할 경우에 할 수 있는 유일한 수단은 사정 억제 상태인 그 불쌍한 수놈의 골통을 이빨로 으스러뜨려서 아주 자유롭게 사정을 하게 만드는 길뿐이다. 성적 불능의 근본적 치료로는 가장 확실한 방법이다.

이런 풍부한 창의성에 비겨볼 때 포유동물들은 한심한 미련퉁이로 보일 수밖에 없다. 가령 어떤 코끼리가 코뿔소들에게 유난스런 관심을 보이는 장면을 사진으로 찍었다고 가정해보라. 그 사진은 만인의 찬사를 받을 것이다. 그러니 편협하기 짝이 없는 혼례 풍속에 발목이 잡혀 있는 인간들이야 말해서 무엇하겠는가. 피임약과 낙태 이외에는 그 어떤 기상천외의 에로티시즘도 그들에겐 끔찍한 변태로 보인다. 한 어린 학생이 썼듯이 "토끼들은 훌륭한 가정의 아버지들이다. 그들은 배에 난 털을 뽑아서 새끼들에게 좋은 둥지를 만들어준다. 사람들 중에 그렇게 할 수 있는 이는 별로 없을 것이다."

해변의 약혼자들

빌레르 쉬르 메르에서의 일이다. 그러나 그것은 플로

제베나 미미장이나 르 라방두에서도 마찬가지로 있을 수 있는 일이었다. 나는 할아버지 할머니, 아버지 어머니, 아이들, 친구들 그리고 친구들의 친구들이 다 함께 모래 위에 모여 있는 한 무리의 부족집단 가까운 곳에 혼자서 자리를 잡고 호기심을 잔뜩 발동한 채 관찰하고 있었다. 나는 여름철의 해변 모래밭이야말로 넓은 의미, 즉 가정, 한 집안이라는 의미의 가족에는 마지막 기회라는 생각을 했다. 다른 곳은 어디를 가든 가족이란 아빠—엄마—아이라는 가장 단순한 형태로 축소되어 있으니 말이다. 자동차—그 협소한 면적—가 분명 그런 현상과 무관하지 않을 것이다. 따라서 현대사회학에서는 해변의 가족과 자동차 안의 가족을 비교해볼 필요가 있을 것이다. 마치 마르셀 모스가 그의 유명한 저서에서 에스키모들에게 있어서 겨울철의 공동체 생활과 여름철의 축소된 집단으로 분산된 생활을 비교했듯이.

실제로 장래의 쌍쌍이 형성되는 것은 대부분 바캉스 때—기이하게도 해변의 모래밭에서—인 것이다. 젊은 청년들과 처녀들은 같은 도시—심지어는 같은 동네—에 살면서도 일 년의 열한 달 동안은 서로 마주치거나 옆을 스치고 지나면서도 서로를 알아보지 못한다. 아마도 그들은 그런데 신경을 쓸 여유가 없는지도 모른다. 그들이, 시골에서 말하듯이, '서로 마주보게' 되자면 해변의 모래밭이 필요한 것이다. 그렇게 되면 모래밭은 약혼자들의 거대한 시장같아 보이는 것이다.

내가 이런 생각에 젖어 있는 동안, 내게서 몇 미터 떨어진 곳에서는 떠들썩한 대화가 한창이다. 그 무리의 한가운데는 이미 젊지 않은, 벌써 좀 몸이 비만해진 엄마가 한 여섯 살쯤 되었을까, 가장 어린 아이를 무릎에 안고 있다. 그러나 그들의 주위에서는 청소년 또래들이 바로 그날 저녁 카지노에서 지역의 '미스'를 선발하는 미인대회에 대하여 열심히 이야기를 하고 있었다. 뽑힐 가능성이 많은 몇몇 아가씨들의 이름이 입에 올랐다. 여자아이들은 좀 기가 죽기도 하고 샘도 나는 듯 시큰둥한 표정으로 그런 종류의 행사에 대해서 겉으로는 관심 없는 척하고 있었다.

갑자기 말이 끊어지고 좌중이 조용해졌는데 어린 소년의 목소리가 들린다.

—아니, 엄마, 엄마가 미인대회에 참가하지 그래?

갑작스런 말에 모두들 아연해한다. 이윽고 청소년 또래들이 요란스레 웃어댄다. 애녀석하곤 멍청하기도 하지! 아니 그래 미인대회에 나간 엄마를 한번 상상해봐!

그러나 이렇게 모두가 떠들어대는 가운데서 오직 두 사람만이 아무 말도 하지 않고 있다. 눈을 커다랗게 뜬 채 어머니를 뚫어지게 바라보고 있는 그 소년. 그는 도무지 영문을 알 수가 없다. 모두들 그토록 신이 난 듯 마구 잡이로 떠들며 나서는 것을 도무지 이해할 수가 없는 것이다. 눈을 닦고 보고 또 닦고 보아도 분명한 것은 어머니가 바로 세상의 모든 여자들 중에서 가장 아름다운 여자라는 변함없는 사실이다.

그리고 이제는 이미 젊지 않은, 벌써 몸이 비대해진 어머니. 그는 자기의 어린 아들아이를 바라본다. 아니, 아들아이가 아니라 그 어린 소년의 눈 속에 비쳐진 자신의 모습을 황홀한 듯이 바라보고 있는 것이다.

해변의 약혼자들은 바로…….

수족관

권태라고 하는 저 기이한 영혼의 병을 아주 가까이에서 자세히 관찰해본 적이 있는가? 그 병이 특별히 젊은 이들을 골라서 공격한다는 사실은 주목할 만한 일이다. 그렇기 때문에 영원한 청소년으로 머물러 있기를 바라는 낭만주의는 권태를 스스로의 암호로 삼는다.

내 기억이 틀리지 않다면 나는 어린 시절에 지독하게 권태로워했고 커가면서 권태를 점점 덜 느끼게 되었으며 열여덟 살부터는 전혀 권태롭지 않게 되었다.

권태의 표현이라면 물론 하품 같은 것도 있지만, 그 이상으로 창문에 이마를 갖다대거나, 김빠지고 입맛 떨어지는 작자들이 허튼수작을 나누는 쓸쓸한 길거리를 음울하게 바라보면서 넋을 놓고 있는 어떤 방식도 있다. 사람들이 가득 들어 살고 있는 건물에서 나오는 광택 없는 소리들이나 한결같이 흐릿하기만 한 하늘에서 삼라만상 위로 떨어지는 수족관 속처럼 푸르스름한 빛, 그리고 삶의 절망을 이기지 못해 흐느끼는 저 소리 없는 외침. 그리고 또……. 그 밖에 자신의 권태를 살아가는 숱한 방식들, 지겨워하고 심심해하는 숱한 방식들이 있다.

어떤 일화가 생각난다. 어느 일요일 오후에 일단의 청소년들이 한 노인을 감금했다. 그들이 노인을 오랫동안 고문한 다음 마침내 목을 매달려고 하는 차에 마침 경찰이 들이닥쳤다. 그런 짓을 저지른 까닭을 묻자 그들은 어깨를 으쓱했다. 그 중 하나가 설명했다. "뭘 해야 할지 몰라서 너무나 심심했어요." 베르나노스는 권태를 '이루지 못한 절망, 부패한 기독교의 발효 과정'이라고 정의했다.

아이가 그 어두운 공허, 그 김 빠진 고통, 그 회색빛 나는 허무에 사로잡혀 있다면 그것은 필시 맹목적인 의욕뿐 변화하는 현실의 추이 속에 뿌리를 내리지 못하기 때문이다. 그 나이 때는 모든 것을 확 바꾸어놓고 뒤집어엎

어 놓을 어떤 일, 혹은 어떤 사람의 출현을 기대하게 된
다. 그것이 설령 지구 전체에 걸친 대재난일지라도 말이
다. 여행을 떠난다든가 집을 이사하는 것만으로도 그를
도취감으로 몰아넣기에 충분하다. 1938년, '39년, '40년
에 나는 열세 살, 열네 살, 열다섯 살이었다. 제발 무슨
전쟁이라도 일어나서 내가 죽치고 있는 이 따분한 세상
을 발칵 뒤집어놓아 주기를 열광적으로 빌었던 기억이
난다. 내 소원은 내가 빌었던 것 훨씬 이상으로 성취되고
말았다.

왜 성인은 일반적으로 이 같은 무미건조하고 위험한
현기증과 무관할 수 있는가? 그것은 아마도 그의 일상생
활을 가득 채우고 있는 부름들, 청구, 다급한 일들 따위
가 이 시간들과 저 시간들을 갈라놓는 심연 위에 걸쳐놓
인 가교 구실을 해주기 때문일 것이다. 그리고 또 그것은
그의 시간의 그물코가 아이의 시간의 그것보다 보다 더
느슨하고 덜 촘촘하기 때문이기도 할 것이다. 아이의 생
명 리듬은 성인의 그것보다 열배백배 더 빠르게 고동친
다. 그래서 그의 내면을 가득 채우려면 열배백배 더 풍부
한 삶의 질료들이 필요한 것이다.

언젠가, 어떤 여자를

언젠가 나는 어떤 여자를 얻게 되리라.

그리하여 나의 여자가 한 살이 되면, 나는 금방이라도
쓰러질 듯 서투르고 불안하게 첫 발짝을 떼어놓는 그의
뒤를 두 팔 벌리고 따라다니리라. 그리고 꽃과 짐승들과
사람들에게 두려움 없이 다가가는 법을 가르쳐주며 그를
인도하리라. 우리는 굽이치는 파도 속에 몸을 던지고 나
는 그에게 바다를 가르쳐주리라. 그는 깔깔대며 팔딱거
리는 새끼 바다표범인 양 마치 작은 만 안으로 들어가듯
이 내 품안으로 몸을 피하여 숨을 것이고 마치 어떤 섬으
로 올라가듯이 내 등위로 기어오를 것이다.

훗날, 나의 여자는 내가 쓴 책들 위로 수그리고 들여다
볼 것이다. 그러면 나는 사물과 사건들을 보지 못하게 가
리고 있던 그녀의 그 이상한 실명 상태를 문자와 말들을
통해서 시간 시간 치유해주리라. 나는 한 무더기의 잉크
묻힌 종이로부터 공원이, 정원이, 미녀가, 야수가, 끔찍
하고 멋진 모험들이, 웃음과 눈물이 솟아나오게 하는 저
마술적인 위력을 그녀에게 불어넣어 주리라. 그리고 나
서 마침내 나는 그녀의 손을 종이 위로 인도하여 문자의
근육과 뼈라고 할 수 있는 맺힌 획과 끊어진 획을 긋는
방법을 가르쳐주리라.

그리하여 밤마다 나의 여자는 내 몸의 오목한 품에 안겨 잠들리라. 왜냐하면 세상에는 인간의 육체가 고독을 견디지 못하여 슬픔으로 죽어버릴 위험이 있는 어두운 시간들이 있기 때문이다.

이리하여 나의 여자는 내게 찾아와서 어항 속에 든 물고기처럼, 화분 속에 심겨진 튤립처럼, 내 삶 속에 자리 잡고 나의 삶을 살리라. 그리고 나의 삶은 풍성하고 비옥하므로 나의 여자는 아름다움과 정신과 지혜에 있어서 끊임없이 성장할 것이다. 그리하여 나의 삶은 그녀가 가져다주는 그 과일에 황홀해하면서 이어지리라. 처음에는 나의 젊고 힘찬 손이 그의 부드럽고 통통한 어깨를 붙잡아주며 인도해주었다. 끝에는 메마르고 얼룩진 내 손이 그녀의 단단하고 둥근 어깨에 기대어 의지하리라.

이미지

자화상 : 임종의 자리에 누운 채 화가 제리코는
그의 오른손으로 왼손을 그리고 있었다.

바로크

바로크의 특징을 가장 단순하게 말해본다면, 고전주의 예술이 직선을 고집할 때 바로크는 곡선을 사용하고 또한 남용한다는 점이라고 할 수 있다. 그런데 다음과 같은 사실을 주목할 필요가 있다. 곡선은 생체, 특히 인간의 육체의 선이라는 점이 그것이다. 그러니까 직선과 곡선은 수천 년 동안, 이집트건 그리스건 현대건 상관없이, 건축가와 조각가를 구별해주는 요소였다. 조각가는 육체의 곡선과 일치하려고 노력했고 건축가는 이성의 직선을 가지고 집을 지었다. 그런데 바로크 건축과 더불어 바야흐로 곡선이 건축물 속으로 밀려들기 시작한 것이다. 건축가가 조각가의 재원을 가져다 쓴다. 건축가가 궁전과 교회들을 '조각하기' 시작한다. 바로크 건축물들의 약간 미친 것 같은 매력은 그 생물학적, 아니 거의 생리학적이라 할 수 있을 만큼 살아 숨쉬는 모습에 있다. 슈바벤의 어떤 제단들은 장밋빛 소용돌이 장식들, 분출하는 듯한 초록색의 주물들, 보라색의 둥근 장식들로 인하여 마치 배를 갈라 속을 드러내놓은 형국이다. 점막과 근육들, 내장과 핏줄들이 뱃속에서 쏟아져나온 것만 같은데 그 모든 것이 다 숨을 쉬고 진동하고 꿈을 꾼다. 그리고 거기에는 또한 행복감이 있고 경쾌한 기쁨이 있고 생명의 춤이 있다. 성자 조각상들은 억누를 수 없는 기쁨에 휘말리고 열광적인 환희에 들떠 있는 모습이다.

흑과 백

그들은 서커스 무대에서 한 조를 이루지만 서로는 아주 다르다. 실크 의상에 흰 가루를 뿌린 가발을 쓰고 마치 의문부호처럼 이마 위로 눈썹을 높이 치켜든 백색의 피에로는 반들거리는 에나멜 구두를 섬세하게 받쳐 신고 거미줄처럼 얇고 가벼운 양말 속에서 장딴지를 굽히고 서 있는 자태가 마치 지체 높은 대감님같이 거만하고 우아하다. 한편 붉은색 광대는 술 취해 벌건 얼굴과 감자코, 넓적한 입과 깜짝 놀란 두 눈, 거대한 신발 때문에 뒤뚱거리는 걸음걸이 등 모든 것이 한결같이 멍청하고 촌스럽고 우스꽝스런 면을 드러내는 것이어서 비 오듯 퍼부어대는 공격과 조롱을 한 몸에 받는다.

이 두 광대야말로 웃음의 정반대되는 두 가지 미학을 구현하는 것이다. 백색 광대는 방자함, 빈정거림, 아이러니, 이중적인 의미를 지닌 언사가 장기다. 그는 둘러치기의 선수다. 그는 다른 사람들, 특히 다른 한 사람, 즉 엄숙한 붉은 광대를 웃음거리로 만든다. 그래놓고도 저 자신은 상대와 거리를 유지함으로써 공격이 미치지 않는 안전한 곳에 머물기 때문에 그 자신이 자아낸 조롱의 화살을 받지 않는다. 웃음은 그 옆에 멍청하게 서 있다가 뒤집어쓰는 붉은 광대의 몫이다. 그 붉은 광대는 말이나 이상한 옷차림과 무언의 몸짓을 더할 수 없을 만큼 그로테스크하게 과장하는 통에 모든 공격의 표적이 된다. 그는 멋있어도 안 되고 정신적으로 고상해도 안 되고 심지어 연민의 정을 불러일으켜도 안 된다. 웃음을 자아내는 것이 그의 맡은 임무인데 그게 안 되기 때문이다. 반면에 백색 광대는 의젓하면 의젓할수록 좋다. 그래서 깃털장식, 새털장식도 좋고 레이스, 타프타도 좋고 인조 보석, 빤짝이 금속조각도 좋다. 붉은 광대는 우스꽝스러우면 우스꽝스러울수록 더 좋다. 머리통에 가만히 붙어 있지 않고 자꾸만 한쪽으로 돌아가는 가발, 속 빈 소리가 나는 마분지 해골통, 거대한 가슴장식, 셀룰로이드로 만든 소매는 그러자고 있는 것이다.

이 두 가지 인물은 인생을 대하는 두 가지 반대되는 태도를 상징하기도 한다. 우리는 살아가는 동안 누구나 다 삶의 여러 가지 상황들에 대처할 때마다 매순간 백색이 될 것인가 적색이 될 것인가를 결정한다. 우리는 가슴을

치면서—자책을 하는 뜻에서 혹은 오만한 도전의 뜻에서
—남들의 시선과 외침이 우리 자신에게 쏠리게 하고 군
중의 찬양 혹은 제재에 몸을 맡긴다. 이런 태도는 루소,
나폴레옹, 그리고 모든 연극적인 인간들과 폭군들이 취
하는 붉은색 선택이다. 반대로 볼테르나 탈레랑 같은 사
람들의 백색 선택은 자기 시대를 풍자하는 증인, 외교관,
잇속 빠른 사람들, 자신을 겉으로 노출시키지 않은 채 관
찰하고 조종하며 자신의 자유, 재산, 인격을 도박에 걸지
않은 채 이기고자 하는 모든 사람들을 만들어낸다.

평면적인 삶

안경사는 검안경을 내려놓으면서 자기가 하는 말이 내
게 어떤 반응을 자아낼지 자못 궁금하다는 표정으로 말
한다.
—자, 됐습니다! 아주 간단히 말해서 당신은 애꾸눈입
니다.
—아니, 내가 애꾸눈이라구요? 두 눈이 멀쩡하고 양쪽
눈으로 잘만 보고 있는데요!
—하기야 양쪽 눈으로 잘 보고 있긴 하겠지요. 그러나
절대로 한꺼번에 두 눈을 다 써서 보는 건 아녜요. 당신

의 오른쪽 눈은 근시고 왼쪽 눈은 원시예요. 이런 문제점 때문에 두 눈이 정확하게 임무교대를 하는 겁니다. 가령 눈앞 이십 센티미터 지점에 어떤 물체가 놓여 있다고 합시다.

그는 탁자 위에서 글자들이 찍혀 있는 조그만 틀을 하나 집어들었다.

─당신은 이걸 정확하게 볼 수 있죠. 그러나 오직 오른쪽 눈으로만 보는 겁니다. 물체가 너무 가까워서 왼쪽 눈은 그동안 쉬고 있으니까요. 물체를 좀 멀리 놓아보겠어요. 자, 오십 센티미터 거립니다. 오른쪽 눈이 힘들어하기 시작합니다. 그러나 왼쪽 눈이─원시이므로─휴식에서 깨어납니다. 십 센티미터 더 멀리 놓아보죠. 오른쪽 눈이 아예 포기하고서 이웃에게 바통을 넘겨주면 왼쪽 눈이 어찌나 완벽하게 임무교대를 하는지 당신은 아무것도 알아채지 못합니다.

─기가 막히군요! 내가 그렇게까지 완벽한 인간이라니! 내 두 눈이 그렇게까지 똑똑하다니! 정말입니다. 눈이 두 개이고 보면 각각 전문화하여 분업을 하지 말란 법도 없잖습니까?

─미리부터 너무 좋아하지 말아요, 하고 안경사가 말한다. 물체의 요철을 입체적으로 지각하지 못해도 좋다면야 사실 아무 문제가 없는 거죠.

―그럼 나는 물체의 요철을 지각하지 못한단 말씀이
세요?

―물론 지각 못하죠. 물체의 요철을 지각하려면 동시
에 두 눈을 다 사용하여 봐야 합니다. 두 가지 영상―유
사하지만 동일하지는 않은―사이의 작은 편차가 바로 요
철의 인상을 주는 겁니다.

―그렇다면 나는 오직 2차원뿐인 세계 속에 살고 있는
거군요.

―그래요. 당신은 세상을 평면상에 놓고 보고 있어요.
당신 눈에는 오른쪽 왼쪽, 위아래는 있지만 깊이는 없어
요. 그게 바로 애꾸눈이 보는 세상입니다.

―놀라운 사실을 알게 되었군요! 그럼 이제 어떻게 해
야 하는 겁니까?

―동시에 두 눈으로 보게 되는 안경을 만들어드리겠어
요, 하고 안경사가 약속을 했다.

사흘 뒤, 나는 내 두 눈이 건전하게 협력하도록 만들어
준다는 그 물건을 얼굴에 얹어가지고 그의 안경점에서
밖으로 나오고 있었다. 마침 어떤 부인이 안경점 안으로
들어오고 있어서 나는 옆으로 비켜야만 했다. 아니 어떤
부인이라기보다는 그냥 어떤 코였다. 어떤 코가 있고 그
뒤에 부인이 있었다. 나는 일생 동안 그런 코를 본 적이
없었으니 말이다. 거대하고 끝도 없이 길고 뾰족한 코가

마치 황새의 부리처럼 나를 향해 달려드는 것이었다.

그리고 다음은 길거리였다. 길거리? 아니 오히려 물체들이 쇄도하는 지옥이었다. 갈고리들이 삐죽삐죽 뻗치고 칼들이 솟아오르고 창들이 사방으로 전개되고 성난 투우들이 마구 달려드는 것이었다. 자동차들이 광란하는 짐승떼처럼 내게로 달려들었고 행인들이 내게로 몸을 날리다가 마지막 순간에 가까스로 충돌을 피했다. 물체들은 코브라처럼 내 코앞으로 돌진해왔다. 어디에서 보나 나는 빤히 노출된 채 보편적이고 전반적인 증오의 표적이 되고 있었다.

마침내 나는 자구책을 감행했다. 안경을 접어서 주머니 안에 집어넣어버린 것이다. 오, 부드러움이여! 오, 다사로운 봄이여! 행인들과 자동차들이 캔버스 위에 비쳐진 그림자들처럼 요철 없이 평면적으로 미끄러져가고 있었다. 건물들은 동일 평면상에 윤곽이 뚜렷해지면서 안전한 무대장치의 모습으로 되돌아갔다. 여자들은 다시 부드럽고 붙임성 있는 모습이 되어 패션 잡지의 한 페이지 속에서처럼 오갔다. 이리하여 나는 인간의 네 가지 보편적이고 상반된 몸짓의 비밀을 발견했다. 우선 악수를 하기 위하여 활짝 펴서 내미는 손은 상대방을 후려치거나 적어도 모욕하기 위하여 불끈 움켜쥔 주먹과는 대립된다. 그러나 무엇보다도 모든 몸짓 가운데서도 가장 평면적인 것인 미소는 이차원과 가장 잘 어울린다. 입이 커다랗게 벌어지면서 두 눈이 좁아드는 것이다. 그것은 곧 평면적인 삶의 개화다. 어린아이는 그걸 잘 알기에 미소와 정반대되는 찡그리는 표정을 지을 때는 혀를 내밀면서 삼차원으로 되돌아가는 것이다.

프란시스 베이컨Francis Bacon과 라울 뒤피Raoul Dufy. 안경은 베이컨의 돌출적이고 공격적이며 코르크 병마개 뽑이처럼 물체를 잡아당기는 세계 속으로 나를 몰아넣었다. 안경을 벗자 나는 라울 뒤피의 그림 속에서 보듯 우아하게 펼쳐진 물체들, 노래하듯 즐거운 무늬들, 평면적인 새들을 다시 만나게 되었다.

구멍난 이미지image abîmée

심연Abîmé이라는 말. 그리스어 abussos에서 온 말로 거기서 abysse(심해)가 파생되어 나왔다. 문자 그대로 '바닥 없는'이라는 뜻이다. 그러니까 '심연의 밑바닥'이라는 표현은 모순이며 '바닥 없는 심연'을 얘기하면 중복법이 된다.

그러나 어딘가에 구멍이, 바로 바닥 없는 구멍이 생긴 것처럼 밑바닥의 일부만이 결여된 경우가 있다. 어떤 영상 내부에 바로 그 영상 자체가 재생되어 있는 경우가 그것이다. 그것은 문자 그대로 일부분이 '구멍난abîme' 이미지라 하겠다. 어떤 스위스산 치즈의 상표로 벵자멩 라비에가 도안한 바슈 키 리(vache-qui-rit, 웃는 암소)의 그림은 널리 알려져 있다. 그 상표 속의 암소는 바로 그 상표의 치즈 2통을 귀고리로 달고 있는데 물론 그 귀고리 치즈의 그림에도 또 그런 귀고리를 달고 있는 암소가 그려져 있고 또 그 암소의 귀고리 치즈의 그림에도…… 등등 계속. 이 상표의 그림은 이처럼 얼른 보기에 유별날 것이 없는 정상적이고 단단한 표면을 형성하고 있지만 오직 두 군데의 수렁—귀고리—만이 예외여서 보는 사람의 시선은 마치 발을 헛디딘 것처럼 그 속으로 무한히 계속되는 덫에 빠져들어가게 되는데 그 덫의 무한한 연속적 체계는 오직 매단계마다 그림의 크기가 축소됨으로써 겨우 제어되고 있는 셈이다.

이처럼 크기가 축소된다는 것은 매우 중요하다. 왜냐하면 그것만이 구멍난 이미지가 가속화하는 저 현기증나는 수렁의 심화에 종지부를 찍어주기 때문이다. 크기 축소는 가장 초보적이고 가장 형식적인 심연의 경우에도 효과적이다. 즉 정확하게 마주보도록 세워놓은 두 개의 거울이 서로 맞은편 거울에 비친 허공을 반사함으로써 허공이 무한히 증폭되는 경우가 그것이다. 요컨대 크기 축소는 하마터면 순전히 형태나 형식에 불과했을 어떤 구성에 최소한의 질료성을 제공하는 것이다.

순수한 형태성은 비생산적이며 무의미한 것이다. 추상적 상징들의 곡예인 각종 수학이 그렇다. 형태의 가치는 약간의 질료가 그 속을 채우고 그것을 약간 뒤틀어놓을 때 비로소 시작된다. 단순한 형태의 구멍난 이미지는 우리에게 별로 시사하는 바가 없다. 그러나 만약 어떤 늙은 여자가 자신의 스무 살 적 사진 한 장을 잘 보이도록 손에 들고 있는 모습을 상상하노라면, 보는 사람의 눈앞에 문득 어떤 심연이 입을 벌린다. 이것은 특수하고 어느 면 순수하지 못한 종류의 심연이지만 그렇기 때문에 더욱 효과적인 심연, 즉 '시간의 심연'이다. 그 두 얼굴 사이에 가로놓인 반세기의 세월이 뚜렷이 보이니까 말이다. 반세기의 세월의 무게를 태연한 우수에 가득 찬 표정 속에 깊이 새겨 지닌 채 그 늙은 여자는 우리들을 증인 삼아 시간의 무서운 파괴력을 드러내 보이는 것이다.

거울

다니엘 W.와 식당에 간다. 그는 긴 소파에 앉더니 벌에 쏘인 것처럼 벌떡 일어나서 나와 자리를 바꾸잔다. 이어 그가 들려주는 설명인즉, 그 자리에 앉으니 맞은편 벽의 큰 거울에 자기 모습이 비쳐 보여서 절대로 참을 수 없는 기분이라는 것이다. 이윽고 그는 나를 끈질기게 설득하려 든다. 다니엘 W.라는 이름의 인물을 바라보는 것이 참을 수 없는 까닭은 그 인물이 바로 자기 자신이기 때문이 아니라 자기가 유난히도 혐오하는 터인 어떠어떠한 육체적, 아니 육체·정신적 특징—표정, 타입, 거동 등등—때문이란다. "만약 내 신체적 조건이 달랐다면, 신체적으로 이 식당 안에 있는 손님들이나 보이들 중 그 누구였다면, 분명 참을 수 있었을 테고 심지어 나 자신을 좋아할 수도 있었을 겁니다. 그러나 마침 말이 나왔으니 말이지만, 내 입이 얼마나 추악하게 생겼는지 잘 보셨어요? 윗입술은 생기다 만 것 같고 두꺼운 아랫입술은 꼭 순대 같으니 이건 거짓말, 저속한 농담, 심지어 침실이나 남자용 공중변소에서의 말못할 서비스에나 딱 들어맞는 도구예요. 그리고 또 내 눈은 어떤가요? 눈은 보려고 만들어진 것이지 보이려고 만들어진 게 아니라는 놀라운 사실을 생각해보셨나요? 그렇지만 어떤 눈들은 인상적인 특징으로 인해서 주의를 끌지요. 반짝반짝 빛난다든가 세계를 향해서 활짝 열려 있다든가 쏘는 듯하다든가 꿈꾸는 듯하다든가 등등 말입니다. 내 눈도 빛나는 눈으로 보일지 모르지만 그건 정확한 표현이 못 돼요. 실제에 있어서 내 눈은 빛나는 것이 아니라 번들거리는 거예요. 내 눈의 광채에는 빈민굴이나 창가娼家의 창문같이 기름 기가 낀 석연찮은 빛이 서려 있다구요!"

나는 이 노기등등한 열변에 그저 웃고만 있었으나 그 말이 솔직한 심정의 표현이라는 것을 의심하지 않았다. 다만 그것은 나르시스적인 열정이 실망과 배반에 부딪친 나머지 마침내 증오로까지 변질된 것이 아닐까? 그러나 누구에게 배반당한 것이란 말인가? 어쨌건 다니엘 W.는 자신의 증오심에서 자기 개인의 경우를 초월하는 어떤 성찰을 이끌어낸다.

그는 내게 말한다. "영혼 불멸을 믿는 사람들을 보면 웃음이 나와요! 당신이나 나나 다 알고 있어요. 우리들의 무지, 성격적 결함, 우리가 인격이라고 부르는 취향과 혐 오감들의 어처구니없는 덩어리, 그리고 심지어, 육체의 부활이라는 도그마가 요청하는 터인, 뻘건 코, 대머리, 좁은 미간 끝에 바싹 붙은 두 눈, 이 모든 한심한 것들이 영생을 약속받고 있다잖아요! 얼마나 웃깁니까! 얼마나 절망적입니까! 정말이지, 안 될 일입니다, 자기 만족에 빠지지 않고 거울을 들여다볼 줄 안다면 인정해야 해요, 허무가 바로 지혜라는 걸 말입니다."

조리개

사진기의 매력은 대부분 렌즈라는 동그란 구멍에 섬세 미묘하고 살아 있는 정교함을 갖춘 하나의 기관을 추가 시켜주는 조리개 장치의 덕을 보고 있다. 그것은 중심에 서 멀어지게 할 수도 있고 가까워지게 할 수도 있는 금속 판들로 된 꽃잎들로 렌즈의 사용 면적을 넓히고 좁힌다. 이 장치는 장미꽃을 닮은 데가 있다. 우리가 마음대로 오 므릴 수도 있고 활짝 피게 할 수도 있는 장미꽃. 거기에 는 또한 괄약근을 닮은 데도 있어서 렌즈 뒤에서 조리개 가 오므라들었다 펼쳐졌다 하는 것을 보고 있노라면 막 연하나마 눈꺼풀, 입술, 항문 따위가 연상된다.

그뿐이 아니다. 이 자극적인 해부학에 조리개는 매우 광범하고 마술적인 위력을 지닌 생리학을 추가해준다. 조리개를 닫으면 암실에 들어가는 빛의 양이 감소하지만 반면에 화상의 깊이는 깊어진다는 사실을 사진을 찍는 사람들은 다 알고 있으니까 말이다. 반대로 조리개의 직 경이 커지면 밝기는 커지지만 깊이는 줄어든다.

사실 깊이와 밝기가 반비례하고, 한쪽을 가지려면 다 른 한쪽을 희생하지 않으면 안 된다는 이 딜레마보다 더 보편적인 진리는 찾아보기 어려울 것이다. 우리는 바로 이 상반되는 두 가지 정신적 유형 중 어느 한쪽에 속한다. 그리하여 피상적인 밝기를 택하든가 반대로 어둑어둑한 깊이를 택하든가 한다. 나의 스승인 에릭 베일은 이렇게 말하곤 했다. "프랑스 사람들의 가장 큰 단점은 거짓된 밝기다. 독일 사람들의 그것은 거짓된 깊이다."

양자 중 하나의 선택이 절박하게 요구되는 경우는 물론 인물 사진이다. 조리개를 많이 여느냐 적게 여느냐에 따라 인물 후면에 있는 원경을 중요시하느냐 않느냐가 결정된다. 그 후경을 주목하게 하면 할수록 사진 속의 인물의 중요성은 그만큼 줄어든다. 만약 레오나르도 다 빈치가 조콘다의 사진을 찍었다면 그는 필시 조리개를 바늘구멍만한 크기로 닫아놓았을 것이다. 그 유명한 미소가 번지고 있는 그 얼굴 뒤로 바위들과 나무와 호수가 있는 원경을 완벽하게 분간할 수 있으니까 말이다. 한걸음 더 나아가서 그 '배경'—그것이 전원이건 도시건, 내밀한 풍경이건 건축적 풍경이건—은 독자적인 존재감을 지녀야 하는 것이지, 가령 한 쌍의 아담과 이브에 딸려다니는 낙원의 나무들이나 지체 높은 성주의 모습을 부각시켜주는 성채의 실루엣처럼 전면에 있는 사람의 초상에 상징적으로 부가된 장식으로 전락해서는 안 된다. 오히려 그 반대로 그 배경은 충분할 만큼의 독자적 존재로서의 위상을 가짐으로써 전면에 있는 인물의 존재와 경쟁을 할 정도에 이르지 않으면 안 된다. 극단적인 경우, 인물이 풍경에 '먹혀서' 온갖 동식물들로 구성된 풍경 속에서 그저 한 인간적 요소일 뿐인 겸손한 역할을 맡을 정도가 되어야 하는 것이다.

이렇게 되고 보면, 후경의 무대장치가 있느냐 없느냐 하는 문제는 문학, 나아가서는 인문과학에서도 그와 맞먹는 경우를 찾아볼 수 있을 만큼 매우 광범한 의미를 갖는다. 사실 소설에 있어서 어떤 주인공을 그의 출신이나 환경과 상관없이, 즉 배경에 관심을 두지 않은 채 그 자체로서만 그리느냐 아니면 그 반대로 조리개를 잔뜩 오므린 채, 그와 불가분의 관계를 맺고 있으며 존재 이유의 근원이기도 한 사회 역사적 총체 속에 놓고 그리느냐 하는 선택은 매우 중요한 것이다. 19세기 프랑스의 위대한 소설가들—스탕달, 발자크, 플로베르, 위고, 모파상, 졸라—을 일별해보면 조리개를 얼마만큼 열고 있느냐 하는 것이 작가에 따라 각기 다르다는 것과 시간이 갈수록 그 여는 정도가 점차로 감소한다는 것을 알 수 있다. 스탕달은 인물—쥘리엥 소렐—을 그가 사는 환경 속에 혹은 출신 환경과의 갈등 속에 놓고 그림으로써 인물을 환경 속에 완전히 편입시키고 있는데 비하여 졸라의 경우는 그와 정반대여서 사회 환경이 소설적 탐구의 진정한 주제를 이루고 인물은 그 환경의 한 주어진 조건에 불과해진다. 스탕달이 조리개를 여는 정도가 F4라면 졸라는

F16 정도라고 하겠다.

자화상

중세시대의 그림들 속에서 자화상을 찾아내기 위해서는 상당한 총명을 발휘하지 않으면 안 된다. 화가는 흔히 자기 그림 속에 그려진 이름 없는 군상들 가운데 숨어 있거나 혹은 그 반대로, 전통적 해석에 따르건대 피렌체에 있는 산타 마리아 델 카르미네 성당의 사도들 중 한 사람을 자신의 모습으로 그렸다고 하는 마사치오처럼, 그림 속의 주요 인물들 중 한 사람에게 자신의 얼굴을 빌려주고 있으니 말이다. 화가가 자신의 적나라한 얼굴을 거침없이 드러내 보이기 위해서는 르네상스와 그 시대의 대담한 개인주의가 도래하기를 기다리지 않으면 안 되었다. 라파엘은 그 대담한 한 발을 내딛은 가장 유명한 화가들 중 한 사람이었다. 특히 그의 그림 〈아테네 화파〉에서 우리는 조로아스터, 프톨로메, 그리고 소도마와 이야기를 나누고 있는 그의 모습을 알아볼 수 있다. 그러나 같은 시기에, 자화상을 장차 고전적이 될 한 예술 장르의 수준으로 끌어올린 사람은 바로 알베르트 뒤러였다. 현재 뒤러의 자화상으로 남아 있는 것은 여섯 점이고 열세 살 때의 것이 가장 오래된 것이다. 거기에 추가하여 미술사에 있어서 예외적인 케이스인 두 점의 〈나체 자화상 autonu〉이 더 있다. 이 나상들 중 하나는 필시 통신에 의한 진찰용이었던 것으로 보인다. 과연 그림 속의 인물은 왼쪽 허리의 원으로 표시한 한 지점을 손가락으로 가리켜 보이고 있고 만화의 대화 부분처럼 그림 위쪽에 '바로 여기가 아프다'라고 씌어 있다. 실제로 뒤러는 비장염으로 인해 사망한 것으로 알려져 있다.

약 1세기 후, 렘브란트는 60점의 회화, 26점의 판화, 16점의 데생으로 자화상의 위대한 챔피언이 된다. 우리와 좀더 가까운 시대에는 귀스타브 쿠르베와 빈센트 반고흐가 가장 수가 많고 가장 인상적인 자신의 모습들을 남겼다.

화가가 거울과 화폭으로 번갈아가며 눈길을 던지는 그 기이한 거동의 밑바닥에 숨어 있는 동기는 다양하고 어느 면 매우 상반된 것이다. 이때 우리는 당연히 나르시스와 자기애를 가장 먼저 머리에 떠올리게 된다. '거울에 비친 내 모습이 너무나 아름다워서 만족의 웃음이 절로 나온다!' 어린 시절의 뒤러만이 아니라 아내와 자녀들에 둘러싸여 성공의 절정에 이른 루벤스, 특히 흑단 같은 검은 수염이 테를 두르고 있는 자신의 완벽하게 고른 마스크가 너무나도 자랑스러운 쿠르베 같은 화가들은 바로 이렇게 노래하는 것만 같다. 그와 반대로, 자화상은 자기 시대의 사회에 대한 예술가의 고백과 고발의 형태를 취할 수도 있다. 그날, 나는 너무나도 외롭고 모든 사람들로부터 너무나도 버림받은 처지여서 단 한 사람 인간의 얼굴, 즉 내 얼굴을 그리는 일밖에 달리 할 일이 없었다. 그리하여 화폭에 그려진 내 표정은 그렇게 험상궂고 눈길은 그렇게 쫓기는 듯한 것이다. 바로 이러한 심정의 표현이 노년의 렘브란트의 자화상들과 모두 합해서 35점에 이르는 반 고흐의 자화상들이다. 비참과 영화, 이 미묘한 장르의 회화가 오가는 양극은 바로 이것이다. 여기에 추가하여 가끔 가장, 변장, 신비화의 취향이 거들기도 한다. 이 점에서 렘브란트와 쿠르베는 병사, 나귀몰이꾼, 동방박사, 전도사 등의 모습으로 자신의 그림 속에 끼여드는 중세 화가들과 일맥상통한다.

그러나 자화상의 진정한 열쇠를 발견하려면 훨씬 더 오래된 옛날로, 더 멀고 더 까마득한 과거, 즉 모든 것의 시원으로 거슬러 올라가야 한다는 것이 나의 생각이다. 성서에서 신이 스스로의 모습을 본떠서 인간을 만들었다고 했을 때 그것은 곧 인간이 여호와의 자화상이라는 뜻이 아니고 무엇이겠는가? 인간은 곧 신의 이미지인 것이다. 어떤 신의? 진흙으로 자신의 이미지, 다시 말해서 창조하고 있는 중인 창조자의 이미지를 빚고 있는 신 말이다. 바로 여기서 우리는 자화상의 본질과 만난다. 그것은 바로 창조 행위의 순간에 창조자의 모습을 나타내 보여주는 유일한 초상인 것이다. 스피노자는 능산적 자연 natura naturans과 소산적 자연natura naturata을 구분했다. 전자는 능동적으로 분출하는 신의 자연이고 후자는 수동적으로 완성된 물질적인 자연이다. 초상화는 본래 소산적 자연에 속하는 것이라고 생각된다. 모델에게 화가는 긴장을 풀고 '자연스러운' 태도를 취하라고, '긴장하지 말고 딴생각을 하면서 느긋이 있으라'고 주문한다. 그것은 순수하고 태연한 수동성의 권유다. 그러나 화가가 자기 자신의 초상을 그리면서 능산적 자연의 밀물 속에다가 자신의 모습을 새겨넣고자 할 때 자신에게도 그와 같은 주문을 하지는 못할 것이다. 그가 그리는 얼굴은 필연적으로 창조에 총력을 다 쏟아부으면서 정신을 바짝 차리고 긴장한 한 인간의 그것인 것이다.

내가 아는 한, 위대한 사진작가들의 작품 속에 사실상 자화상은 없다. 사진이 그림이나 데생으로 된 초상화를 사실상 대체—그리고 거의 제거—했다는 점을 생각해볼 때, 자화상 사진이 존재하지 않는다는 사실은 매우 뜻밖이다. 왜 사진작가들은 유독 이 대목에서만 수줍어하면서 그들의 형제요 적인 화가들을 추종하지 않는 것일까? 그것은 아마도 사진 찍기에는 데생에서보다도 훨씬 더

포식捕食이나 습격, 혹은 공격의 일면이 있어서 바로 자기 자신이 그 같은 공격의 표적이 된다고 생각하면 겁이 나기 때문일 것이다. 초상화 그리기는 흔히 여러 시간에 걸친 여러 번의 모델 서기로 연장된다. 사진 찍기는 아주 짧은 한순간에 집약된다. 사진작가의 입장에서 볼 때, 번개처럼 빠른 속도로 피사체의 형상을 잡아먹는 그 새카만 입을 자기 자신의 얼굴에다 겨냥하기가 망설여진다는 것은 충분히 이해가 된다. 남에게는 잘하던 일을 자기 자신에게 하기는 싫어지는 것이다.

나체 초상

내게 편지를 보낸 그녀는 프와티에서 부모와 함께 살고 있다고 했다. 나이는 열아홉 살이었다. 그는 프랑스 문학에 나타난 식인귀의 주제에 대한 석사학위 논문을 쓰고 싶다고 했다. 그녀가 생각하기에 내가 바로 그 방면의 권위자라고 여겨지는데 혹시 한번 만나줄 수 있는지 알고 싶다는 것이었다.

나는 좋다, 만나자고 했다. 결국 나는 4월의 어느 날 아침, 내가 사는 마을의 작은 역으로 나가서 그녀를 데리고 왔다. 내가 남자 식인귀같이 생기지 않았듯이 그녀 역시 여자 식인귀같이 생긴 것은 아니었다. '유니섹스' 복장 때문에 윤곽이 그리 뚜렷하지 않은 실루엣이었지만 잘생긴 얼굴은 거의 모가 날 정도로 날카롭고 단순하고 지나치게 심각해 보였다. 나는 '그 나이치고는' 지나치게 심각해 보였다고 쓰려고 했다. 그만큼 우리는 너무나 습관적으로 젊은 사람들이면 당연히 태평스럽고 스무 살이면 으레 인생에 대한 의욕에 넘친다고 생각한다. 마치 스무 살 때의 인생살이는 쉽고 즐겁기만 하다는 듯이! 생활 속에 제대로 자리를 잡고서 든든한 확신을 가지고 편안한 사람들에 둘러싸이게 되면 아마도 뺨에 살이 붙어 동그래지고 눈은 빛날 것이다. 실컷 먹고 배가 불러진 식인귀가 될 때까지 기다리는 동안 우선은 이빨과 발톱이 날카로운 젊은 이리일 수밖에 없는 것이다.

그 여자는 내가 사는 집 안과 글쓰는 방과 책으로 가득 찬 요새, 영상실로 쓰는 다락방을 고루 돌아보았다. 다음 소설의 모태[26]가 될 잡동사니들이 널려 있는 책상 쪽보다 그녀는 사진을 인화 확대하는 암실, 그리고 4×5 MPP 영국제 사생기 골동품에서 최신형 미놀타에 이르는 각종 사진기에 더 많은 관심을 보였다. 이윽고 그 여자는 거기

---

26) 원주 : '모태matrice―동의어 : 자궁utérus. 수태가 이루어지는 장기'라고 사전은 정의하고 있다. 같은 정의가 또 다른 수태가 이뤄지는 또 다른 장기인 뇌에도 적용될 수 있다는 것을 주목할 필요가 있다.

서 뽑은 인물, 풍경, 나체 등 사진들을 오랫동안 들여다보았다.

　—내가 당신 사진을 좀 찍으면 어떨까요?

　—좋습니다, 안 될 것도 없지요.

　—사진기와 조명을 좀 손보겠어요.

　—그럼 저는 옆방으로 가서 준비를 하겠습니다.

　그렇다, 생각할수록 나는 그 너무나도 단순하고 밋밋한 그 얼굴, 그 타는 듯한 시선이 마음에 들었다. 그 신비스럽고 온통 외향적 눈빛은 사건, 사물, 인간 등 장차 닥쳐올 것들에 대한 기대로 벌써부터 지쳐 있는 인상이었다. 나는 모든 '무대장치'를 싹 지워버리면서 피사체를 마치 눈밭에 세워놓은 것처럼 분리시키는 백지의 배경막을 펼쳤다. 1,000와트의 스포트 두 개에 스위치를 넣었다. 인물 사진이라면 다른 것과 비교할 필요도 없는 90mm 엘마리트 렌즈를 선택했다.

　—준비되었어요?

　—완벽합니다.

　그 여자는 자기 발밑에서 던져지는 그 눈부신 빛의 벌판으로 당당하게 걸어나왔다. 무슨 오해가 있었던 것일까? 그녀는 낙원의 이브처럼 벌거벗은 모습이었다. '사진'이라는 말을 꺼냈을 때 나는 '초상'을 염두에 두고 있었다. 그런데 그 여자는 '나체 사진'으로 알아들은 것이었다. 그러나 또 다른 예기치 못한 대목이 있었다. 그 벗은 몸은 얼굴만 보고 짐작할 수 있는 그런 것이 전혀 아니었다. 부드럽고 곡선미와 애교가 넘치며 더할 수 없이 여성다워 거의 풍만하다고 할 수 있을 정도였다. 인간의 몸의 아래층과 위층 사이가 이처럼 서로 어긋나는 광경을 대한 것은 이번이 처음은 아니었다. 나는 이미 유연함과 신선함이 눈부실 정도인 동체 위에 늙은이같이 초췌한 얼굴이 올라앉은 경우, 도자기처럼 세련되고 메마른 머리가 봉와직염에 걸려 부풀어오른 가죽부대 위에 붙어 있는 경우, 풍염한 중년부인의 거창한 몸매에 마비저에 걸려 간들거리는 계집아이의 뾰족한 얼굴이 난데없이 달려 있는 경우를 본 적이 있었다.

얼굴—영혼의 작은 우상—과 몸—흙으로 빚은 육신— 사이에 반드시 필요한 조화가 나체 사진에서 얼마나 아슬아슬한 균형을 이루는 것인지를 안다면, 기막힌 몸의 이미지들이 그것과 조화되지 않는 입이나 코나 눈의 존재 때문에 파괴되는 것을 본 적이 있다면, 사진 찍는 사람의 당혹이 어떠할지를 이해할 수 있을 것이다.

어쩌면 좋을까? 나는 본능적으로 초상을 찍겠다는 나의 본래 계획에 집착하지 않을 수 없었다. 나는 사진을 찍겠다고 말했지만 생각한 것은 초상이었던 것이다. 그래서 나는 내 이브의 '초상'을 여러 장 찍었다……

나는 지금 그 초상들을 내 앞에 펼쳐놓고 있는데, 솔직히 말해서 이 사진들 덕분에 나는 무엇인가를 발견했다고 생각한다. 세상에는 그러니까 초상이 따로 있고 나체 사진이 따로 있었다. 그런데 나는 그때 막 '나체 초상'이라는 것을 고안해낸 것이었다. 만약 당신이 어떤 여자나 어떤 남자나 어떤 아이의 나체 초상을 찍고 싶다면 그 모델을 완전히 벗겨라. 그리고 얼굴을, 오직 얼굴만을 렌즈 안에 담아서 사진을 찍어라. 그러면, 단언하거니와, 그 초상들 위에서 모델의 눈에 보이지 않는 나신을 활짝 펼쳐놓은 책처럼 읽어낼 수 있을 것이다. 어떻게? 왜? 그것은 분명 신비스러운 일이다.

그것은 밑에서 올라오는 일종의 광휘, 마치 벗은 몸이 얼굴 쪽으로 열기와 색채의 안개를 피워올리기라도 하듯, 일종의 필터처럼 작용하는 육체적 발현과도 같은 것이다. 그것은 마치 아직 눈에 보이지는 않으나 이제 막 떠오르고 있는 태양의 존재로 인하여 불덩어리처럼 달아오른 지평선을 연상시킨다. 이 같은 몸의 반사광은 거기에 비록 어떤 수치심과 슬픔의 기색이 서려 있다 하더라도 언제나 초상에 풍요로운 영향을 끼치는 것이다. 쓸쓸한 포도주가 있듯이 우수에 찬 나신도 있으니까 말이다. 그러나 나체 초상의 주조主調는 오히려 용기와 너그러움과 또한 그 어떤 축제 분위기가 서린 특이한 뉘앙스라고 하겠다. 이 같은 벌거벗음은 새해 선물처럼 대가를 바라지 않는 예외적인 것이기 때문이다. 그와 반대로, 평범한 초상—얼굴은 드러내고 몸은 옷으로 감춘—에서는 옷으로 된 마네킹 꼭대기에 외톨이로 살아 숨쉬는 유배당한 얼굴, 넥타이와 셔츠 칼라로 몸과 단절된 그 고독한 얼굴의 고뇌를 읽게 된다. 그런데 바야흐로 우리의 몸이라는 이 뜨겁고 연약하고 친근한 큰 짐승이 낮에는 여러 겹의 옷들로 된 감옥에, 밤에는 누에고치 같은 이불 속에 갇혀 지내다가 마침내 대기와 빛 속에 놓여나서 우리의 두 눈 속에까지 반사되는 유쾌하고 순진한 현존감으로 우리를 감싸는 것만 같은 것이다.

나체 초상이 포착하여 그 얼굴 속에다가 분리시켜놓는 것은 다름아닌 그 반사광인 것이다. 이리하여 얼굴은 바로 그 반사광을 받아 빛난다.

에로틱한 이미지

에로티시즘이란 무엇인가? 그것은 하나의 절대로 간주된, 즉 종족보존에 봉사하기를 거부하는 성性 그 자체를 말한다. 그것은 그 자체를 목적으로 하는, 순수한 사치로서의 성의 실천이다. 식도락이 음식을 영양공급 기능에서 분리시켜서 절대적 가치로 승격시키고 요리를 하나의 순수한 예술로 삼는 것과 같다. 식도락가와 배고픈 사람은 서로 등을 돌릴 수밖에 없는 처지다. 빅토리아조의 도덕이 생식의 조건과 목적 속에서 이루어지지 않는 일체의 성행위를 단죄할 때 그 공격의 표적이 되는 것이 바로 에로티시즘이다. 나폴레옹이 아이를 낳지 못하는 조제핀을 버리고 마리 루이즈와 결혼하면서 "나는 모태와 결혼한다."고 말했을 때 그는 장래의 아내와 갖게 될 관계에서 일체의 에로틱한 의미를 미리부터 제거하는 것이었다. 그와 반대로 피임약과 낙태는 성행위에서 생식의 의미를 제거하는 것으로 에로티시즘의 보조 수단이라고 할 수 있다. 원천적으로 생식과 무관한 동성애는 그처럼 위험하고 범죄적인 기만술책들에 의존할 수밖에 없는 이성애보다 더 순수하게 에로틱하다.

생식은 시간적으로나 공간적으로나 엄격하게 제한된다. 세 아이를 가진 한 집안의 아버지는 엄밀하게 말해서 일생 동안 세 번 이상 사랑을 하면 안 될 것이다. 그것도 쌍둥이를 낳지 않는다고 가정할 때 말이다! 그런데 한 남성은 일생 동안 평균 오천 번에서 일만 번 정도 사정을 하는바, 돼지와 더불어 철이 바뀌는 것과 관계없이 언제나 사랑을 하는 유일한 동물이다. 이 간단한 통계만으로도 빅토리아조 도덕의 속임수와 인간의 억누를 수 없는 에로틱한 천성이 어느 정도인지를 헤아릴 수 있다.

에로티시즘의 팽창하는 힘은 모든 영역으로 퍼져나간다. 그리하여 과연 범에로티시즘, 혹은 에로티시즘의 제국주의를 운위할 만하다. 에로티시즘에게는 무슨 길이든, 무슨 목소리든 다 좋다. 그것은 심지어, 사회 속에서 도덕의 역할을 대신하는 저 음산한 섹스 혐오나 섹스 공포가 가져오는 온갖 장애들을 이용하기까지 한다. 돈 주앙은 사회와 결혼제도와 종교에 도전하는 에로티시즘, 영웅적인 용기와 쾌활함으로 거세성향의 질서에 맞서서 자기 확인을 관철하려는 에로티시즘의 신화적 의인화 바로 그것이다. 사실, 무시무시한 빗장이 질러진 한 사회— 16세기 스페인—의 수인인 돈 주앙의 에로티시즘은 위증과 신성모독과 살인을 통해서 표현될 수밖에 없다. 이 특수한 경우에서 우리는 똑같이 범죄적인 두 원수 형제처럼 테러리즘과 반테러리즘이 서로 대립하는 무섭고 피비린내 나는 변증법을 만난다.

승승장구하는 에로티시즘이 팽창해나가는 길들 중에서 사진은 아주 유별난 자리를 차지한다. 이미 회화, 조각, 그리고 인쇄물에 의한 이미지는 봄바람이 여러 톤의 눈에 보이지 않는 꽃가루를 실어 나르듯이 강력한 에로스의 전압을 실어 날랐다. 사진과 더불어 모델과 관객 사이의 거리는 엄청나게 줄어들었다. 이 사진 이미지가 갖는 창조적 가치는 그만큼 줄어들었지만 반면에 그 에로틱한 효율성은 그만큼 증대되었다. 욕망의 대상이 된 존재의 사진을 가진다는 것은 대단한 만족감을 주는 것이지만 자기 자신이 사진을 찍는다는 것, 욕망의 대상이 된 몸을 사진으로 '찍는다'는 것(마치 '허수아비를 화형에 처하듯이')은 더욱 흐뭇한 일이다.

사진의 에로틱한 위력을 발견한 최초의 사람들 중 하나는 루이스 캐럴Lewis Carrol이라는 별명으로 잘 알려져 있고 옥스퍼드 대학교의 수학교수였던 찰스 러트위지 더지슨(Charles Lutwidge Dodgson : 1832~1898) 목사였다. 그는 유클리드 기하학 개론과 평면삼각법 공식집을 펴내는 사이에 저 유명한 『이상한 나라의 앨리스』를 써서 발표했다. 냉철한 지성과 엉뚱하기 짝이 없는 상상력의 이 역설적인 혼합은 그 인물의 됨됨이를 잘 설명해준다. 그의 비밀의 정원, 안으로 꽁꽁 닫힌 그의 불타는 정열의 대상은 바로 사춘기 이전의 어린 소녀(이상적인 연령은 열 살)였다. 그는 그의 특유한 유머 방식을 잘 요약해 보여주는 표현으로 "나는 어린 소년들만 빼고 어린이들을 열렬히 좋아한다."고 말하곤 했다. 그의 주위에 모여드는 그 영원한 어린 계집아이들이 가끔 귀찮아지는 적은 없는지 묻는 한 친구에게 그는 "그 아이들이 내 삶의 사분의 삼인걸요." 하고 그는 대답했다. 그는 물론 그 역시 어린아이들의 것인 나머지 사분의 일에 대해서 수줍은 듯 거짓 말을 한 것이다. 항상 새로운 애인들을 얻고 싶은 마음에, 그는 버스칸이나 공원에서 꿈의 어린 소녀를 만날 경우에 대비해서 상대를 유혹하기 위한 장난감이나 인형들로 가득한 가방을 휴대하지 않고서 움직이는 경우란 거의 없었다. 그는 어리고 귀여운 친구들의 궁정 한가운데 살롱을 열었다. 거기에 아이들의 부모는 절대적으로 제외되었다. 차, 스프, 게임, 황홀한 이야기, 멋들어진 장난감, 음악 상자 따위들 때문에 시간은 너무 빨리 흘러갔다. 그러나 거기엔 정기적인 사진 찍기도 빠지지 않았다. 당시의 기술 수준이 수준인지라 지루하고 피곤한 일이었지만 그것은 그의 소형 하렘의 어른 친구가 기대할 수 있는 일종의 반대급부에 해당되는 것이었다. 그 자신이 기쁨에 떨리는 손으로 그 애지중지하는 여자아이들의 옷을 벗겨 소녀거지, 터키, 그리스, 로마, 중국 여자로 변장시켰고, 가장 아끼는 아이들은 그의 여자 친구인 미스 톰슨에게 보냈다. 미스 톰슨은 목사의 자세한 지시에 따라 완전히 옷을 벗은 상태로 그 아이들의 사진을 찍는 일을 맡아서 했다. 이렇게 찍은 사진들은 이 작가의 사후에 모두 정성스럽게 파괴되었음은 말할 것도 없다. 결국, 그 기이한 독신자의 열정이 이같이 넘쳐흐르기까지는 영국 빅토리아조의 사납고 지나친 정숙이 한몫했다고 볼 수 있다. 관대하다고 자처하는 우리 사회도 필시 이런 경우를 보면 스캔들이라고 외쳐댈 터이지만 그것은 잘못이다. 이 어린 소녀들에 대한 루이스 캐럴의 사랑이 엄격히 플라토닉한 것이었고 또 그럴 수밖에 없었다는 것은 말할 필요도 없기 때문이다.

에로티시즘이라고? 물론이다. 그러나 가장 차원 높은 종류의 에로티시즘, 한 천재적 인간의 일생이 걸려 있는, 하나의 숭고한 작품으로 결정되는 에로티시즘―사랑, 에로티시즘―열정, 에로티시즘―애정 바로 그것이다.

화가와 모델

소설 『황금 물방울Goutte d'Or』의 미발표 에피소드

무대는 오늘날의 사하라 북서부 지역 외딴 어느 작은 오아시스인 타벨발라 근처. 베르베르족 젊은이 이드리스가 제 집 염소와 양떼를 거두고 있다. 그때 문득 한 서양 남자와 여자가 타고 있는 랜드로버 한 대가 나타난다. 자동차가 이드리스와 그의 양떼들이 있는 데까지 와서 멈춘다. 여자가 차에서 펄쩍 뛰어내린다. 젊은 아프리카인들이 늘 꿈꾸는 바로 그런 서양 여자다. 금발이 물결치며 어깨 위로 흘러내리고, 앞가슴을 훤히 드러낸 셔츠와 야

하다 싶을 정도로 짧은 핫팬츠 차림이다. 손에는 사진기를 들고 있다.

—어이! 좀 움직이지 말고 가만 있어봐. 네 사진을 좀 찍었으면 해. 하고 그녀가 소리친다.

그리고 그녀는 실제로 그 젊은이의 사진을 찍는다. 그런 행동이 젊은이의 마음속에 어떤 혼란을 불러일으킬지는 짐작도 하지 못한다. 타벨발라에는 사진이라곤 단 한 장밖에 없으니 말이다. 첫째는 여기 사람들이 너무나 가난하기 때문이고 다음으로는 이슬람교가 영상을 적대시하여 금하기 때문이다. 이 마을에 단 한 장뿐인 사진은 이드리스의 삼촌이며 이탈리아 원정군에 참가한 적이 있는 모가뎀의 것이다. 그의 오두막집 벽에는 무공훈장과 함께 암홍색 비로드로 감싼 틀 속에 흐리고 노랗게 바랜 사진 한 장이 걸려 있는데 자기 동료들과 함께 군복 차림으로 웃고 있는 아주 젊었을 적의 그의 모습을 알아볼 수 있다. 그렇다면 이제부턴 타벨발라에 사진이 한 장 더 생기게 되겠군, 그런데 그게 바로 내 사진이라 이 말씀이지, 하고 이드리스는 생각해본다.

—그 사진을 나한테 줘.

그 요구에 금발의 여자는 난처해진다. 당장에 사진이 곧바로 인화되어 나오는 폴라로이드 사진기를 안 가지고 온 것이 다시 한번 후회스러워진다.

—줄 수가 없어. 파리에 가서 필름을 현상해가지고 뽑아야 돼. 너 이름이 뭐니?

—이드리스.

—어디 살지?

—타벨발라 오아시스 마을에.

—좋아, 타벨발라의 이드리스. 나중에 사진을 네게 보내주마.

그리고 랜드로버 자동차는 먼지를 뿌옇게 일으키며 사라져버렸다.

이렇게 하여 이드리스는 마침내 덫에 걸려들었고 그 속으로 머리를 처박고 한없이 빠져들게 된다. 매주 한 번씩 오아시스 사람들에게 보내오는 편지와 소포들을 실은 트럭이 찾아온다. 이드리스는 그때마다 달려나와서 기다린다. 그러나 매번 차례 오는 것은 실망뿐이다. 사진은 오지 않은 것이다.

2년 뒤, 이드리스는 오아시스의 많은 젊은이들이 그렇듯이 일자리를 찾아서 북쪽 지방으로 떠난다. 일자리를 찾아서 떠난다고? 차라리 애타게 기다리던 사진을 찾아서, 젖가슴이 출렁거리고 허벅지가 훤하게 드러난 금발의 여자를 찾아서 떠난다고 하는 편이 옳을지도 모른다. 그가 통과의례와도 같은 이 여행을 통해서 문제의 사진을 찾게 되리라고 말하는 것만으로는 충분치 못하다. 그는 매번의 여정에서 그 사진을 만나게 되겠지만 그때마다 그 사진은 그를 경악하게 하면서 상처를 입힐 것이다. 왜냐하면 그가 만나게 되는 사진은 품위를 손상시키는 한갓 회화에 불과할 것이기 때문이다.

우선 일은 타벨발라에서 450킬로미터쯤 떨어진 오아시스 관광지 베니 아베스에서부터 시작된다. 거기에는 프랑스령 시절 국립 과학연구소에서 설립한 〈사하라 박물관〉이 있다. 떠들썩한 관광객들 틈에 끼여서 이드리스는 박물관 진열장에 늘어놓인, 어린 시절에 가지고 놀던 장난감들, 사냥 가서 잡은 동물 박제, 일할 때 쓰는 연장들, 그리고 심지어는 바로 그의 친척일 수도 있는 남자들 여자들의 사진 따위가 '전형적'인 복장이나 얼굴에 분칠하여 그린 그림들을 보여주기 위하여 전시된 광경을 목격하게 된다. 베샤르에서는 또 다른 모험을 겪는다. 어떤 '사진작가'를 만나게 된 것이다. 그의 예술이란 바로 관광객들을 모래언덕과 종려수들과 낙타떼들을 대강대강 그린 포장막 앞에다가 세워놓고 사진을 찍는 일이었다.

오랑에서는 여권이니 증명사진이니 하는 심각한 일들이 시작된다. 그는 생전 처음으로 자신이 '북아프리카인의 용모'를 지녔으며 저급한 노동 일자리를 찾는 '부눌'의 신분이라는 사실을 알아차린다.

프랑스로 건너오자 그는 온갖 영상들의 물결 속에 파

묻힌다. 광고지, 영화, 텔레비전들이 그에게 쏟아놓는 그 형형색색의 홍수 속 여기저기에서 그는 또다시 자신의 영상이 형편없이 왜곡되어 일그러지고 있음을 깨닫는다. 어떤 여행사는 완두콩 모양의 수영장과 벌거벗은 궁녀들이 딸린, 꽃으로 뒤덮인 사하라 오아시스의 감미로움을 선전한다. 어떤 텔레비전 광고는 '종려나무숲'이라는 이름의 소다수를 선전한다. 우스운 낙타 머리를 그려 붙인 '카멜'이란 담배도 있다. 그리고 이런 모든 것의 최종적 장식인 양 차례 온 것은 경찰의 급습과 난투극, 그리고 눈이 시커멓게 멍들고 입이 찢어진 채로 찍은 정면과 측면의 증명사진이다.

이드리스는 마침내 영상들로 가득한 나라의 여행을 이제는 끝마치게 되는 것일까? 그는 사진기를 둘러메고 찾아온 어떤 금발 여자 때문에 빠져든 덫에서 헤어나는 것일까?

어느 날 그는 진짜 창조자, 즉 어떤 화가, 아니 무엇보다도 데생 전문가를 만난다. 그것은 노트르담 사원 근처, 세느 강이 책들 사이로 흐르는 곳, 헌책 장수들의 노점들을 따라 뻗어 있는 강변길에서의 일이다.

그 창조자는 다름아닌 샤를르 프레데릭 드 레페슈발리에였다.[27] 그는 노트르담 사원이 마주보이는 곳에 화가畵架를 세워놓고 열심히 붓을 놀리고 있었다.

지금까지 온갖 낭패들을 겪은 다음이라 이드리스는 사진사라면 피하려고 에둘러갔을 것이다. 그러나 바로 그런 낭패들 때문에 그의 마음속에는 그림과 데생에 대한 어떤 호기심이 더욱 날카롭게 발동했다. 우선 검은 강물 위로 그토록 유유히 떠가고 있는 듯한 그 고귀하고 인자한 대성당의 자태가 그의 가슴속을 가득히 채웠다. 그가 사막을 떠나온 이래 세상이 그렇게 강하면서 동시에 그윽한 광경을 보여주는 것은 너무나도 드문 일이었으므로 그는 가슴이 벅차오르며 두 눈에 눈물이 고이는 것을 느꼈다. 그러니까 어둡고 거칠기만 한 이 도시의 한복판에 조차도 위대한 그 무엇이, 선량한 그·무엇이, 생생하게 살아 있고 지혜로운 장엄함이 존재할 수 있는 것이었다. 그는 생전 처음으로 파리를 발견하는 느낌이었다.

　그제야 그는 실례를 범할 때면 맛보게 되는 어색함을 감추지 못한 채 그림에 눈길을 던졌다. 그러나 너무나 놀란 나머지 다른 모든 감정은 깨끗이 지워졌다. 작품은 아직 초벌그림에 불과했지만 거기에는 분명 시테 섬, 쌍을 이루고 있는 탑이나 큰 대문, 장미창, 첨탑, 그 밖에 파리의 노트르담 사원을 닮은 것은 하나도 그려져 있지 않다. 이드리스의 눈앞에 마치 안개를 뚫고 나오듯이 천천

---

　27) 원주 : 우리는 이 이름에서 쉽사리 칼 프레데릭 로이터스마이드를 알아볼 수 있다.

히, 형언할 수 없는 놀라움을 자아내며 솟아오르는 것은 다름아닌 기제의 세 개의 피라미드, 그리고 그들의 잠을 지키며 경비견처럼 버티고 있는, 머리는 여자 꼬리는 사자인 스핑크스였다.

이드리스는 13세기 프랑스의 대사원을 고대 이집트 파라오들의 지하묘지로 바꾸어놓는 저 기이한 둔갑술이 눈앞에서 이루어지는 것을 두 눈으로 목격했다. 그러나 한편 드 레페슈발리에 쪽에서도 자신의 시야 한구석에 그 순진한 증인이 출현했음을 똑똑히 알아보았던 터라 머지않아 그를 자신의 게임 속으로 유인해들였다. 그 사람은 멈추지 않고 그림 그리는 손을 계속 놀리면서도 아주 자연스럽게 이야기를 구성지게 늘어놓을 수 있는 천성이니 더욱 그럴밖에.

—이 강가에 찾아오곤 한 지 어언 여러 해, 이 대성당이 어느 날 내 화폭 위에다가 어떤 작품을 낳아줄 것인지 자못 궁금했던 차였는데, 하고 그는 혼자말처럼 내뱉었다. 오늘에야 마침내 그걸 알게 되었구나. 결과는 기대했던 것 이상인걸.

이드리스는 화가의 입술을 골똘하게 쳐다보았고 다음으로는 대강 그린 피라미드를, 그리고 또다시 노트르담 사원을 바라보았다. 그러고는 아무리 보아도 엉뚱하기만 한 그 세 가지를 한데 꿰어 맞춰보려고 하지만 잘 되지 않는다는 듯, 수수께끼같이 미소짓고 있는 화가의 얼굴로 다시 눈길을 돌렸다. 이윽고 드 레페슈발리에가 마치 어디 말 좀 해보라는 듯 옆눈으로 그를 흘끗 바라보자

—아니, 피라미드를 그리려고 하면서 왜 대성당을 자꾸 쳐다보고 있는 거죠? 하고 그에게 물었다.

—내가 피라미드를 그리려 한다고 누가 그러던가요? 하고 드 레페슈발리에가 응수했다. 난 그림을 그리고 있을 뿐이고, 내 의도는 더할 수 없이 분명하다구요.

—아니 그렇다면 왜 대성당을 바라보는 거죠?

—대성당의 영감을 받아서 그리니까 그렇지요. 그러나 내 영감을 받는 것이 곧 그대로 베끼는 것을 뜻하는 건 아녜요. 대성당이 내게 영감을 준다면 그것은 무엇일까요? 시작하기 전에는 나도 모르는 일이죠. 물론 난 영감을 주는 대성당과 영감을 받는 그림 사이에 어떤 깊은 친화력이 있으리란 건 알고 있어요. 더군다나 당신 눈에도 잘 보이듯이 피라미드와 대성당 사이에는 분명히 어떤 친화력이 있지요.

—내 눈으로 봐서는 알 수가 없는데요, 하고 이드리스가 솔직히 털어놓았다.

—아니, 불을 보듯 뻔하지 않습니까. 관심의 대상은 신앙심에 불타는 다수 대중이 만들어낸 두 가지 종교적 기념물입니다. 파리의 대사원이 내게 말해주는 것은 바로

그겁니다. 적어도 내 두 눈이 보는 것은 바로 그거다 이 말입니다. 그래서 나는 건물의 형상과 색깔을 무작정 베끼는 대신에 그 메시지를 듣고 이해하고 번역하는 거예요. 그 번역이 기제의 피라미드입니다. 적어도 이번에는요. 내일엔 파리의 노트르담의 똑같은 메시지가 내 화폭 위에서 앙코르와트 사원이나 부처의 얼굴로 번역되어 나타날 수도 있는 일이니까요.

―그럼 초상화도 그린단 말입니까?

―초상화도 그리냐구요? 아니, 내가 하는 일은 온통 그것뿐인걸요! 솔직히 말해서 난 지칠 줄도 모른 채 늘 한 가지, 오직 하나의 초상화만 그리고 있어요.

저녁빛이 기울고 있는 무렵이라 사람들의 왕래가 점점 더 많아졌다. 두 사람은 인도 한쪽을 가로막고 있었기 때문에 끊임없이 사람의 물결에 떼밀리고 있었다. 결국 드레페슈발리에가 화폭과 그림 도구들을 거두어 챙기기 시작했다.

―여기 이러고 서 있을 수가 없네요. 저쪽으로 가서 뭘 한잔 마십시다, 하고 그가 제안했다.

이드리스는 낯 모르는 사람들에게서 정중한 초대를 받는 데 길이 들어 있지 못했다. 그는 알코올을 마셔야 한다는 것이 겁이 났지만 감사한 마음으로 응했다. 드 레페슈발리에가 그를 데리고 간 곳은 사면의 벽이 거울로 되어 있어서 넓이와 사람들의 수가 실제보다도 훨씬 불어나 보이는 관계로 아주 방대한 인상을 주는 큰 카페였다. 그들은 모조 가죽 장의자에 나란히 앉았고 드 레페슈발리에는 두 잔의 디아블로 망트를 주문했다.

　―아까 초상화 얘기를 했었는데, 하고 그는 마침내 하던 이야기를 다시 잇기 위하여 말을 꺼냈다. 당신한테 미술사 강의를 할 생각은 없어요. 그렇지만 예술은 이집트의 괴물들, 그리스의 제신, 그리고 로마의 황제들 다음으로 여러 세기 동안 개인의 얼굴, 우리가 한 번도 본 적이 없었던, 그리고 앞으로도 절대로 볼 수 없을 유일무이한 얼굴과 접해보려고 무진 애를 썼다는 것만 말해두고 싶어요. 그 야망은 애매하고 나아가서는 모순을 내포한 것이었죠. 왜냐구요? '지금, 여기에' 있는 사물들과 뗄 수 없을 만큼 긴밀한 관계를 가진 덧없는 그 영상을 무엇 때문에, 또 어떻게 예술 작품의 영원성, 보편성과 결부시킬 것인가 하는 문제에 매달려 있으니까 말입니다. 그러나 창조의 본질은 불가능을 실현할 뿐만 아니라 그것을 필연적인 것으로 만드는 것입니다. 그 노력은 기대 이상으로 성공했습니다. 그리하여 이 세상의 미술관들에는 무한히 개인적인, 지극히 특수한 개체성을 가진 얼굴들, 그렇지만 너무나 감동적이어서 눈물이 날 정도로 우리 자신과 가깝게 느껴지는 얼굴들이 가득 들어차 있게 되었

습니다. 마치 개별성의 극치를 통해서 보편성이 획득된 것만 같지요. 이건 과연 대단한 역설입니다.

그러나 이 모든 게 사진의 돌연한 출현으로 발칵 뒤집혀버렸죠. 이쯤 되면 더 이상 창조도 없고 보편성도 없습니다. 온통 단조롭기만 한 증명사진뿐이죠. 이건 마치 예술가가 구체적인 것에 가까이 접근하려고 애쓰다가 그만 발을 헛디뎌 구체적인 것에 부딪쳐 몸이 부서진 형국입니다. 어떤 사람들은 회화의 결정적인 죽음을 예언하기도 했죠. 세밀초상화를 전문으로 하던 수많은 화가들이 사진으로 전업했습니다. 프랑스에서는 펠릭스 투르나숑의 경우가 그랬습니다. 그는 훗날 나다르라는 이름의 사진작가로 유명해졌죠.

그러나 초상화는 잿더미에서 다시 소생하게 되었어요. 씨가 땅에 떨어져서 썩지 않으면 새로운 추수도 있을 수 없는 것과 같은 이치지요. 사진의 공격으로 죽음 직전에 이른 회화가 화려하게 부활한 것입니다. 중요한 말이니 잘 들어요. 회화를 현실의 재현에 비끌어매 놓고 발걸음을 무겁게 만들던 사슬을 마침내 사진이 대신 맡아준 겁니다. 그 바람에 회화는 인상주의, 야수파, 표현주의, 입체파 그리고 그 밖의 광란하는 듯하고 젊은 자유의 선언들과 더불어 비길 데 없는 도약을 보여주었어요.

그는 미소를 지으면서 말을 멈추더니 카페의 거울들이

그들 사이에 만들어놓고 있는 환영들에로 눈길을 던졌다. 이번에는 이드리스가 그를 본래의 화제로 이끌었다.

―그런 모든 것들 속에서 당신의 입장은 어떤 거죠?

―나요? 난 이를테면 달려드는 황소의 두 뿔을 잡고 정면돌파하는 격이죠. 지난 백 년 동안 감히 초상화를 붙들고 새로운 시도를 해본 환쟁이는 아주 드물었습니다. 사진이 그 분야를 영원히 접수해버린 것 같은 인상이었으니까요. 몇몇 다른 사람들과 더불어 나는 그 잃어버린 땅을 되찾기로 결심했어요.

―옛날식의 초상화를요?

―절대 아니죠. 옛날식 초상화는 사진이 추격해서 완전히 제압해버렸으니까요. 솔직히 말해서 사진은 어떻게 해야 제자리걸음을 하지 않고 계속하여 초상들을 만들 수 있을지 알 수가 없어졌습니다. 내 생각에는 데생이 바통을 이어받을 때가 왔다고 봐요.

그는 인조 대리석 테이블 위에 종이들과 에스키스가 가득 든 커다란 판지를 펼쳤다.

―하지만 초상화 얘기를 하기 전에 잠시 노트르담과 피라미드에 대한 얘기로 다시 돌아가봤으면 해요. 이거 어때요?

그는 아주 단순한 기하학적인 데생들과 몇 개의 단어들로 뒤덮인 녹색과 황색의 판화 한 장을 펼쳐놓았다. 이드리스는 잠시 그것을 바라보았다.

　—이건 노트르담 성당의 내부 도면이군요. 내가 당신을 처음 만났을 때 성당 구경을 하고 막 나가려던 길이어서 그걸 잘 알 수 있어요. 성당의 내진, 좌우의 날개 공간, 측면 기도실을 알아볼 수 있군요.

　—아주 좋습니다, 하고 드 레페슈발리에가 말했다. 그렇다면 여기에 쓰인 이 단어들은 좀 뜻밖이라고 생각되지 않나요?

　—짝수, 홀수, 빨강, 까망, 통과, 부족, 하면서 이드리스가 읽었다. 뭔지 알 수가 없군요.

　—당신은 룰렛 게임을 한 번도 구경한 적이 없지요?

　—그게 뭔지도 모르는걸요.

　—돈을 걸고 하는 도박이죠. 가끔 돈을 따기도 하죠. 녹색 융단 위에 갖다놓는 계산패는 이것과 똑같이 생겼어요.

　—그러니까 당신이 그린 판화는 성당의 내부 도면인 동시에 룰렛용 융단을 그린 것이란 말이군요. 재미있는 발상이긴 하지만 아주 무의미한 장난 같군요.

　—재미있다면 됐어요. 난 내 데생이 아주 재미있는 것이었으면 해요. 그러나 무의미하다는 평에 대해서는, 여기 쓰인 보쉬에의 말이 없다면 그럴 거예요. 이 말들은 제사題詞나 그림 설명이나 뭐 그런 구실을 하는 겁니다.

―'인간들에게는 우연인 것이 신에게는 의도적 섭리다' 하고 이드리스가 떠듬떠듬 읽어나갔다. 보쉬에가 누구죠?

　―깃털보다 그 지저귀는 소리가 더 훌륭했던 독수리를 닮은 설교자였지요. 그러나 프랑스 말에 익숙해졌다면 당신이 이 문장이 내포하고 있는 의미의 애매함을 알아챘으면 해요.

　―우연이란 바로 룰렛 게임이라는 뜻이겠군요.

　―브라보!

　―신의 섭리란 도박하는 사람의 행운 혹은 불운을 뜻하고 동시에 그건 대성당의 성스러운 공간을 가리키는 것이겠네요.

　―점입가경이군요! 한편, 데생(e가 없는)[28]으로 말하자면, 난 바로 그걸 직업으로 삼고 있지요. 그러니까 이런 모든 것들에서 이끌어낼 수 있는 결론은, 애매성 덕분에, 동음이의어의 능력 덕분에, 그리고 우스운 말장난을 통해서 나는 영상의 함정을 피할 수 있게 된다 이겁니다. 흔히 그려진 인물과 그 그림을 바라보는 사람을 다같이

---

28) 프랑스 말의 '신의 섭리'는 dessein이고 '데생'은 dessin인데, 두 단어는 철자 'e' 하나 차이다. 그러나 두 단어는 발음이 같은 동음이의어다. 투르니에, 아니 드 레페슈발리에는 의도적으로 이 두 단어의 이러한 애매성을 활용하고 있다.

삼켜버리려고 하는 그 무자비한 입의 양쪽 턱뼈가 서로 어긋나버리도록 내가 비틀어버리는 겁니다. 내 데생들은 열려 있는 작품이죠. 그 존재 이유는 자유, 자유롭고 즐거운 환상의 교훈입니다. 그렇지만, 말할 것도 없이 그 교훈이 기막힌 능력을 발휘하는 곳은 초상화랍니다.

그는 탁자 위에다 그림들을 부채처럼 펼쳐놓았다.

—가령 이 초상화를 보세요.

—이건 담배 피우고 있는 사팔뜨기 남자군요, 하고 확인하듯 이드리스가 말했다.

—유명한 작가요 철학자로 최근에 세상을 떠난 사람이죠. 장 폴 사르트르라고 하죠. 이건 그가 죽기 얼마 전에 내가 그린 초상화예요. 그는 죽기 전에 육체적으로 아주 말할 수 없이 피폐해졌었죠. 그는 장님이 되어버렸어요. 신체기관들이 마구 무너졌지요. 당신은 그가 사팔뜨기라는 것과 담배를 피우는 것을 눈여겨보았군요. 사실 담배는 그의 종말을 재촉했어요. 요컨대 이 초상화에서는 죽음의 냄새가 나죠. 그런 의미에서 이건 사진이 망쳐놓은, 전통적인 장르의 초상화입니다. 그래서 난 이 작품을 개작했죠. 이게 바로 개작한 또 다른 작품입니다.

이드리스는 사실 매우 복잡한 모습인 그 데생 속으로 빠져들었다.

—나무 두 그루가 보이네요, 하고 그가 말했다. 아니

정확하게 말해서 나무 한 그루와 그 그림자군요. 그 두 그루의 나무들 뒤에 마치 유령처럼 아까 본 장-폴 사르트르의 초상화가 있군요. 이번엔 그의 얼굴에 웃음기가 더 많이 느껴진다는 게 다르지만요.

—그래요, 하지만 당신이 나무의 종류를 잘 분간할 줄 안다면 그게 너도밤나무란 걸 알아차렸을 겁니다. 나무 잎사귀가 다른 어떤 나무의 그것과도 닮지 않았죠. 윤곽 또한 아주 특징적이구요.

—왜 너도밤나무죠?

—사르트르의 제일 중요한 저서의 제목이 『존재[29]와 무』이기 때문이죠. 무無는 바로 나무가 던지는 그림자라고 할 수 있거든요.

—또다시 동음이의어 말장난이군요!

—아녜요. 책과 너도밤나무는 원래 그 뿌리가 같기 때문이죠. 생 종 페르스는 말했어요. "한 권의 책을 펴낸다는 것은 한 그루의 나무를 파괴하는 것이다"라고요. 다른 말로 바꾸면 너도밤나무는 무다[30]이런 뜻이 되죠. 그뿐이

---

29) '존재'의 프랑스어는 etre이고 '너도밤나무'는 hetre로 둘은 동음이의어이다. 사르트르의 저 유명한 철학서의 제목은 『존재와 무』이기도 하지만 동시에 『너도밤나무와 그 그림자』라고 말장난을 할 수 있는 이유는 여기에 있다.

30) '너도밤나무는 무다L'hetre est le néant'라는 표현과 사르트르의 저서의 제목 『존재와 무L'etre est le néant』는 발음이 똑같다.

아네요. 라틴어로 liber는 나무껍질과 책을 뜻합니다. 그건 우연이 아닙니다. 원래 사람들은 어떤 종류의 나무껍질에다 글씨를 썼어요. 다시 너도밤나무 얘기로 돌아오면, 독일어로 너도밤나무는 Buche라고 하고 책은 Buch라고 하고 글자는 Buchstab, 즉 너도나무막대기라는 뜻입니다.

　—아주 의미들이 넘치는군요.

　—그래요. 하지만 수미일관하게 넘치지요. 앞뒤가 잘 들어맞거든요.

　—그런 모든 것과 사르트르는 무슨 관계가 있나요?

　—당신도 봤잖아요, 그가 웃고 있다구요. 내 두번째 데생이 그를 하나의 표현 속에 딱 들여 붙여놓은 게 아니라 온갖 의미들이 한데 살아서 튀도록 해주기 때문에 웃는 겁니다.

　—이해를 못하겠네요.

　—간혹 어떤 식당에 들어가다 보면 입구에 커다랗고 푸르스름한 빛이 나는 수족관이 있고 그 속에 연어들이 헤엄치고 있는 것을 볼 수 있죠? 산소를 공급하기 위해서 수족관 밑바닥에는 공기방울 분수가 설치되어 있죠. 그건 분수하고는 정반대예요. 공기 속으로 물방울들이 뿜어나가는 것이 아니라 물 속으로 공기방울들이 뿜어나가는 것이니까요. 그런데 연어들은 어떻게 하나요? 그들

192

에겐 오로지 흐르며 노래하는 물뿐이지요. 가만히 고여 있는 물은 그들에겐 지옥이에요. 그래서 연어들은 얼굴과 콧구멍으로 쏟아지는 공기방울을 맞으려고 공기분수가 쏟아져나오는 구멍으로 무리지어 몰려드는 겁니다. 내가 새로 그린 데생에서 사르트르는 바로 그런 연어와 같아요. 조금 전에 그가 질식할 것만 같던 민물에서 공기방울이 솟아오르는 물로 옮아왔으니 다시 살아나는 것 같은 겁니다.

그리고 그는 마치 자신의 말을 구체적으로 보여주려는 듯이 음료수 잔을 불빛에 비춰 보였다. 에메랄드빛 액체 속에서 기포가 염주알처럼 이어져 일어났다가 부서져내리고 있었다.

—그럼 이젠 당신 이야기를 좀 해보면 어떨까요? 하고 그가 말을 이었다.

—내가 프랑스로 오게 된 것도 초상과 관계가 있어요, 하고 이드리스가 말했다.

—기막힌 일이군요! 우리가 서로 만나게 된 우연은 정말 신의 섭리에 의한 것이로군요!

—나는 오아시스에서 염소떼를 지키는 목동이었어요. 그런데 어떤 금발 여자가 나타나서 내 사진을 찍고는 그 사진을 가지고 가버렸어요. 아무것도 모르는 무지렁이한테는 할 짓이 아니죠. 난 무지렁이거든요. 그때부터 난

내 사진을 찾고 있어요.

—그래 찾았나요?

—불로뉴 숲의 동물원에 있는 변형 거울들 속에서처럼
요. 이건 마치 프랑스 사회가 내게 수많은 내 사진을
폭격하듯 쏟아붓는 느낌이에요. 모두가 하나같이 회화적
인 사진들이죠. 프랑스 사람에게 사막, 사하라, 오아시
스, 낙타, 북아프리카인, 부늘……이란 말을 한번 해보
세요.

—아니 그만 해요. 그만 하라니까요. 벌써부터 끔찍한
것 아니면 추악한, 아니 그 양쪽 다인 클리셰들의 홍수
속에 파묻히는 느낌인걸요!

—어쩌면 좋죠?

—초상화밖에 없어요. 샤를르 프레데릭 드 레페슈발리
에가 그린 초상화. 물론 싸아 하게 기포가 일어나는 물을
섞은 수채화로 그린 의미—초상화여야겠지요. 언제 내
아틀리에로 찾아오겠어요?

권력의 이미지

초상화는 원래 죽음을 극복하고자 하는 야망으로부터
생겨난 것이라고 할 수 있다. 그것은 동시대인들보다는

후세 사람들을 상대로 만들어진 것이다. 원래의 오리지널 모델이 영원히 사라져버린, 저 숱한 그림조각 혹은 사진으로 된 얼굴들이 우리 생활 속에서 차지하는 자리를 생각해본다면 이 사업은 결코 부질없는 것이 아니다. 모든 것을 다 파괴해버리는 시간에 맞서서 인간은 영상으로 응수하는 것이다.

그러나 초상화는 보다 더 심오하고 보다 더 신비스러운 또 하나의 관계를 시간과 맺고 있다. 예술가는 자신의 작품 속에다가 모델의 현재뿐만 아니라 과거, 나아가서는 미래까지도 담겠다고 나서는 것이니 말이다. 한 인간의 얼굴은 그 주름살들과 상흔과 피폐함, 또 그것이 반영해 보이는 만족과 욕구불만을 통해서 바로 그 자체의 역사인 것이다. 마치 돌맹이가 그 표면의 숱한 불의의 사건들을 통해서 수천 년에 걸친 그 과거를 말해주고 있듯이 얼굴은 그의 생애를 이야기해주고 있다. 그것은 또한 한 젊은이의 발밑에 열린 금광인 동시에 노인 앞에 입을 벌리고 있는 어둠의 심연인 미래도 또한 말해준다.

시간을 정복하고자 하는 이 욕망에다가 정치 혹은 종교 지도자는 한 민족, 국가, 혹은 나라 위에 우뚝 서기 위하여 공간을 지배하고자 하는 의지를 추가한다. 영광은 자신이 알고 있는 사람들보다 더 많은 사람들에게, 앞으로 알게 될 사람들보다도 더 많은 사람들에게 알려지는

데 있다. 그런데 지배자의 영상이 공간 속에 널리 퍼지게 하는 문제는 많은 물적 난점들을 야기하는데 그 난점들은 최근에 와서야 비로소 해결되었다. 사실 창세기 초에 여호와는 이 문제에 대하여 가장 단순하고 가장 우아한 해법을 찾아냈었다. 자신의 영상을 본떠서 닮은 모습으로 남자와 여자를 창조한 여호와는 그들에게 말한다: "자식을 낳고 번성하여 온 땅에 퍼져서 땅을 가득하게 하여라." 이렇게 그는 자화상을 만든 다음에 자기 광고의 길을 터놓은 것이었다. 결국 십계명의 제2계명인, "너는 그리거나 조각한 영상을 만들지 말라"에서부터 이미 신의 영상 독점이 공포되어 있었던 셈이다. 국가 최고 지도자—신의 모방자—가 자화상, 보급, 독점이라는 세 가지 조작 능력을 되찾기까지는 아직 수천 년을 기다리지 않으면 안 되었다.

오랫동안 돈은 그러한 모방의 유일한 수단이 된다. 권력은 화폐 주조의 특권을 더할 수 없이 철저하게 독점한다. 프랑스 은행권에는 예외 없이 형법 제139조에 의하여 그 지폐의 위조범을 종신형에 처한다고 명기하고 있다. 매우 변태적인 역설이라 하겠지만, 그 결과 문제의 위조범은 자신을 처벌하게 될 바로 그 법률조문까지도 그대로 위조할 수밖에 없게 된다. 이야말로 근원적인 성인 자서전 쓰기의 먼 메아리, 혹은 뒤집혀진 메아리라고 볼 수 있겠다.

　　그러나 돈은 절대권자의 영상을 유포하는 데 있어서 너무나 보잘것없는 수단에 불과하다. 우선 거기에 찍힌 초상은 그 모델에 비해서 너무나 왜소한 크기로 축소되어 있다. 다음으로 돈에는 냄새가 없다지만 흔히 그것을 비속하게—심지어는 비열하게—사용하다보니 거기에 찍힌 절대권자의 명예에 보탬이 될 것이 없다. 여기서 최초로—뒤에 또 다른 예를 언급할 기회가 있겠지만—우리는 모든 정치권력이 내포하게 되는 애매성과 마주치게 된다. 금화에 자신의 프로필이 찍힌다는 것은 지상의 영광이다. 비록 초상을 매개로 한 것일지라도 그 숱한 거래, 그 숱한 도둑질에 가담한다는 것은 수치다. 이러한 애매성은 『마태복음』에 나오는 드니에화 잠언에 잘 나타나고 있다. 어떤 바리세 사람이 예수를 난처하게 하기 위하여 유태인들이 로마인들에게 세금을 바치는 것이 옳은지를 묻자 예수는 드니에화에 새겨진 초상이 누구의 것인지를 물었다. '케사르의 초상'이라는 대답이 나왔다. 그러자 예수는 "케사르의 것은 케사르에게 돌리고 신의 것은 신에게 돌리라"고 말했다. 그것은 도끼로 자르듯이 성령의 질서와 세속의 분야를 갈라놓는 것이었다. 제3공화국의 공식적 사상가였던 알렝은 이 교훈을 따를 뿐만 아니라 심지어는 그것을 극단에까지 밀고 나갔다. "지혜로움이

197

란 바로 육체에서 영적인 것을 얻어내는 데 있다. 그리고 정치적 지혜로움은 복종에서 일체의 허가를 박탈하는 데 있다"고 그는 쓰고 있다. 그리고 이렇게 결론을 맺는다 : "영적인 것과 세속적인 것의 혼동은 모든 체제를 나쁜 것으로 만들 것이다. 오히려 그 어떤 복종도 없는 영적 사회는 일종의 예절바른 멸시로 인하여 모든 체제를 하나같이 좋은 것으로 만들 것이다." 그러나 부자들과 그들의 상징인 돈에 대하여 그 '예절바른 멸시'를 나타내는 것은 가능하다 하더라도 거기에 초상이 새겨져 있는 절대권자에까지 그 멸시를 연장한다는 것은 반항적 행동이 될 것이다. 예수는 케사르가 공적으로 일종의 신과 같은 존재라는 사실을 의도적으로 모른 체하려 한다. 프랑스의 절대왕권은 이 전통을 어김없이 계승하여 신권을 갖고자 했고 그 왕은 성스러운 존재가 되고자 했다. 우리는 하나의 아이콘 같은 부동의 범할 수 없는 존재로서 빛을 발하는 절대권자와 체면을 더럽히는 행동과 오욕을 마다하지 않은 채 백성과 사물들을 휘젓는 세몰이꾼 사이의 이러한 모순을 도처에서 다시 만나게 된다.

*

사실 절대왕권은 그것이 절정에 이르면 마치 거울 궁

전처럼 그 자체 안으로 폐쇄되는 경향이 있다. 어린 시절 프롱드난의 혼란상에 큰 충격을 받은 루이 14세는 파리 및 그 하층민과 음습한 루브르궁을 버리고 떠나 베르사유에 완전히 인공적인 무대장치를 건설한다.

탁월하고 통찰력 있는 한 저서에서 필립 보상[31]은 바로크 정신에 대한 새로운 접근 방식을 제시한다. 베르사유 고전음악 무용학교 교장인 그는 루이 14세 현상에 대하여 노골적으로 연극적인, 심지어 안무가적인 시각의 해석을 내린다. 그가 볼 때 바로크는 겉치장에 의하여 실재가 소진되는 것으로 정의된다. 궁정은 한갓 스펙터클에 불과하다. 기막히게 조정된 궁정은 어느것 하나 어둠에 가려진 것이 없고 어느것 하나 우연에 맡겨진 것이 없다. 루이 14세—볼테르의 말에 의하면 '배운 것이라곤 춤추는 것과 기타 연주밖에 없는'—는 그 스펙터클의 중심인 동시에 배우이며 관객이다. 왕을 위하여 푸케 총감이 그의 개인 성관인 보 르 비콩트에서 개최한 저 유명한 1661년 8월 17일 축제는 용서받을 수 없는 비리였다. 그 요란한 사치 때문에 그런 것이 아니라 결국 앞에서 언급한 은행권 위조와 비견되는 왕권의 참칭행위이기 때문이다. 마찬가지로 몰리에르는 평민이며 나사 제조업자인

---

31) 원주 : 필립 보상Philippe Beaussant, 『베르사유 오페라Versailles Opera』, Gallimard.

주르뎅 씨가 오로지 돈의 힘으로 귀족이나 입을 수 있는 복장과 모자와 춤을 탐한다고 가혹하게 풍자한다.

그러나 베르사유의 그 스펙터클은 누구에게 바쳐진 것일까? 네로, 칼리굴라, 코모드 같은 황제들이 백성의 환심을 사기 위하여, 아니 민중을 선동하기 위하여, 검투사의 옷을 입고 경기장으로 내려갔다. 백 년 뒤에는 몰리에르, 보마르셰 같은 극작가들이 식자층 평민과 자유분방한 귀족 대중을 자신들의 연극에 동원한다. 그 관객들은 체제에 대한 공격에 미친 듯이 박수를 보낸다. 베르사유의 경우는 전혀 그렇지 않다. 궁정이 스스로에 대하여 만들어 보이는 그토록 비용이 많이 들고 강제적인 이미지는 왕의 정원 울타리 밖으로 벗어나지 않는다. 조신들, 특히 루이 14세 자신 이외에는 그것을 구경할 다른 관객이란 없다. 제 얼굴과 자신의 행동을 비춰보려고 찾아가는 저 거울 뒤덮인 회랑만큼 바로크 시대의 나르시시즘을 더 훌륭하게 상징해주는 것은 없을 것이다. 또한 바로크 시대의 전형적인 철학자인 라이프니츠의 『단자론』을 그보다 더 충실하게 스스로의 이론으로 삼는 것은 없을 것이다. 라이프니츠에게 있어서 이 세계란 무한한 수의 단자들에 불과한 것인데 그 각각의 단자는 다른 모든 단자들의 거울에 불과하다. 제 스스로의 스펙터클—생 시몽은 바로 그 스펙터클의 담당 기자가 된다—을 향하여 닫혀져 있는 그 세계를 서민 대중과 역사의 회오리를 향하여 개방하도록 강요할 수 있게 되기 위해서는 대혁명까지 기다리지 않으면 안 되었다.

*

1806년 10월 14일, 나폴레옹이 이에나에서 프러시아 군대를 물리쳤을 때 헤겔은 그의 『정신현상학』에 마지막 손질을 하고 있었다. 그는 '이 세계의 영혼이 백마를 타고 지나가는 모습을 보기 위하여' 거리로 나갔다. 그러나 덧붙여 말해두지 않을 수 없거니와, 그는 한 시간 뒤, 여차하면 닥치는 대로 노략질하고 불지르며 덤빌 태세인 프랑스 병정들에게 지하실 창고의 포도주를 나누어주지 않을 수 없는 형편이 되고 말았다. 『정신현상학』의 원고는 여러 병의 폰타크를 제공한 끝에 안전하게 구해낼 수 있었던 것이다. 그럼에도 헤겔주의에는 어쩔 수 없이 제국의 초상학이 가미된다. 과연 헤겔 사상의 가장 큰 새로움은 그가 실현하겠다고 자처하는 역사의 편입이다. 데카르트, 스피노자, 라이프니츠 그리고 다른 많은 '고전적' 사상가들이 볼 때 역사적 사건들이란 이해하려고 애써봐야 아무런 소용이 없는 무질서한 소용돌이에 불과한 것이었다. 역사는―여러 가지 정념 같은 오류들이 그렇

듯이—외부의 어둠 속으로 내다버리는 피비린내 나는 잡
동사니인 것이다. 반대로 헤겔은 그 역사를 재구성하고
자 하고 역사야말로 정신이 스스로를 정복해나가는 단계
들이라고 믿는다. 그와 더불어 지배자는 싸움터의 저 위
에서 초연하게 펄럭이는 부동의 태양이기를 그친다. 실
제로 나폴레옹 자신도 누구 못지않게 절대권력을 지닌
제왕들의 거의 신과도 같은 불가침성을 아쉬워하게 된
다. "내가 만약 주피터의 피를 이어받았다고 떠들어댄다
면 거리를 지나는 갈보도 코앞에서 비웃을 것이다!"라고
그는 말한다. 사실 바로 얼마 전, 루이 16세는 반역죄를
지은 시민 루리 카페로 격하된 바 있었다. 따라서 황제는
몸소 행동해야 할 의무가 있고 물론 성취를 통해서 축복
받지 않으면 안 된다. 지배자 뒤에는 뛰지 않으면 쓰러지
는 모험가가 숨어 있다. 그는 아르콜에서 워털루에 이르
기까지 그 점을 한시도 잊어서는 안 된다. 그리하여 그의
초상이 가는 곳마다 그를 따르게 된다. 그야말로 만화와
다름없는 그 그림들 속에서 우리는 이집트의 피라미드
앞에 서 있거나 자파의 문둥병 환자들을 격려하고, 생 베
르나르 준령을 오르며, 알프스를 넘고, 노트르담 사원에
서 조제핀에게 왕관을 씌워주고, 엘로의 전장을 누비는
등등 저 역사적 영웅의 모습을 볼 수 있다. 그가 죽고 난
뒤에도 이 초상학은 다하지 않을 것이며 19세기의 구태

의연한 대공식주의자들은 여전히 오스테를리츠와 베레지나에서 무궁무진한 찬양의 샘물을 길어낼 것이다. 그러나 이 성상의 대홍수는 어떤 사건에 의하여 점차 감속되다가 마침내는 멈추게 된다. 그 사건은 처음에는 별로 눈에 띄지 않다가 회화 아틀리에와 살롱에서 폭탄처럼 터진다.

다비드가 그린 나폴레옹의 전신상에서 황제는 프랑스식 바지를 입고 있다. 자세히 관찰해보면 오른쪽 비단 양말이 약간 돌아가 있음을 알 수 있다. 양말코가 완연한 나선을 그리고 있는 것이다. 오늘날의 하이퍼 리얼리즘도 이보다 더 잘 그려내지는 못했을 것이다. 이토록 세심하고 무용한 정밀묘사에 집착하는 화가이고 보면—그 이전의 리얼리즘이 표방하던 아름다운 몸, 먹음직한 과일, 못생겼지만 힘찬 얼굴 따위는 이제 더 이상 발붙일 자리가 없다—그는 사진의 '선명도'를 예고하고 있다고 말할 수 있다. 그런데 사진을 만들자면 붓보다는 사진기가 더 좋은 것이다. 따라서 이제 남은 것은 사진기의 발명뿐이었다. 그것은 다비드가 사망하기 3년 전인 1822년 니세포르 니엡스에 의하여 실현된다.

*

　1839년에 다게르가 프랑스 군주의 사진을 최초로 찍는다. 튈르리 공원에서 찍은 루이 필립의 사진이 그것이다. 자기 광고에 신경을 많이 쓰는 나폴레옹 3세는 흐뭇해하는 표정으로 자신의 초상을 뽑도록 시킨다. 실제로 새로운 기술에 힘입어 영상을 광범한 공간에 고루 보급하는 문제는 이리하여 지난날 판화가 겨우 시작만 했을 뿐인 해결책을 마침내 찾아내기에 이른다. 그 후 사진판화, 영화, 그리고 텔레비전이 뒤를 잇는다. 그러나 기술에 의하여 영상이 무한대로 번식할 수 있게 되자 이번에는 이데올로기가 그것을 외면한다. 나폴레옹 3세에 대한 인물 숭배와 한동안의 불랑제주의의 위협이 지난 후 제3공화국의 국가 지도자들은 극도로 삼가는 태도를 취한다. 그럼에도 사진은 점점 더 중요해져서 그림으로 그린 초상화의 돌이킬 수 없어 보이는 몰락을 초래한다. 마지막 위대한 초상화가들 중 한 사람인 마네는 거기에 손을 대어 클레망소의 초상을 완성한다. 여기에 대한 앙드레 말로의 코멘트는 이렇다. "주체는 사라지게 되어 있다. 왜냐하면 다른 모든 주체를 내몰아버리게 될 새로운 주체가 나타나기 때문이다. 그것은 다름아닌 화가 자신의 지배적인 존재다. 마네가 클레망소의 초상을 그릴 수 있

기 위해서는 그 그림 속에서 자기가 전부이고 클레망소
는 거의 아무것도 아니어야 한다고 감히 마음먹지 않으
면 안 된다."

그 '거의 아무것도 아닌 것'은 1953년 3월 프랑스 공
산당을 뒤흔들어놓은 피카소—스탈린 사건에서 일대 소
용돌이로 구체화되어 나타난다. 스탈린이 사망했다는 소
식을 접하자 아라공은 프랑스와즈 질로에게 전화를 걸어
피카소가 '인민의 아버지'의 초상을 그려줄 것을 요청한
다.《프랑스 문예Lettres Francaises》신문의 다음호 조판이
모두 끝난 마지막 순간에 작품이 도착한다. 피에르 덱스
는 '순진하면서도 놀라울 정도로 결의에 찬' 필치라고 평
가한다. 그러나 신문이 나오자《위마니테L'Humanité》와
《프랑스 누벨France Nouvelle》편집실에 항의가 빗발친다.
훗날 엘자 트리올레는 이렇게 논평한다. "눈빛이 순진한
한 인기 청년 같은 그 이미지와 지혜와 용기와 인간성의
구현으로 전쟁의 승리자요 우리의 구원자인 이제 막 운
명한 그 사람에 대하여 사람들이 평소에 품고 있던 영상
사이에는 아주 커다란 거리가 있게 된다."[32] 수많은 항의
가 쏟아진다. 푸즈롱은 슬픈 목소리로 "한 위대한 예술가
가 전세계 프롤레타리아의 가장 큰 사랑을 받았던 인간

---

32) 도미니크 드장티,『엘자의 열쇠Les Cles d'Elsa』, Ramsay.

의 착하고도 단순한 얼굴을 그리지 못하다니"하고 탄식한다. 아라공은 이 폭풍을 한 몸에 받으며 버틴다. 그는 피에르 덱스에게 설명한다. "자네와 나는 피카소와 스탈린은 생각했지만 공산당원들 생각은 못했던 거야."그는 아주 완곡한 자아 비판을 발표하는 가운데 "일생 동안 나는 가령 한 장의 데생도 피카소의 전 작품세계에 비추어서 바라보는 데 습관이 된 나머지 획이라든가 테크닉 같은 것에 전혀 신경을 쓰지 않은 채 그것을 바라보는 독자가 있다는 것을 잊어버렸다. 그것이 내 실수다. 나는 그에 대하여 매우 비싼 대가를 치렀다. 나는 그걸 인정했고 지금도 인정한다……"라고 밝힌다. 외교적인 표현을 빼고 말해본다면 이 모든 말썽은 공산당 지도자들과 맹원들의 현대미술에 대한 무지에서 생겨난 것이란 뜻이 된다. 그럴지도 모른다. 그러나 경험에 비추어보건대 사진의 도래 이후 회화는 공식적인 초상에는 부적합해져버렸다는 점 또한 부인할 수 없다. 초상화는 이제부터 나다르의 예술의 소관사항이 된 것이다. 그러니 이제 사진작가들에게 자리를 내어줄 때다!

*

　정치 지도자의 영상의 역사에 있어서 필립 페탱의 경

우는 결정적인 전환점으로 기록된다. 그는 프로필이 돈과 우표에 찍힌 프랑스 정부 수반들 중 마지막 인물이다. 그와 동시에 그는 모든 공공장소에 사진이 넘치도록 나붙은 최초의 지도자다. 그의 사진은 수백만 장이 찍혔다. 그 사진은 프랑스의 모든 시청 사무실뿐만 아니라 모든 병원의 병실, 각급 학교의 모든 교실에서 볼 수 있어야 했다. 내 학교 친구 중 하나가 교실의 의자를 딛고 올라가서 '나는 나의 신명을 조국 프랑스에 바치노라'라고 적힌 사진 설명문에서 '신명'이란 단어를 '사진'으로 고치던 모습이 아직도 눈에 선하다.

전쟁이 끝나자 벵상 오리올과 르네 코티 대통령과 더불어 이러한 공식적인 사진의 전통이 자리잡으면서 간소하게 출발했다가 그 시대에 있어서 가장 많이 사진 찍힌 ─솔직히 말해서 그는 가장 포토제닉한 인물이었다─샤를르 드 골이 권좌에 복귀하면서 그 전통은 거추장스러울 정도로까지 발전했다. 제5공화국 초대 대통령의 공식 사진은 장 마리 마르셀─철학자 가브리엘 마르셀의 양아들─에게 의뢰하여 찍었다. 그 사진의 배경으로는 엘리제궁의 서재가 선택되었다. 아마도 장군의 문학적 야망에 대한 은근한 암시였을 것이다. 그는 정복 차림으로 레지옹 도뇌르 훈장을 달고 신헌법조문이 기록된 것으로 되어 있는 책 위에 한 손을 얹고 있다. 이 공식 초상이 공개되는 즉시 장 마리 마르셀에게는 외국 국가원수들—특히 아프리카의—의 주문이 쇄도했다. 그들은 자기들에게도 그에 상응하는 사진을 찍어달라고 주문했다. 하기야 어떤 국가 원수들은 마르셀의 도움을 받지 않은 채 자기 나라 사진사 앞에서 드 골과 같은 포즈를 취했다. 지난날 벨기에령이었던 콩고의 단명한 대통령이었던 루뭄바는 자기 손자로 하여금 가죽공 위에 손을 얹은 채 똑같은 포즈로 사진을 찍도록 했다.

발레리 지스카르 데스텡은 열 살 적에 볼로뉴 숲의 아름다운 산책로를 찍은 사진들로 유명한 쟈크 라르티그에게 의뢰했다. 하얀 머리숱과 푸근한 미소로 나이 먹어서도 동안인 라르티그는 그 자신이 너무나도 포토제닉이어서 그러한 대통령의 선택 덕분에 그 자신의 사진이 모든 언론에 보도되었다. 이야말로 뜻하지 않은 반사적 영광이라 아니할 수 없다.

1981년 프랑스와 미테랑이 2만 5천여 개에 달하는 프랑스의 모든 시청에 걸어놓을 자신의 초상을 찍어달라고 부탁한 사진작가는 지젤 프로인트다. 이는 아마도 문학에 대한 또 한번의 경의의 표시라고 할 수 있다. 왜냐하면 지젤 프로인트는 버지니아 울프, 버나드 쇼, 조이스 같은 작가들의 초상사진을 찍은 것으로 유명한 사람이기 때문이다. 그녀는 대통령에게 집무용 책상에 앉아서 애

독서 한 권을 선택해달라고 청했다. 택해진 책은 몽테뉴의 『수상록』 중 한 권이었는데 책이란 읽으라고 만들어진 것인 만큼 그 책은 대통령의 손 안에 펼쳐져 있게 된다. 책을 읽다가 문득 멈춘 그는 아마도 회의적인 예지의 교훈으로 한결 부드러워진 시선을 사진 찍는 사람에게로 던진다.

그러나 마르셀도, 라르티그도 프로인트도 공식적 초상을 전문으로 택하지는 않는다. 반면에 그 방면의 전문가는 아르메니아 출신 유서프 카쉬를 꼽을 수 있다. 40여 년의 경력을 통해서 그가 '작전을 한'(이건 그 자신의 표현이다) 교황, 노벨상 수상자, 국가 원수는 다 헤아리기도 어려울 정도다. 카쉬는 고의적으로 자연에는 등을 돌린다. 그의 초상들은 어느 한구석도 자연발생적이거나 '있는 그대로'라고 느껴지는 구석이 없다. 대형 암실(8×10인치)을 사용하여 기막히게 조절한 인공 조명으로 찍은 그 초상들은 인물을 그 주변 상황과 완벽하게 분리시킨다. 영상은 모호한 대양의 한가운데 떠 있듯이 빛을 받아 또렷해진 섬처럼 두드러져 보인다. 그것은 매번 위대한 인물들의 고독을 충격적일 만큼 구체적으로 실감시켜준다. 그 얼굴들은 동시에 대중의 시선에, 기자들의 플래시에, 만화가들의 연필에 노출된 저 공적인 얼굴들이 입은 공통된 마모 상태, 일종의 반드러움을 우리에게 드러내 보인다. 그뿐이 아니다. 기층부의 공산당원들이 자기들 사람으로 인정하기를 거부한 스탈린의 모습을 그린 피카소와는 달리, 유서프 카쉬는 그가 사진 찍는 저명인사에 대하여 만인이 저마다 마음속에 그리고 있는 이미지를 미리 알아서 만들어내는 천재를 발휘한다. 그가 이 마음속의 평균적 이미지를 너무나도 정확하게 짚어내고 다듬어 집단의 기억 속에 깊숙이 아로새겨놓기 때문에 우리는 이제 예컨대 처칠—그가 찍은 가장 유명한 인물 사진—을 그가 제시한 태도와 표정 속에서가 아니고서는 더 이상 상상할 수가 없는 것이다. (전해 내려오는 전설적인 말에 의하면 이 영국 수상의 깜짝 놀란 듯하고 성난 것 같은 표정은 사진작가가 그의 손가락 사이에 끼여 있던 그 유명한 시거를 아주 민첩하게 뺏어버렸기 때문에 생긴 것이라고 한다.) 유서프 카쉬가 찍은 바로 그 인물 사진을 보고 우표를 만들기도 하고 메달을 새기게도 되는 것은 그의 천재에 대한 극단적 승인이라고나 할까.

*

라디오, 영화, 텔레비전의 출현은 권력의 이미지와 더불어 이미지의 권력을 뿌리부터 뒤흔들어놓았다. 이 새로운 도구들을 사용하는 것은 정치인에게 있어서 하나의

210

지상 명령이 되었다. 국가 원수는 탁월한 배우로서의 자질을 가져야 하는가? 라는 겉으로 어처구니없어 보이는 질문을 던지지 않을 수 없는 사정이 된 것이다. 배우의 직업과 정치활동 사이의 관계에 대한 이 질문은 보다 더 깊은 연구 검토를 필요로 한다. 그러나 라디오, 영화, 텔레비전 등 그동안 차례로 등장하여 지금은 함께 공존하면서 서로 영향을 끼치고 있는 매체들은 서로 구별해서 생각할 필요가 있을 것이다. 처음에 영화가 집단 상상력에 단독으로 작용했던 바를 라디오가, 다음에는 텔레비전이 수정했으니까 말이다.

그런데 이러한 발전은 스테레오 타입의 빛이 바래는 방향으로 나아가고 있다는 느낌이다. 영화가 혼자서 대중의 상상력을 지배하던 시절에는 매우 무거운 윤곽의 주역들이 무대의 전면을 차지하고 있었다. 레뮈나 페르낭델이 영화 스크린을 누비던 바로 그 무렵에 무솔리니와 히틀러가 정치무대에서 날뛰었던 것은 놀라운 일이 아니다. 필시 소형 스크린에서 눈이 세련된 오늘날의 관객들은 그런 배우나 그런 정치인을 용납하지 못할 것이다. 그때 이후, 정치인상이나 배우의 이미지는 다같이 평균적인 시민이 자신에 대하여 갖고 있는 이미지에 근접했다. 일상적으로 친근해진—일주일에 한 번(토요일 저녁의 영화 구경)이 아니라 매일, 혹은 매시간 대하는—

나머지 그 이미지는 부드러워지고 뉘앙스가 가미되었다. 프랑스 영화의 마지막 우상은 브리지드 바르도였다. 그런데 우상이란 그 자체의 자질에 의해서라기보다는 그를 바라보는 대중이 그에게 쏟아붓는 욕망과 환상 덕분에 위력을 발휘하는 것이다. BB의 후예가 나타나지 않는 것은 아마도 오늘날의 대중이 그런 종류의 개화가 이루어지기 좋은 터전을 더 이상 마련해주지 않기 때문일 것이다. 그리고 그 다음에는 가면의 황혼이다. 사실 여러 가지 징후들로 미루어보건대 브리지드 바르도의 경우는 완전한 개화 상태에 이른 한 현상이 백조의 노래를 부르는 것임을 예고하고 있었다. 그 여배우가 바르도 같은 너무나 평범한 성姓보다 좀더 '환상적인' 성으로 개명하여 데뷔할 생각을 하지 않은 것만도 상당한 일이었다. 대전 전에 시몬 루셀 양은 유명해지기 위하여 미셸 모르강이라는 예명을 만들어 가지지 않으면 안 되었었다. BB가 결국은 프랑스 공화국의 상징인 마리안느의 모델이 되어 우표와 각 시청 앞의 석고상으로 등장했다는 것은 더 이상 갈 수 없는 마지막 귀결이라고 하겠는데 거기에는 이미 경화증의 조짐이 보이고 있다. 나는 젊고 장래가 크게 기대되는 어떤 스테레오 타입이 너무나도 명증한 나머지 마침내는 회의주의라고 느껴질 정도로 강한 자각을 가진다고 믿지 않는다. 오늘날 희화에 가까울 정도로 천편일

률이 된 정치 지도자들을 만나보려면 카리브해나 중앙 아프리카쯤으로 찾아가 보아야 할 것이다. 공연 분야에서는 터무니없이 단순화된 영웅들이 아직은 완전히 사라지지 않고 있지만 벌써 무한히 멀어져가고 있다. 그런 영웅은 이제 공상과학소설이나 만화에서밖에는 찾아볼 수 없다.

그러나 더욱 섬세한 것이 된 이미지는 그렇기 때문에 더욱 깊이 파고드는 힘이 있다. 그리하여 우리는 어찌하여 매우 인기 있는 영화 스타가 대통령 선거에 출마하여 압도할 생각을 하지 않는지 이상하게 생각할 정도가 되었다. 미국의 존 웨인, 영국의 로렌스 올리비에, 독일의 크르트 유르겐스, 프랑스의 장 가뱅은 대통령 선거에서 승리를 거둘 가능성이 있지 않을까? 이는 부질없는 질문이 아니다. 지난번 프랑스 대선에서 희극배우 콜뤼슈가 출마를 예고하여 논란을 불러일으킨 바 있다. 미국의 현 대통령은 우선 서부활극의 카우보이로 알려졌던 인물이다. 우리는 자유파 폴 뉴먼과 보수파 찰튼 헤스톤이 선거전에 몸을 던지는 것을 보았다. 그러나 모범적인 예는 인도판이다. 배우 라마 라오가 지난 선거에서 야당의 승리를 이끌어낸 것이다. 그가 영화에서 비쉬누의 역을 맡았기 때문에 국민들은 마침내 그를 힌두교 삼위일체 중 둘째 신의 전신이라고 믿게 된 것이었다.

정치인은 반드시 미남이어야 하는가? 어떤 사람들은 이런 질문을 던지면서 이것이 혹시 보통선거＋텔레비전이라는 무서운 덧셈의 시작이라고 생각하여 분노에 떨기도 한다. 그런데 전혀 그런 것이 아니다. 그 문제는 이미 오래 전부터 제기되고 있었다. 수에토니우스의 글에 보면 아그리핀의 아버지요 네로의 할아버지인 제르마니쿠스에 대한 다음과 같은 평가가 나온다. "그는 머리가 총명하여 그리스어와 라틴어 두 가지 웅변 분야에 있어서 뛰어났으며 유난히 착한 마음씨와 사람들의 선의를 조화시키려는 드문 욕망을 지니고 있지만……. 두 다리가 너무 가늘어서 그 잘생긴 용모와 어울리지 않는다." 더 먼 과거로 거슬러 올라가보자. 법관들이 나서서 다스리는 것을 싫어한 헤브라이 사람들이 어느 날 여호와에게 자신들에게도 왕을 달라고 청하였다. 여호와는 군주가 생기면 그들에게 필시 세금과 군역을 지울 것인즉 그 점을 생각해보고 요구하라고 했다. 그러나 결국은 요구에 못 이겨 사울을 선택하여주었다. 그런데 성서는 그 선택에 대하여 단 한 가지만의 이유를 들어보이고 있다. "이스라엘이 낳은 아들들 중에서 이보다 더 잘생긴 사람은 없다. 또 그는 어느 누구와 견주어보아도 머리 하나만큼은 더 크다." 왕재로서의 이 플레이보이 전통은 한 번도 무너진 적이 없다. 프랑스 사람들은 항상 루이 11세처럼 추남이지만 프랑스에 많은 이득을 가져온 재목보다는 프랑스와 1세 같은 고약한 미남을 선호했다. 오늘날 미국은 존 케네디를 통하여 육체적인 매력이 재난투성이의 정책을 잊어버리게 하는 데 다시 한번 성공하는 예를 선보였다. 같은 시기에 소련 사람들은 늠름한 풍채를 갖추지 못한 점도 한몫했을 이유로 저 탁월한 흐루시초프를 밀어내버렸다. 그렇다, 정치 지도자는 잘생겨야 한다. 이는 의심의 여지가 없다. 그냥 잘생기기만 해서는 안 되고 호감이 가고 안도감을 주며 열정적…… 등등이어야 한다.

*

몇 년 전, 랑그도크 지방들의 총체인 옥시타니Occitanie가 망각으로부터 깨어나 열렬한 지지자들과 심지어 토박이들까지 얻게 되었다. 그 중 몇몇은 알비 종파Albigeois의 탄압에 있어서 루이 성왕의 역할을 문제삼기도 했다. 어느 신문에 실린 공개 편지의 필자는 '프랑스 역사의 스테인드 글라스의 한 인물상'을 감히 그처럼 훼손하는 것에 분노를 표시했다.

그 표현은 과연 흥미로운 구석이 없지 않다. 실제로 스테인드 글라스의 특징은 무엇인가? 그것은 빛이 들어오는 일종의 창문이다. 그 결과 건물 안쪽에 있는 관찰자의 눈에는 스테인드 글라스의 인물상은 다른 형상들과 마찬가지로 빛을 반사하지 않는다. 그 인물상은 그 자체가 빛의 광원이다. 그런데 프랑스 역사상의 루이 성왕은 바로 그런 식으로 바라보아야 한다. 즉 그 주변의 모든 것을 남김없이 비추어주며 그 광선이 7세기에 걸친 온갖 부침을 통해서 아직도 우리들에게 와 닿는, 그 어떤 빛의 샘이라고 보아야 하는 것이다.

모든 성자들이 다 '스테인드 글라스의 인물들'이긴 하지만 왕이라는 자격으로 해서 루이 9세에게는 하나의 명백한 부가적 광채가 더해진다. 그 부가적 광채는 또한 하나의 애매성이기도 하다. 권력행사가 과연 성인의 자격과 양립할 수 있는지 의문이 생기기 때문이다. 그것은 루이 9세에게는 명백히 도박이었다. 행동을 통해서 무류성, 올바름, 너그러움─별로 정치적이라고 할 수 없는 덕목들─이 모두 그런 덕목의 반대되는 것보다 더 '이익이 되는 것'임을 증명해야 하는 것이다. 역사가들은 루이 성왕이 과연 그 도박에서 이겼는가 졌는가를 둘러싸고 끝없는 토론을 벌였다. 루이 16세의 죽음을 요구하면서 "순수한 마음으로 군림하는 것은 불가능하다"고 외쳤던 생 쥐스트의 정신에서 본다면 루이 성왕─그뿐만 아니라 신권을 부여받은 모든 왕들은─분명 도박에서 졌다. 가장 기이한 것은 루이 성왕도 가끔 생 쥐스트처럼 생각했던 것 같다는 점이다. 일생 동안 줄곧 그는 만사를 작파하고 그에게 어울리는 단 한 가지 활동, 즉 기도에만 전념하고 싶은 유혹에 사로잡혀 있었다. 그는 자주 왕위를 버리고 수도원으로 물러나겠다는 말을 하여 궁정의 신하들을 늘 불안하게 했다. 그리고 그는 두 번이나 십자군 원정을 떠남으로써 말로만 하던 위협을 어느 면 실천에 옮긴 것이나 마찬가지다. 십자군 원정에 나선다는 것은 기사에게는 어느 의미에서 종단에 입문하는 것이니까 말이다.

그러나 어쩌면 생 쥐스트는 오직 한 단어를 잘못 사용한 것인지도 모른다. 즉 그는 '순수한 마음으로 통치하는 것은 불가능하다'고 말했어야 옳았을 것이다. 그를 기요틴으로 보냈던 테르미도르파는 그의 말을 그렇게 고쳐서 그에게 되돌릴 수도 있었을 것이다. 하기야 군림하는 것과 통치하는 것 사이의 경계선이 때로는 매우 모호한 것이 사실이다. 그러나 군림하는 자는 한 무리의 희고 향기로운 여인들에게 둘러싸여 있고 그것이 목적이다. 반면에 통치하는 자는 불가피하게 붉고 냄새나는 보좌관들에게 일임하며 그들은 수단이다. 목적이 수단을 정당화한다는 원칙은 가해자의 거짓말에 불과하다.

왕은 순수한 마음으로 군림할 수 있는가? 권력의 초상

들은—이집트의 석관들에서 오늘날의 공식적인 사진들에 이르기까지—한결같이 입증 자료를 제시하면서 그렇다고 확인하는 것을 주된 기능으로 삼고 있다. 모든 공식적인 영상들이 지닌 성인전 연구적인 사명은 부인하기 어렵다. 모든 정부는 불순한 신정정치神政政治라고 에머슨은 썼다. 정치 지도자를 조각하고 그리고 사진 찍는 것은 바로 그에게서 그 불순함을 씻어내기 위함이다. 공자는 왕을 움직이지 않고 붙박여 있는 북극성에 비유하면서 하늘 전체가 그 주위를 돈다고 했다. 지배자의 영상은 바로 그 항성의 부동성을 선언하고 찬미하기 위하여 있는 것이다.

풍경

비. 민물. 태양으로 증류시킨 물. 바닷물의 반대. 바다에 내리는
비. 끼었는 작은 버섯들. 구름들이 지나가면서 거대한 청록색의
짜디짠 평원에 민물로 키스를 보낸다.

바냔나무

인도에서 목격한 광경. 새 한 마리가 종려나무 위에 앉는다. 새가 싼 똥이 나무 둥치 아래 떨어진다. 그 속에 바냔 씨 한 알이 들어 있다. 새똥 덕분에 비옥해진 땅에 씨앗은 싹이 튼다. 바냔 싹이 자라 종려나무를 감는다. 거기에 두번째 싹, 그리고 세번째 싹, 이렇게 여러 개의 싹이 차례로 돋아나 합세하여 종려나무를 감아 올라간다. 마치 여러 개의 점점 더 억세어지는 손가락을 가진 손처럼, 땅에서 솟아난 어린 바냔나무가 종려나무를 모질게 휘감아 뿌리를 뽑아 올린다. 뿌리 뽑힌 종려나무는 바냔나무에 처들려 올라간다. 그러면서도 종려나무는 때로는 땅에서 몇 미터씩 처들린 채 나뭇가지들의 감옥 속에서 계속하여 생명을 부지한다.

쌀

인도에서 쌀을 먹어보거나 먹는 것을 본 적이 없는 사람은 쌀이라는 그 단순한 한 마디('밀'이라는 말도 단순한 한 마디지만 그 두 가지 기본적 식량 사이에는 두 가지 문명의 거리가 가로놓여 있다) 속에 담긴 의미를 깨닫지 못한다. 인도 국민은 사제와 같은 국민이다. 그들의 모든 행위는 의식적儀式的이며 그들의 모든 행동은 수세기에 걸친 어떤 모델을 따르는 것같이 보인다. 우리들의 눈앞에서 쌀로 음식을 만드는 인도인의 몸짓은 어떤 전설을 말해주고 있고 그가 쌀을 먹으면서 행하는 몸짓은 설교와도 같은 가치를 지닌다. 불타오르는 듯한 시선이 전부인 그의 얼굴은 그의 육체의 나머지 부분들을 열렬히 부정하고 있다. 따라서 이 음식은 정신적 본질을 가진 것이다.

그런데 세상에는 배고픔도 있고 어린아이들도 있다. 내가 인도에서 본 가장 아름답고 열광적이고 눈물나도록 감동적이며 고함치고 싶도록 가슴을 뜨겁게 하는 것은 아그라의 타지 마할도 아니었고 엘레판타 석굴도 아니었고 베나레스의 화장 장작불도 아니었다. 바로 그것은 남이 추월도 하지 못하게 좁은 골목길을 꽉 채운 채 온통 출렁대고 털털거리면서 지나가는 낡은 액체 운반용 탱크트럭이었다. 그 차는 마을에서 부락으로 뒤뚱대며 돌아다니다가, 사람들이 모여 기다리는 것으로 보아 필시 예정된 곳인 듯 싶은 지점들에 멈추곤 했다. 그러면 누더기옷을 입은 일단의 어린아이들이 탱크트럭 뒤로 얌전하게

모여들었다. 운전사가 차에서 내려 커다란 수도꼭지를
틀면 한 아이가 내미는 작은 주발에 쌀죽이 쏟아져 담겼
고 그걸 받은 아이는 발꿈치를 모두어 깔고 앉아서 갈색
의 코를 그 속으로 처박는 것이었다.

우선, 나는 이 세상에서 배고픈 사람들에게 먹을 것을
가져다주는 그 운전사의 역할보다 더 흐뭇한 것은 없겠
다는 생각이 들어서 그의 팔자가 너무나도 부러웠다. 그
러나 아마도 신비와 괴물스러움이 가득한 인도의 그 분
위기 때문이었는지 나는 그보다 더 열광적인 변신을 꿈
꾸어보았다. 즉 나는 탱크트럭 그 자체가 되고 싶었던 것
이다. 다시 말해서 백 개가 넘는 인심 좋은 젖꼭지를 가
진 엄청나게 큰 암퇘지처럼 굶주린 인도 어린이들에게
실컷 빨아먹도록 배를 맡겨놓고 싶은 것이었다.

그렇게 되면 양성전위를 통해서 식인귀는 어린아이들
을 잡아먹는 것이 아니라 그 아이들에게 먹힐 수 있게 되
는 것이다.

지중해

지중해. 지중해 연안지역. 지중해의 세계. 수천 년을
이어온 문명. 우리들의 문명.

이런 간단한 몇 마디 말만 들어도 기가 죽을 정도로 풍부하고 복잡한 생각들이 머릿속에 와글와글 끓어오른다. 겁이 나고 머리가 어지러워질 지경이다. 발을 헛디딜 것만 같다. 의지할 것과 표적을 찾고 생각의 졸가리를 분간해내고 싶어진다. 그 언저리에 서면 금방이라도 현기증이 날 것만 같은 백과사전적 심연을 앞에 두고 우리는 개인적인 반사작용과 친근한 추억들, 주관적인 기호에 매달리고 싶어진다. 물론 유대교, 기독교, 회교라는 세 가지 정신성을 비추어주는 지중해의 위대한 삼위일체인 모세, 예수, 마호메트 같은 존재들이 없는 것은 아니다. 그러나 보잘것없긴 하지만 그 세계를 생생하게 숨쉬며 살아 있는 상속자도 있다. 그것이 바로 나다. 어느 봄날 밤, 바람이 북쪽에서 서쪽으로 휘감아 돌고 따뜻한 빗방울이 내 집의 지붕을 때릴 때 일 드 프랑스[33]에서 지금 이 글을 쓰고 있는 나 말이다. 그러니까 나라는 보잘것없이 작은 해독解讀의 망網을 지중해라고 하는 거대한 집합체에 한 번 적용시켜볼 일이다.

솔직히 말해서, 나는 늘 지중해 연안 풍경에 대해서 불만이 많았다. 사실 나는 간만의 차라곤 없는 이 바다 기슭이 못마땅하다. 나는 체질상 대양이 더 적성에 맞는다.

---

33) 파리를 중심으로 한 프랑스의 중부 지방.

썰물. 멀리 수평선을 향하여 바닷물이 밀려나가면 우리들의 발 아래 천지창조의 첫날처럼 인적미답의 벌판이 드러난다. 그 모래, 그 갯벌, 그 산발한 바위들, 변화무쌍한 하늘이 비치는 그 물웅덩이들. 이런 세계 말이다. 너무 얌전하고 언제나 제 한계 속에만 갇혀 있고 너무 맑아서 신비한 데가 없는 지중해는 무한에서 와서 무한으로 되돌아가는 저 너무나도 생생하고 억센, 요오드 냄새의 광대한 호흡을 알지 못한다.

그런데도 나는 해마다—일 년에도 여러 번—남쪽으로 가는 길을 떠난다. 나는 저 '그랑드 블루' 머리 위를 건너뛰어 이집트로, 튀니지아로, 더 잦게는 남쪽 사하라에 가 있다. 그것이 지중해의 부름에 응답하는 내 나름대로의 방식이다.

이제야 비로소 이 지중해적 세계 속에 담겨 있는 대립성에 대한 생각이 머리에 떠오른다. 어린 시절엔 서로 친구이기도 했던 우리 시대 프랑스의 위대한 두 작가가 바로 그 대립성을 아주 정확하게 증거하여 보여준다.

그러나 우선 칸트가 그의 『판단력 비판』에서 제시한 매우 의미심장한 구별을 상기할 필요가 있다. 그는 그 책에서 두 가지 미학, 나아가서는 두 가지 타입의 성격을 특징짓는 두 가지 상반된 이념을 대립시키고 있으니 그것은 바로 아름다움과 숭고함이다. 본질적으로 아름다움

225

은 사원, 조각상, 닫혀진 기하학적 도형이다. 거기에는 더할 것도 없고 뺄 것도 없다. 그것은 영원과 완벽함의 세계다. 반면에 숭고함은 별들이 반짝이는 밤하늘, 광대한 바다, 사막이다. 그 앞에서 우리는 어둠과 빛의 심연 속으로 빨려 들어가는 듯한 느낌을 가진다.

그런데 내가 보기에 지중해는 그 풍부함을 통해서 각자가 무엇을 갈구하느냐에 따라 그 두 가지 이념을 제공하는 것 같다.

우선 마르세유, 팔레르모, 나폴리, 안티오크, 알렉산드리아, 카르타고 같은 도시들의 지중해가 있다. 한결같이 항구도시들이다. 그러나 이 항구의 번잡한 생활 때문에 그 도시의 기념물들과 궁전들, 그늘진 광장의 고요가 훼손되지는 않는다. 이것이 바로 풍족함과 균형으로 이루어진 고전주의가 꽃피는 장소들인 것이다. 프랑스 사람들이 자기네 나라의 지중해 연안지방을 '미디Midi'[34]라는 이름으로 지칭하는 것은 절묘하다. 왜 미디인가? 그곳은 태양의 운행 곡선의 정점이요 태양이 그 절정을 음미하기 위하여 걸음을 멈춘다고 인간들이 즐겨 상상하는 바로 그 균형점이기 때문이다.

---

34) 프랑스 말로 midi는 정오, 남쪽, 절정의 의미를 지니고 있다. 대문자로 표기한 Midi는 지중해 연안의 남프랑스를 가리킨다.

비둘기떼들이 노니는 저 고요한 지붕이
소나무들과 무덤들 사이에서 파닥거린다;
올바른 정오[35]가 거기에 불을 수놓나니
바다, 영원히 다시 시작하는 바다여!

이 시구는 폴 발레리의 『해변의 묘지』에서 뽑은 한 구절이다. 바스티아 출신의 아버지와 트리에스트 출신의 어머니 사이에, 세트[36]에서 태어난 발레리는 아마도 이 나라 작가들 중에서 가장 지중해적인 인물일 터이다. 그러나 이는 물론 '고전적'인 지중해, 도시들과 기념물들의 지중해, 아름다움의 지중해다.

그와 정반대되는 것이 앙드레 지드의 정신이다. 그는 1893년 10월 처음으로 마르세유에서 배를 탄다. 이 젊은 신교도는 캘빈주의자들이 득실거리는 도시의 잿빛 장벽들 속에 갇혀 살다보니 숨이 막혔다. 그는 자유를, 가없는 공간을, 사막의 무한을 갈구했다. 지중해는 그의 앞에 아프리카로 가는 관문인 양, 숭고한 풍경의 낭만적 약속인 양 펼쳐져 있었다. 그가 거기에서 찾고자 하는 것은 현자 발레리의 아폴로적인 명상이 아니라 광적인 사랑에

---

35) '올바른 정오'는 원래 'Midi le juste'로 표현되어 있으므로 여기서의 midi는 정오인 동시에 절정이요 남쪽이기도 하다.

36) 바스티아는 남프랑스 지중해의 섬 코르시카, 트리에스트는 유고슬라비아, 세트는 남프랑스 몽펠리에 옆의 도시로 모두 지중해 연안이다.

빠진 사람의 디오니소스적인 도취였다.

나는 이튿날 밤을 갑판 위에서 지샜다. 아프리카 쪽 저 멀리에 엄청나게 큰 번갯불들이 번뜩였다. 아프리카! 나는 그 신비스러운 말을 가슴속에 되뇌고 있었다. 내 마음속에 서 그 말은 폭력과 매혹적인 공포와 기대로 부풀어올랐고 내 시선은 뜨거운 어둠 속에서 가슴을 짓누르면서도 온통 번갯불들로 뒤덮인 그 어떤 약속을 향하여 정신없이 빠져 들어 가고 있었다.(『한 알의 밀알이 썩으면』)

분명 그렇다. 지중해는 이것인 동시에 또한 저것이다. 나는 이것이 이 세상에 가득한 모든 신비들을 다 설명해 줄 보편적 열쇠라고 내세울 생각은 없다. 그러나 이것은 보잘것없고 때로는 눈에 보이지 않지만 이 '정오(남쪽, midi)'에 눈이 부신 여행자가 북쪽 또한 잊지 않도록 도 와주는 하나의 붉은 선이라고 믿는다.

미스트랄 나으리

프로방스에 처음 온 사람들은 미스트랄에 대하여 관대 하다. 그들은 이 건조하고 써늘한 바람이 정신을 바짝 들 게 하고 운동 의욕을 북돋우어 건전하고 상쾌하다고 생각한다. 그들은 그 바람이 구름을 몰아내고, 카마르그의 늪에서 날아온 모기떼 자욱한 악취를 걷어내주는 동시에 박박 문질러 광을 낸 거대한 구리접시처럼 하늘을 맑게 닦아 햇빛으로 빛나게 해준다고 해서 좋아한다. 미스트랄이 부는 날씨가 고약한 날씨라고? 무슨 말씀! 고약한 날씨에 어떻게 해가 쩽쩽 비친단 말인가? 북부 사람들 생각엔 고약한 날씨란 곧 구름과 비를 뜻한다.

프로방스 사람들의 생각은 그런 것이 아니다. 나는 어느 날 아침 아를르의 포럼 광장에서 마주친 한 조그만 장면을 잘 기억한다. 그곳은 이 도시에서도 가장 친근하고 가장 아늑한 장소들 중 하나로 프레데릭 미스트랄의 저 아버지 같은 동상이 굽어보고 있는 곳이다. 공기가 이를 데 없이 부드러웠다. 아침의 첫 햇살이 플라타너스의 어린 잎새들 사이로 스며들고 있었다. 나는 끝이 없을 것만 같은 겨울의 축축한 어둠 속에서 떨고 있는 파리를 떠나 밤에 이곳에 도착했었다.

전신이 활짝 피어나는 느낌이었다. 나는 축복받은 이 시간의 기분을 나와 함께 공감할 동지가 없을지 두리번거리며 살펴보았다. 그때 광장으로 나와서 열정적으로 페탕크 놀이에 골몰하곤 하는 그런 프로방스 영감 하나가 내 옆에 와 서는 것이었다. 그는 심사가 뒤틀린 눈길로 하늘을 쳐다보더니 체머리를 흔들면서 투덜거렸다 :

"고약한 날씨가 계속이군!" 그는 근처의 카페로 피신하려는 듯 프로방스의 사나운 기후를 타박하면서 자리를 떴다. 고약한 날씨? 그렇고 말고. 그는 이미 플라타너스 잎새들 사이로 북풍이 가볍게 일고 있는 것을 눈치챘던 것이다. 미스트랄의 그 같은 기미는 아무리 미세한 것이라 해도 그의 심사를 뒤틀어놓기에 충분한 것이다. 나는 영문을 몰라 어깨를 으쓱했다.

그러나 이제는 나도 약간은 프로방스 사람이 된 모양이다. 더 이상 그런 반응에 어깨를 으쓱하는 일은 없으니까 말이다. 나는 미스트랄—라틴어 magister에서 온 말로 나으리라는 뜻의 단어 마에스트로maestro도 거기에서 나온 것이다—이 고약한 주인, 지독히 잔혹한 폭군이 될 수 있다는 것을 안다. 나는 그 바람이 일주일 내내 불어대면서 발코니의 화분에 심어놓은 화초들을 말라 죽게 하고—정원이 드물고 혹시 있다 해도 연약하기만 한 이 고장에서 이런 일은 용서할 수 없는 범죄다—천식 환자에게는 해롭기 짝이 없는 석회질의 가는 먼짓가루를 집 안의 온갖 가구들 위에 뿌려놓는 것을 보았다. 나는 미스트랄이 야외에서 공연하는 오페라, 연극 혹은 음악회를 휩쓸며 망쳐놓는 광경을 보았다. 나는 장 콕토의 〈시한폭탄Machine infernale〉 공연 중에 가엾은 조카스트가 자기 자신의 옷자락을 머리 위에 뒤집어쓰고 자루 속에 든 고양이처럼 벗어나려고 헛되이 발버둥치는 모습을 보았다. 나는 몰리에르의 극중 인물들이 거센 바람에 날아가려는 가발을 두 손으로 움켜잡은 채 연기하는 것을 보았다. 나는 〈트리스탄과 이졸데〉의 무대장치가 어찌나 바람에 흔들리는지 무대가 바그너의 오페라라기보다는 케이프 혼을 지나는 범선의 갑판과 더욱 흡사해진 광경을 보았다.

그런데 나는 성령이 내 머릿속으로 불어와서 나의 정신이 그의 영감으로 가득 차게 해주십사고 비는 뜻에서 내 저서들 중의 한 권에 『성령의 바람Le Vent Paraclet』이라는 제목을 붙였는데, 아를르에 있는 내 집 문에다가 다음과 같은 성서의 한 구절을 새겨놓고 싶다. 이것은 호렙 산 위에서 야훼가 지나가기를 기다리는 엘리야의 이야기다.

크고 강한 바람 한 줄기가 일어 산을 뒤흔들고 야훼 앞에 있는 바위를 산산조각내었다. 그러나 야훼께서는 바람 가운데 계시지 않았다. 바람이 지나간 다음에 지진이 일어났다. 그러나 야훼께서는 지진 가운데도 계시지 않았다. 지진 다음에 불이 일어났다. 그러나 야훼께서는 불길 가운데도 계시지 않았다. 불길이 지나간 다음 조용하고 여린 소리가 들려왔다. 엘리야는 목소리를 듣고 옷자락으로 얼굴을 가리고 동굴 어귀로 나와 섰다. 그러자 그에게 한 소리가 들려왔나니……

『열왕기』 상, 19절 11~13장

미스트랄이 부는 어느 날, 아를르에서 쓰다.

보스 지방의 풍차들[37]

풍차는 무엇보다도 우선 한 채의 집이다. 방앗간집 주
인이 들어 사는 진짜 집이다.

그러나 그 집은 다른 어떤 집과도 닮은 데가 없다. 첫
째 그 집은 곡식을 심어 가꾸는 평원지방의 한가운데, 마
을과 동떨어져서 외롭게 우뚝 서 있다. 그것은 흔히 벽돌
을 쌓아 만든 좌대 위에 원뿔이나 피라미드 나무 둥치 모
양으로 올라앉은 목조의 탑이다. 그러나 그 탑은 일을 한
다. 그러기 위해서 탑에는 날개가 달려 있다. 그리고 그
탑은 어느 방향에서 불어오는 바람에도 맞설 수 있도록
그 받침대 위에서 회전할 수 있다. 도드라진 가장자리의
원이 해시계반처럼 그것을 에워싸고 있다. 방앗간 주인
은 그것에 지탱하여 방아의 꼬리를 움직이고 그 꼬리에

---

37) 보스Beauce 지방은 프랑스의 샤르트르와 오를레앙 숲 사이의
진흙 토질의 평원으로 대대적인 기계화 농업 지역이다. 주로 밀을 생산
한다. 투르니에가 40여 년 동안 살고 있는 슈와젤은 바로 파리 남부로부
터 보스 평원이 시작되는 곳이다.

매달린 방아 전체가 돌아간다.

평원에 홀로 우뚝 솟아 평원에 부는 바람을 홀로 받는 평원의 외로운 숲인 풍차는 집이요 나무요 허파다. 나무는 바람 속에서 으르렁거리면서 그 잎새의 갈기를 흔든다. 그것이 그 나름대로의 숨쉬는 방식이다. 풍차는 그 낡은 선박 같은 거대하고 앙상한 몸뚱이 전체로 삐걱거리고 신음하면서 거세게 부는 바람 속으로 돛을 입힌 네 쪽의 날개를 쳐든다. 풍차와 나무의 이 같은 닮은 점은 열쇠로서의 가치가 있다. 과연 바람으로 돌아가는 모든 도구들—돛단배, 글라이더, 오르간, 연, 바람의 하프, 트럼펫—가운데서도 풍차는 대지적인 사명에 부응하는 유일한 것이다. 다른 것들은 물 속에, 공기 속에, 정신 속에 떠 있다. 그런데 풍차만이 그 받침대 위에 단단히 비끄러매여서 꼬리를 지탱점으로 떠받쳐진 채 기름진 대지에서 곧바로 솟아올라 밀과 빵을 중계하는 사명을 충실히 완수하고 있는 것이다. 방앗간 주인은 농사꾼에게서 받은 것을 빵 굽는 사람에게 주고 있으니 밀과 빵의 중계역이 아니고 무엇인가.

방앗간 주인……, 보스 지방의 풍속에 따르면 그의 영예는 드높은 것이다. 그는 귀족의 저택인 양 마을과 떨어진 곳에 자리잡은 목조 성채의 성주다. 그는 칭송이 자자하면서도 위험천만이라는 평판을 누리고 있다. 그는 매혹인 동시에 위험이다. 처녀들은 외딴 방앗간으로 빻을 곡식을 가져간다는 것이 얼마나 위태로운 행동인지 잘 알고 있다. 이리하여 방앗간은 뭔가 알쏭달쏭한 의미를 지닌다.

오시오 오시오 아름다운 아가씨여
내가 그대의 곡식을 빻아줄 테니!

방앗간 주인은 무도회에 갈 때면 '흰 가루'로 이랑진 멋진 비로드 옷을 입는데 그 옷을 절대로 솔로 털지 않도록 주의한다. 왜냐하면 그와 함께 춤을 춘 모든 아가씨들은 춤춘 흔적을 옷에 묻혀가지고 돌아가게 되고 그것은 영광인 동시에 행운을 가져다주는 것이기 때문이다.

그러나 풍찻간 주인이라고 약점이 없는 것은 아니다. 그는 바람이 불지 않아 일을 하지 못하게 되는 상황을 몹시 두려워한다. 풍차에 바람이 자면 방앗간 주인은 치욕스럽다. 풍찻간 주인은 '물가로 찾아갈' 수밖에 없는, 다시 말해서 골짜기 저 아래 있는, 경쟁 상대인 남의 물레방앗간으로 찾아가서 곡식을 빻아올 수밖에 없는 신세가 되는 것이다. 그리고 그에게도 직업병이 따른다. 전형적인 바람병인 천식이 그것이다. 물레방앗간 주인의 병은 뼈마디, 목, 어깨, 허리 등 몸 전체를 공격하는 류머티즘이다. 반면에 풍찻간 주인의 천식은 기관지와 폐의 빈 곳으로 온다.

　모종의 집요한 중상모략 때문에 오랜 옛날부터 방앗간 주인은 정직성에 의심을 받아왔다. 사람들이 그에게 가져다 맡기는 밀의 무게와 그가 빻아주는 밀가루의 무게 사이에는 상당히 난처한 차이가 난다는 것이 그것이다. 사실상 이 딱한 평판은 옛날부터 보스 지방에서 전해 내려오는 전설 속에서 마침내 아주 악질적인 우스갯소리가 되어 남았다. 공중으로 날아보라는 하느님의 재촉을 받다못해 카이요 영감—프레네 레베크 마을의—은 자기네 풍찻간의 곡식을 실어올리는 크레인 문지방 꼭대기에서 뛰어내려 목을 분질러버릴 생각을 했다. 그가 날 수 없다는 것을 이런 방식으로 증명해 보이고 나자 하느님께서는 그에게 "데지레 카이요여, 걱정할 것 없다. 위로 날지 못하겠거든 밑으로 날면 되지 않느냐."라고 말했다는 것이다.

　이 우스개 이야기는 그냥 여기서 그치지 않는다. 모래 밭에 좌초한 돛단배처럼 땅에 발목 잡혀 수인이 된 풍차는 땅에서 헤어나 허공으로 떠올라 날아가기 위하여 절망적으로 날개를 치고 있는 것은 아닐까? 풍차를 보면 우리는 잔인하게 핀에 꽂혀 코르크 병마개에 고정된 서투르고 연약한 큰 나비를 연상하게 된다. 사정이 이러하고 보면, 비행기로 변하여 날고 싶은 이 농기구의 거창한 열망을 풍찻간 주인이 나누어 가지고 있다 한들 전혀 이상할 것이 없을 것이다. 로시난테와 더불어 풍차의 날개에 실려간 돈키호테 그 자신도 어쩌면 풍차를 이제 막 날아가려는 거대한 한 마리 새로 착각한 나머지 그것과 더불어 멀리 멀리 떠나려 했던 것뿐인지도 모른다.

노르망디 정경

식물과 마찬가지로 추억도 어떤 땅에서는 뿌리를 내리지만 다른 땅에서는 말라 죽는다. 날씨 좋은 계절의 한동안씩을 이 비가 잦고 기름진 노르망디로 와서 보낸 지 삼십 년이니 이 목장들, 이 과수원들, 이 키 작은 숲으로 덮인 골짜기들, 이 단애들, 이 바다 기슭들에서 나는 얼마나 많은 열광이나 비탄, 혹은 그냥 단순한 관심, 경이 아니면 순수한 명상의 시간을 보냈던 것인가. 그러나 이렇게 보낸 삶으로부터 남은 것은 거의 아무것도 없다. 아니 남은 것이 없다는 표현 정도로는 부족하다. 슈바벤 지방의 어떤 도시, 검은 숲 지방의 어느 고원, 부르고뉴의 어느 작은 마을, 브르타뉴의 어느 해변, 스위스의 어느 호수는 그 매혹적인 정경을 생각만 해도 금방 온갖 영상들과 감동이 솟구쳐오르는데—그 축복받은 고장들을 찾아 다시 떠나고만 싶은 편집광적인 유혹을 억누르기 어려울 만큼—그에 비하여 여기서는 흔적도 자취도 유령도 남은 게 없다. 지나간 날들은 높이 자란 풀 속으로 떨어지고 탐욕스럽고 너그러운 이 땅속에 흔적 없이 빨려들어 영원히 사라진다. 노르망디의 초원은 마치 위벽과 같이, 그곳의 한 포기 한 포기의 풀은 소화 돌기같이 작용하여 농익은 사과, 마른 잎사귀, 죽은 새, 반점이 찍힌 여러 개의 연약한 알들과 함께 떨어진 새집, 잊은 채 버리고 간 인형, 눈물, 웃음, 추억들을 모두 녹여서 해체시켜버린다. 오직 사막들만이 수천 년 동안 보석과 독일 밀빵과 미라가 된 처녀들을 간직한다. 해마다 이 강력한 노르망디는 모든 것을 지우고 다시 시작하면서 우리를 본의 아니게 미래로, 새로운 모험들로, 푸른 젊음으로 이끌고 간다. 사정이 이렇고 보니 추억을 가꾸기에는 너무나 풍요롭고 회한에 잠겨 발걸음을 멈추기에는 너무나 건전한 이 지방에 대하여 어찌 정떨어지지 않을 수 있겠는가. 그러나 또한 마음속의 헛된 꿈들을 씻어내고 새로운 삶의 편을 들기 위해서 이 고장으로 어찌 되돌아오지 않을 수 있겠는가. 정떨어지지만 새 힘 나게 하는 노르망디여!

원소들의 정다움과 분노

인간은 대자연과 아주 오래된 짝을 이루고 있다. 비록 파란만장한 면도 없지 않지만 뗄 수 없을 만큼 밀접한 관계를 맺고 있는 단짝이다. 태초에 아무 가진 것 없이 사방으로 위협받는 처지였던 인간은 동물들 가운데서도 가장 약하고 가장 적응력이 부족한 동물에 불과했다. 왜냐하면 그의 사명은—이 점이 바로 다른 생물들과 인간을 분간시켜주는 것이지만—스스로 자연에 적응하는 대신 자연을 자신에게 복종시키는 데 있었기 때문이다. 추위를 견디기 위하여 동물은 털을 가지고 있다. 인간은 스스로 집을 짓고 난방장치를 갖춘다. 이리하여 그는 아주 조그만 미세환경을 형성하고 그 속에서 안락을 누린다.

그러나 그의 위력이 증대되어 자연적 원소들의 위협을 물리칠 수 있게 되면서 인간은 그 무슨 아득한 태곳적의 향수 때문인지 헐벗고 빈약했던 저 영웅적 시절을 그리워하게 된다. 그를 에워싼 삶의 무대장치들과 인공적 양식에 식상한 나머지 그는 인간적인 것에 대하여 구역질을 내게 되고 자신의 삶 속으로 하늘이 급습해 들어오는 듯한 혹독한 기후나 대기 현상 같은 것을 꿈꾸기도 한다. 어떤 종류의 스포츠—'원소적'인 스포츠라고 규정해도 좋을—는 바로 거기에 존재 이유를 두고 있다. 바닷물 수

영, 요트 타기, 스키, 등산, 글라이더 타기 같은 경기는 우리들로 하여금 인간 역사의 근원적 원천, 나아가서는 선사시대에서 힘을 얻어 다시 젊어지게 한다. 심지어 승마까지도 우리들 조상들에게는 필요불가결한 것이었던 동물과의 따뜻한 접촉을 회복시켜준다는 점에서 그와 다를 것이 없다.

모든 원소들은 어느것이나 귀중한 자양분이 되어준다. 땅은 수확물과 광물을 가져다주고 바다는 물고기를 주고 불은 수프를 끓일 수 있게 해주며 공기는 우리들의 허파를 가득 채워준다.

그러나 그처럼 이로운 기능들도 그 원소들이 폭발시킬 수 있는 엄청난 위력에 비긴다면 아무것도 아니다. 천둥치는 비바람과 태풍 속에는 그것들에 어떤 신성한 차원을 부여하는 불변의 순수함과 더불어 우주적인 위엄이 서려 있다. 우리 시대의 '원소적 영웅들'—에릭 타바를리, 폴 에밀 빅토르, 아룬 타지에프—은 평범한 인간들의 세계에 한 발을 딛고 바다와 빙벽과 화산의 무시무시한 세계에 다른 한 발을 딛은 채 그 양자 사이의 중개자로 표상된다. 여러 주일 동안이나 심연의 어둠 속에 파묻혀 있음으로써 산 채로 매장당하는 그 무시무시한 경험을 몸소 겪고 난 동굴 탐험가 미셸 시프르에 대해서 어떻게 생각하면 좋을까? 그가 감동과 피로로 몸을 떨고 울음을 터뜨리면서 땅속에서 솟아나오는 모습을 보면서 나는 무덤에서 살아 나오는 나사로를 생각했고 또한 식물의 구근을 생각했다. 구근이야말로 삶과 동시에 죽음의 상징이기 때문이다.

원소들이 지닌 힘의 이 같은 형이상학적 차원은 그 사나운 폭발 속에서 복수의 의미를 띤다. 대홍수, 소돔과 고모라의 불, 성서에 나오는 이집트의 재난은 인간의 사악함에 분노한 신의 팔을 드러내보인 것이다. 이러한 의미는 결코 사라져 없어지지 않았다. 1912년 4월 14일, 기선 '타이타닉'호가 빙산에 부딪쳐서 천오백 명의 승객들과 함께 침몰했을 때 예언적인 사상가들이 있어 유린당한 대자연이 인간에 대하여 행한 유익한 설욕을 찬양하였다. 그보다 수년 전인 1897년 5월 4일, 자선백화점Bazar de la Charité의 대화재로 상류층의 수많은 부인네들이 불타죽었는데 레옹 블르와는 이 사건을 기적이라고 칭송했다. 그는 '황금 나팔로 절대를 말하는' 사람이었다.

자선이라는 낱말에 갖다 붙인 백화점이란 그 말! 하느님의 두렵고 타는 듯 뜨거운 이름이 그 추잡한 낱말의 속격屬格의 조건으로 전락하다니! 교황의 특사가 그 아름다운 의상들에 축복을 내리지 않는 한 그 아름다운 의상에 감싸인 섬세하고 관능적인 몸뚱이들은 그들의 영혼의 시커멓고 끔찍한 모습을 가질 수 없었다. 그 순간까지에는 아무런 위험도 없었다.

그러나 그리스도의 대리자인 교황, 그러니까 그리스도 자신의 형언할 길 없는 신성모독적인 축복이 마침내, 항상 가는 곳, 다시 말해서 '불'에 내렸다. 불은 성령의 포효하며 떠도는 집일지니!

그러므로 당장에 '불'이 덮친 것이다. 그리하여 모든 것이 마땅히 되어야 할 대로 되었다.

나무와 길

당신이 어떤 풍경—언덕과 숲과 집들, 그리고 또한 강과 길들—을 유심히 본다면 그 풍경의 조화가 그 속의 붙박이인 덩치들과 그것들을 서로 이어주는 길들, 그 양자 사이의 미묘한 균형에 의존하고 있다는 것을 깨닫게 될 것이다. 그 풍경 속에 인간은 있지 않아도 좋다. 움직이는 것과 머물러 있는 것 사이의 상관관계는 달려가거나 잠자는 이가 없어도 잘 이루어질 수 있기 때문이다. 그냥 사물들만으로도 충분한 것이다.

그러므로 그 사물들 가운데서 어떤 것들은 중립적이어서 관찰자의 눈이 그 위를 훑고 지나갈 수도 있고 그 위에 딱 멈출 수도 있다. 가령 산이나 골짜기나 평원 같은 것이 그렇다. 각자 마음 내키는 대로 거기에다가 역동성을 부여할 수도 있고 정태성을 부여할 수도 있다. 또 어떤 사물들은 본질적으로 뿌리박힌 것들이다. 원칙적으로 나무나 집 같은 것이 그렇다. 끝으로, 어떤 사물들은 많게든 적게든 격렬한 역동성의 충동을 받고 있다. 길이나 강이 그렇다.

그런데 그 같은 균형이 항상 이루어지기란 매우 어렵고 또 그 균형이 이루어졌다 하더라도 지속되기란 어렵다. 파도가 밀려와 부서지는 암초들 한가운데 세워진 등대, 가까이 갈 수 없는 바위 위에 덩그렇게 올라앉은 요새, 눈에 보이는 통로 하나 없이 숲 속에 파묻힌 나무꾼의 오막살이는 고독과 공포, 심지어 범죄의 기미가 느껴지는 그 어떤 비인간적인 분위기에 필연적으로 휩싸여 있다. 거기에는 거의 감옥과도 같은 불변성과 부동성이 가슴 찢어지도록 너무 많이 고여 있기 때문이다. 듣는 사람을 두려움에 떨게 하려는 이야기꾼은 오솔길 하나 나 있지 않은 그런 꽉 막힌 풍경들을 적절히 활용할 줄 안다.

그러나 그와 반대되는 불균형도 못지않게 심각하다. 그것은 바로 현대의 생활이 끊임없이 만들어내는 불균형이다. 도시는 두 가지 기능을 가지고 있으니 말이다. 그 주된 것은 거주 기능이고 부차적인 것은 왕래 기능이다. 그런데 오늘날 자세히 살펴보면 어디서나 거주는 무시당하거나 왕래를 위하여 희생당한 나머지 우리의 도시들은 점점 더 편리한 왕래에 나무도 분수도 시장도 강둑도 빼앗긴 채 점점 더 거주하기가 불편해지고 있다는 것을 알 수 있다.

길을 만드는 재료 자체는 길의 넓이 못지않게 중요한 역할을 한다. 포석을 깐 마을의 도로나 흙길을 아스팔트 길로 교체함으로써 사람들은 색깔만 바꿔놓은 것이 아니라 시야의 역동성과 그 마을의 의식을 뿌리째 흔들어놓은 것이다. 왜냐하면 돌과 흙은 표면이 울퉁불퉁하고 꺼칠꺼칠하며 무엇보다도 투과성이어서 눈길은 닿으면 걸리고 시선은 멈춘다. 그리하여 그 투과성 덕분에 깊은 땅 속 세계와 관련이 맺어진다. 온통 반들반들하고 방수처리된 아스팔트의 띠에 닿으면 눈길은 미끄러지고 시선은 빗나가서 먼 지평선 쪽으로 튕겨진다. 이 화살표 같은 길 때문에 존재의 바탕이 손상당한 나무들과 집들은 빙빙 도는 미끄럼틀 가에 서 있는 듯 금방이라도 주저앉을 것 같다. 바로 이런 이유로 해서 굵직굵직한 화강암 덩어리로 깐 옛적의 포석은 더할 수 없이 귀중한 것이다. 그것은 역설적이게도 영원히 파괴되지 않는 둥실둥실함과 반드러움에다가 눈에도 정신에도 다같이 즐거움인 (비록 차바퀴에게는 즐거움이 못 될지언정) 불규칙성과 풀이 자랄 수 있는 틈을 만들어주는 절대적 개체성을 연결시켜준다.

우리 문명의 작은 고민들 중 한 가지는 차바퀴와 발이 서로 양립할 수 없는 요구 조건을 가지고 있다는 점이다. 이건 부인할 수 없는 일이다. 바퀴는 고른 평면과 고무로 만든 트랙 같은 점착성을 원한다. 그것은 푹푹 빠지거나 덜커덕거리거나 특히 미끄러지는 것이라면 아주 질색을 한다. 반면에 발은 그런 것에 잘 적응할 뿐만 아니라 미끄러지는 것을 재미있어 할 줄도 안다. 그러나 발이 특히 좋아하는 것은 모래나 자갈이 살짝 덮인 바닥을 소리내어 밟으면서 마치 양탄자 위를 걷듯이 약간씩 약간씩— 너무 지나치지 않게—빠지는 것이다. 발은 탄력 없이 단단하기만 한 표면에 닿아 아프게 튀어오르기를 원치 않는다. 해가 날 때 일어나는 약간의 먼지, 비 올 때 생기는 약간의 진창도 삶의 질의 일부인 것이다.

추위와 그 덕목들

베르니나 산악지대의 얼음에 덮인 정상이 굽어보는 생모리츠는 산악 스키로 이름 높은 곳이다. 그 남서쪽으로 몇 킬로미터 떨어진 실바플라나와 실스 마리아, 그 두 호수는 수년 전부터 평지 스키어들의 무대가 되고 있다.

많은 스키장에서 산악용 반장화와 바다표범 가죽을 착용한 채 옛날식의 장거리 드라이브 스키를 즐기는 사람들이 여전히 남아 있지 않다면 산악 스키니 평지 혹은 노르딕 스키니 하는 이 같은 전문화된 구별을 지나친 것이라고 할 것이다. 한 발짝 떼어놓을 때마다 청동처럼 무겁고 뻣뻣한 일습의 장비들을 끌고 다니는 신식 알펜 스키어로서는 자기 스스로의 힘으로 약간 장거리를 걷거나 특히 걸어올라 가는 것은 아주 불가능하니 말이다. 전기 리프트가 없으면 한 걸음도 못 올라가는 그는 현장의 사고시에 기껏해야 잠재적 에너지를 관리하는 것이 고작이다.

힘든 운동으로 정복하는 추위의 덕목들을 체험하고자 하는 사람들은 아침부터 얼어붙은 거대한 호수의 눈가루로 뒤덮인 세계로 내닫는다. 두 발에는 작고 간편하며 날이 서지 않은 스키를 날개처럼 착용하고서 평지 스키어는 완벽하게 평평하고 하얀 표면 위를 날아가듯이 달린다. 골짜기로 밀려드는 바람에 얼굴이 베이는 듯 아리고 양손은 으깨지는 듯하며 콧구멍과 목구멍은 타는 듯 얼얼하다. 스틱의 추진력에 맡겨진 가벼운 발밑에서 얼음장이 청록색 소리를 내며 울리고 2미터 아래에서는 그가 지나갈 때마다 작은 물고기떼들이 놀라 부챗살처럼 흩어진다. 그가 속도를 내는 것은 오로지 두 팔과 두 다리가 거의 똑같이 나누어 분담하는 근육 운동 덕분이다. 그것은 놀라울 정도로 엄밀하고 효율적인 총체적 운동이다.

그렇다. 그것이 바로 추위와 노력의 덕목들이다. 이는 선정적인 해변과도, 관능적인 모래밭과도, 미지근하고 안이한 파도와도 거리가 멀다. 여름은 육체의 계절이다. 그러나 겨울의 빙판 위에서는 준엄한 바람이 분다. 겨울이 우리의 귀에 들려주는 말은 조금도 호락호락한 구석이 없다. 추위는 도덕적 교훈이다. 그것은 벌거벗음을 호되게 벌한다. 그것이 비록 드러난 내 코끝일지라도 말이다.

그러나 실스의 교훈은 정상에서 숨쉬고 있다. 그것은 낮고 어둡고 비 내리는 도시들 위에 군림하는 소인배들의 교훈과는 아무런 공통점이 없다. 그곳의 맑고 싸늘한 숨결은 창백한 코빼기로 영화관 문간을 지키고 있는 새침데기 짐승의 역겨운 입김이 아니다.

실스의 정령은 그를 섬기는 사원을 따로 가지고 있다. 그것은 프리드리히 니체가 1881년과 1888년 사이에 규칙적으로 찾아와 머물렀던, 그러나 오늘날에는 두 곳의 호텔 사이에 납작하게 눌려 있는, 조그만 집 마리아다. 바로 여기, '인간들의 머리 위 6천 피트 되는 곳'에서 그는 자신의 두 분신인 자라투스트라와 디오니소스를 만났다. 바로 여기서 그는 7년 동안 병으로 기진맥진한 상태에서 고통에 허리가 휘고 반은 장님이 되어 관자놀이를 후려치는 잔혹한 신경통에 시달리면서 '위대한 건강'의 새로운 복음을 공포했다. 자신의 그림자가 던지는 말에 귀를 기울이면서 그 여행자는 인간들을 향하여 지칠 줄 모른 채 즐거운 앎의 계율을 쏟아냈다. 내 말에 귀를 기울이라! 나는 기막힌 발견을, 게다가 즐거운 발견을 해냈노라! 오직 가볍고 노래하는 진리만이 존재한다. 무거움은 악마다. 신이 있다면 오직 알프스의 거대한 호수들의 표면 위에서 춤추고 웃는 신이 있을 뿐이다……

빛과 고통에 취한 그는 머릿속이 섬광 같은 자명함으로 불타오르는 가운데 그 호숫가에서 더듬거리며 찾고 있었다.

그러나 그가 눈물을 흘린다 해도 그것은 기쁨의 눈물이었다.

나무 테스트

나무 테스트. '환자'의 심리를 밝혀내기 위하여 정신과 의사는 흔히 그에게 나무를 한 그루 그려보라고 한다. 바로 여기서 서스펜스는 시작된다. 자연 속에도 종이 위에 그린 그림 속에도 완전히 똑같은 두 그루의 나무란 있을 수 없으니까 말이다.

우선 뿌리에서부터 시작해보자. 어떤 '환자'들은 아예 뿌리를 그리지 않고 생략해버린다. 그걸 빠뜨렸다고 지적하면 그들은 나무 뿌리가 땅속에 묻혀 있어 보이지 않으므로 옷 입은 사람의 배꼽까지 잊지 않고 다 그리는 어린아이 같은 우를 범해서는 안 된다고 대답한다. 이런 설명으로 만족할 수도 있다. 그러나 또한 눈에 보이지 않는 방식으로 나무에 자양분과 안정성을 동시에 제공하는, 어둠과 대지적 요소인 뿌리의 성질을 규정해볼 수도 있다. 가스통 바슐라르는 거기서 한 걸음 더 나아가 뿌리가 삶과 죽음의 기이한 종합이라고 본다. 사자처럼 땅속에 매몰되어 있으면서도 뿌리는 여전히 그 강력하고 은밀한 성장을 계속하기 때문이다.

이쯤 되면 그림을 그릴 때 한편에는 나무의 지하 부분을 중요시 하는 뿌리인간이 존재하고, 그 반대로 또 다른 사람들은 본능적으로 뿌리를 외면해버린다는 사실을 이해할 수 있게 된다.

아마도 그들은 줄기를 더 중요시하는 것이리라. 줄기는 나무의 수직적 요소다. 즉 충동, 솟아오름, 하늘을 향한 화살표, 사원의 기둥을 상징하는 요소 말이다. 정신적 차원을 갖춘 행동인은 나무의 이쪽 부분에서 자신의 모습을 발견한다. 그뿐이 아니다. 나무의 줄기는 배의 돛대로만 쓰이는 것이 아니다. 그것은 마루와 들보와 용골 버팀목의 재료인 목재를 제공한다. 그 색깔과 선과 옹이, 심지어 냄새까지도 상상력을 강하게 자극한다.

그러나 어떤 범주의 남자와 여자들은 오직 옆으로 뻗은 가지들과 잎새들에서만 비로소 자신의 모습을 발견한다. 그것은 나무의 허파요 마치 날아가려는 듯 퍼덕거리는 수천 수만 개의 날개요 바람결이 나무 속으로 지날 때면 다 함께 수런거리는 수천 수만 개의 혀다. 과연 ramage라는 단어는 지저귀는 새들의 노래를 의미하는 동시에 잔가지들의 뒤얽힌 모습을 의미한다.

이렇게 하여 하나하나의 나무는 형이상학자, 행동인, 그리고 시인이라는 세 종류의 커다란 인간 가족의 이미지들을 그 속에 함께 담고 있다. 그리하여 그것은 그 셋이 서로 유대관계를 이루고 있음을 가르쳐준다. 왜냐하면 줄기 없는 잎새도, 뿌리 없는 줄기도 존재할 수 없기 때문이다.

사계절

사계절은 우리의 고통이며 우리의 구원이다. 나쁜 계절. 비, 추위, 어둠 그리고 안개. 그러나 쟁기로 갈아엎은

땅은 계속적인 비옥함과 건강을 유지하기 위해서 모진 서리를 반드시 필요로 한다.

가봉에 가서 체류한 다음—그곳은 일 년 열두 달 내내 한결같이 후끈한 열기 속에 잠겨 있고 나무는 제각기 다른 나무들과는 별도로 저마다의 리듬에 따라 꽃을 피우고 열매를 맺고 잎을 떨어뜨리며, 일 년을 하루같이 똑같은 시각에 해가 뜨고 진다—다시 돌아오면 우리는 비록 고된 면이 없지 않지만 사계절이라는 거대한 시계의 질서를 귀중하게 생각하게 된다.

그리고 계절에 따른 축제들이 있지 않은가. 폴 발레리는 빵과 포도주가 이국적 생산물로 여겨지는 나라들에서 과연 기독교가 성공할 가능성이 있을 것인지 스스로 의문을 던진 바 있다. 우리들과 계절 감각이 다른 나라들의 경우는 더욱 그렇다.

3월 25일. 성모영보제Annonciation. 성령이 깃들여 마리아를 수태시킨 신성한 사랑의 행위는 봄의 문턱에 자리잡는다. 예수가 부활한 축제인 부활절Paques은 생명이 겨울의 무덤에서 밖으로 나와 우리들의 창문 앞에서 폭발하는 시점에 위치한다. 성체첨례Fete-Dieu는 꽃이 활짝 피는 6월. 크리스마스 이브는 일 년 중 가장 긴 밤에. 등등.

그러나 무엇보다도 절묘한 것은 8월 6일에 맞추어진 예수의 신체적 아름다움의 찬미다. 그날 예수는 베드로,

야곱 그리고 요한과 더불어 티보르 산으로 올라간다. 거기서 돌연 예수는 그들에게 그 찬란하고 거룩한 모습을 숨김없이 다 드러낸다. "그의 얼굴이 태양처럼 빛난다."고 마태가 말했다. 보다 점잖고 보다 신비스러운 누가는 이렇게 기록한다. "그가 기도할 때 얼굴 모습이 완전히 달라졌다." 그 광경을 바라보는 이들에게 던져지는 기쁨의 빛이 너무나도 강렬하였으므로 베드로는 순진하게도 그 자리에서 천막을 치고 영원히 거기 머물러 있자고 제안한다. 아닌게아니라 우리 자신들도 미술관에서 걸작품에 매료된 나머지 자리를 떠나지 않고 그 아름다움의 뜨거운 광휘 속에 언제까지나 머물러 있었으면 하고 꿈꾼 것이 몇 번이었던가?

그런데 예수 현성용顯聖容의 축제는 매년 8월 6일에 가진다. 이보다 더 나은 선택이란 있을 수 없다. 그렇다면 8월 6일이란 어떤 때인가? 그것은 여름의 절정이다. 그 날이 지나고 나면 여름은 한풀 꺾여버릴 뿐이다. 그 아름다움은 절정에 이르렀다. 모두가 휴가중이다. 이제 도착한 지 일주일. 햇빛에 그을린 몸에서는 소금 냄새와 모래 냄새가 좋게 난다. 벌거벗은 몸이 제 권리를 되찾았다. 이제부터는 의복에 감싸인 어둠에서 벗어나 대기와 태양을 만끽하는 아담의 순수성으로 되돌아간 복권된 육체의 위대한 축제다.

책

오래된 옛날 책의 페이지에 찍힌 갈색의 얼룩들은
아마도 독자들이 그 책을 크게 소리내어 읽다가 튀긴
침의 흔적일 것이다. 문어의 책 위에 찍힌 구어의 흔적.

대답

글을 왜 쓰십니까? 이 질문에 대하여 발자크는, 부자
가 되고 유명해지기 위해서 쓴다고 대답했던 것 같다. 또
다른 사람들은 그와 반대로 대답하기도 한다. 즉 그것이
내 심리적인 균형에 꼭 필요한 행위니까, 그래서 심지어
발표하지 못한다 해도 나는 글을 쓰겠다라고 말이다.

그것은 극단적인 두 가지 대답이다. 그런데 나라면 다
른 사람들에게 읽혀지기 위해서 쓴다고 대답하고 싶다.
나 자신은 책이라고 하는 시장에 내놓을 이 제품을 방안
에 들어앉아서 만들고 있는 수공업자라고 생각하고 있는
터이다. 책은 창조물이다. 그런데 이 창조물은 제1단계
와 제2단계의 과정을 거친다.

제1단계에서 나는 이야기와 인물들을 지어낸다.

제2단계에서 독자는 그걸 받아가지고 그 창조 행위를
계속함으로써 그것을 자기 것으로 만든다.

그리고 모든 창조 행위란 어느 것이나 다 즐거움을 가
져오듯이, 내게는 이중의 즐거움이 있다. 창조하는 즐거
움과 나의 독자의 공동 창조를 촉발시키는 즐거움이 그
것이다. 내가 마음속에 불을 댕기고 그 불이 내게 열과

빛을 준다. 어디 그뿐인가. 나는 또한 그 불을 널리 퍼뜨리면서 내가 쓴 책들이 온 세상 사람들의 정신과 마음속에 만들어내는 수천 수백만 개의 작은 불빛들이 떨리고 있는 것을 바라보는 것이다.

나는 보클뤼즈 지방에 있는 몽퇴에서 불꽃놀이용 뤼지에리 폭죽제조 공장을 찾아가 본 적이 있다. 조그만 폭발만 있어도 흔적도 없이 사라져버릴 것만 같은, 깃털처럼 가벼운 작은 바라크들에서 나는 기이한 화학자들이 온갖 색깔의 폭약들을 대롱 속에 섞어넣는 광경을 보았다. 그 폭약들은 장차 그곳에서 아주 멀리 날아가 불화살, 벵갈 불꽃, 태양, 빛의 다발 등으로 변할 것이다. 내가 보기에 작가란 바로 그와 같은 것이라고 생각된다.

손이 글을 읽을 줄 알게 될 때[38]

기적 같은 일이 한 가지 있다. 나는 하루에도 여러 번 그 기적을 목격하는 증인이 되고 행동하는 주체가 되지만 도무지 익숙해지지 않는다. 바로 독서라는 기적이 그것이다. 나는 기호들이 까맣게 찍힌 종이뭉치 하나를 건네받는다. 나는 그 종이들을 들여다본다. 그런데 기막힌

---

38) 원주 : 『방드르디 혹은 야성의 생활』의 점자판을 내면서.

일이 일어난 것이다. 내 머릿속에 제후들과 아름다운 귀부인들과 성채, 그리고 조각상들과 희귀한 동물들이 가득한 멋들어진 정원이 불쑥 나타난다. 재미있고 감동적인 이야기들이 어찌나 숨차게 전개되는지 전율과 웃음과 눈물을 억누를 수 없을 지경이 된다. 그런데 이렇게 홀연히 나타난 영상들의 출처가 오직 그 글자들이 까맣게 칠해진 종이에 불과한 것이다.

이런 영상들의 출처가 정말 까맣게 칠해진 그 종이에 불과한 것일까? 깊이 생각해보면 믿어지지 않는다. 그렇다면 나는 뭐란 말인가? 독자인 나는 뭐란 말인가? 독서에 의하여 내 머릿속에서 펼쳐지는 이 환영은 글 쓰인 텍스트의 산물인 동시에 내 정신의 산물이 아니겠는가 말이다. 그렇다, 나는 한 권의 책에는 늘 그 책을 쓴 이와 그것을 읽는 이, 이렇게 두 사람의 저자가 있다고 생각한다. 씌어지기만 했을 뿐 읽혀지지 않은 책은 진정으로 존재하는 것이 아니다. 그것은 독자를 애타게 부르고 있는 잠재적인 존재에 불과하다. 이는 마치 땅의 오목한 한구석에 내려앉아 마침내 진정한 존재, 다시 말해서 잎과 꽃과 열매로 변할 때만을 애타게 기다리면서 바람 부는 대로 끝없이 날아다니는 날개 달린 씨앗과도 같은 것이다.

그러나 그냥 평범한 독서를 기적이라고 한다면 장님

이 하는 점자책의 독서는 뭐라고 말해야 되는 것일까? 내가 볼 때 이 특수한 방식의 독서에는 헤아리기 어려운 신비의 일면이 없지 않지만 동시에 또한 매력적이고 마음놓이는 일면도 있는 것 같다. 신비스러운 일면이란 바로 장님이 단어들을 출발점으로 삼아 마음속에 떠올리는 영상의 신비다. 작가인 나는 책 속에서 어떤 풍경이나 얼굴이나 몸을 환기시켜 보인다. 그런데 경험에서 얻은 선과 색채들의 지극히 물질적인 요소가 없는데 어떻게 그런 것이 독자의 정신 속에 다시금 형상화될 수 있는 것일까?

그러나 그와는 역으로 점자책의 독서에는 내게 귀중하고 아주 친근하게 느껴지는 그 무엇이 있다. 책을 손으로 만지는 감촉이 그것이다. 나는 언제나 사람들 각자가 책을 손으로 만지는 방식에 매우 민감한 편이다. 어떤 사람들은 책을 마치 무슨 천한 물건 다루듯 움켜쥔다. 금방 책을 요절내버릴 것만 같아 보인다. 어쨌건, 아주 사소한 글에도 그것을 에워싸는 어떤 아우라가 있는 법인데 그들은 그런 것에 완전히 무감각한 것이다. 반대로 또 다른 사람들은 금방이라도 폭발할 것 같은, 안전핀 뽑힌 수류탄이라도 된다는 듯, 겁에 질린 존경심으로 책을 다룬다. 그렇다면 책의 페이지들을 더 잘(?) 넘기겠다고 손가락에 침칠을 하고서 덤벼드는 저 끔찍한 거동에 대해서는 뭐라고 말하면 좋을 것인가! 큰 사랑과 오랜 친화에서 오는, 겉보기에 아주 소탈해 보이는 태도로 책을 집어 펼친 다음 들쳐보고 나서 다시 덮어놓는, 진짜 친근함의 행동은 그리 흔하지 않다.

그런데, 그처럼 한 권의 책을 그윽하고 즐겁게 다루는 모습에는 그것을 보는 작가의 마음을 흐뭇하게 하는 그 무엇이 있다. 반면에 손가락으로 더듬어가며 책을 읽는 사람들을 보는 느낌은 전혀 다른 것이다! 단어들을 손으로 만져보고, 은유들을 쓰다듬어보고, 구두점들을 문질러보고, 동사들의 맥을 짚어보고, 형용사를 엄지와 검지로 집어들어 보고, 한 문장 전체를 애무해본다는 것은…… 얼마나 공감이 가는 행동인가! 한 권의 책이 마치 내 무릎 위에 엎드려서 가르릉거리는, 그래서 내가 주의 깊은 애정을 다하여 두 손으로 쓰다듬게 되는 한 마리의 작은 고양이와 흡사한 그 무엇이 될 수 있다는 사실에 나는 얼마나 큰 공감을 갖는가!

우리들은 사진, 영화, 텔레비전에 의하여 시각적 이미지 일색이 된 세상에 살고 있지 않은가. 그와 동시에, 사람들은 촉각·미각·후각과 같은 직접적 접촉의 감각들을 터무니없이 도외시함으로써 삶을 너무나 가난하게 만들고 있다. "만지면 안 돼!" 우리들의 어린 시절을 잡쳐놓곤 하던 이런 어처구니없는 주의 말씀이 '악취제거제

déodorant' 만능의 사회 속에서 또다시 연장되고 있다. 그
사회 속에서는 종이에 인쇄된, 가까이 할 수 없는 여인들
이나 깨지지 않는 유리 진열장 저 너머의 장난감들과 보
석들만 잔뜩 널려 있을 뿐이다.

그러므로 내 책의 19개나 되는 외국어 번역들에 추가
하여 이 점자판이 나오게 된 지금 나는 하고 싶은 것이
하나 있다. 나는 나의 새로운 독자들에게 찾아가서 이렇
게 물어볼 생각이다. 당신들은 손으로 만져서 글을 읽을
줄 아는 사람들이니 어디 이 책 속에서 그 손이 찾아내는
것이 무엇인지 말해주시오.

사실 이 질문은 시작에 지나지 않는 것이며 그보다 훨
씬 더 중요하고 훨씬 더 심각하고 의미심장한 또 다른 질
문의 조심스러운 준비 같은 것이다. 나는 이렇게 묻고 싶
다. 당신들은 눈앞에 전개되는 요란스러운 광경들 때문
에 끊임없이 눈이 부시는 일도 없고 플래시에 눈이 멀 지
경이 되는 것도 아니오. 온갖 네온사인들에 아연실색하
는 일도 없을 테니 당신이 알고 있는 것을 내게 말해주시
오. 손으로 쓰다듬어본 책과 손으로 애무해본 사물들의
부드러운 지혜를 내게 가르쳐주시오.

음악

이쯤 되면 거의 숙명이라고 할 수도 있을 것 같다. 우리 집안은 아버지에서 딸에 이르기까지, 아니 그 이상으로 어머니에게서 아들에 이르기까지 음악인이고 음악에 몸바치고 있다. 나의 아버지는 B.I.E.M.(기계음악출판국)을 창설했고 나의 형 장 루는 S.A.C.E.M.(작곡가협회)의 회장으로서 수많은 플루트 연주회를 열곤 한다. 또 다른 형 제라르는 자기 이름으로 경음악 출판사를 설립했다. 여동생 자닌느는 르뒤크 고전음악 출판사 사장실 비서였다. 그런데 나만 그 무슨 알 수 없는 저주를 받은 것인지 일체의 음악문화로부터 멀찍이 따돌림받은 채 아무런 악기도 만져보지 못했고 심지어 간단한 악보조차 읽지 못한다. 일종의 변이 현상으로 인하여 나는 문학에서 길을 찾지 않으면 안 되게 되었다.

그렇지만……, 음악으로 말할 것 같으면, 나는 반세기가 넘도록 음악을 듣고 있다,는 정도로는 도무지 성이 안 찰 정도다. 음악은 내 생활의 없어서는 안 될 한 부분이다. 그것은 내가 존재하고 사고하고 글쓰는 모든 것에 어떤 방식으로건 편입되고 있다. 그렇다면 정확하게 말해서 어떤 방식으로? 그러니까, 나는 매일, 특히 매일 밤, 그리고 나이를 먹으면서 잠이 적어질수록 더욱더 음악을 많이 듣는다. 나는 턴테이블보다는 더 손쉽게 침대 속에서 조종할 수 있는 워크맨의 출현을 환영했고 나중에는 밤새도록 음악을 방송하는 FM 방송들(고전음악 라디오와 라디오 노트르담)이 생긴 것을 반가워했다. 그리하여 가끔 나는 J. S. 바흐나 클로드 드뷔시와 더불어 보낸 그 헤아릴 수도 없는 시간들에서 남은 것이 무엇인가 하고 자문한다. 무엇이건 다른 것—중국어, 천문학, 도미노 혹은 마술—에 그토록 많은 시간을 바쳤더라면 나는 틀림없이 그 방면의 대가가 되었을 것이다. 그런데 결과가 무엇이란 말인가? 그 많은 시간에 걸친 음악감상이 무슨 도움을 주었던 것인가? 예를 들어서, 어떤 문학 작품은 음악이 있음으로 해서 얻는 것이 무엇일까?

필시 음악과 문학 사이에는 일종의 라이벌 관계가 존재한다. 바그너의 음악 작품이 빛을 발하는 데는 그 작품을 에워싼 글들(니체와 바그너 자신의)에 힘입은 바가 크다. 그러나 바로 그 다음 세대에 이르자 폴 발레리는 1893년 시르크 데테 원형건물에서 개최된 라무뢰 연주회에 대하여 언급한 다음 이렇게 덧붙여 말했다. "홀의 맨 뒷좌석에는 벽을 이루며 늘어서 있는 입석 손님들의 그늘 속에 한 기이한 감상자가 앉아 있었는데 그는 바로 각별한 호의를 입어 시르크 회관에 입장하곤 하는 스테판 말라르메였다. 그는 베토벤이나 바그너의 마력에 매혹되긴 하지만 동시에 고차원적인 라이벌 의식에서 오는 저 순결한 고통을 맛보았다. 그는 마음속으로 항변하고 있었다. 그는 또한 위대한 언어예술가로서 저 음의 신들이 그들 나름대로 내뿜으며 퍼뜨리는 바를 판독하는 것이었다. 말라르메는 어떤 숭고한 질투심에 가득 차서 연주회장을 나섰다. 그는 너무나 강력한 음악이 그에게서 훔쳐간 신비스럽고도 중요한 그 무엇을 우리의 예술을 위하여 다시 찾아올 방법이 없을지 절망적으로 모색했다. 시인들은 그와 더불어 눈이 부시고 풀이 죽어가지고 시르크 회관을 나서는 것이었다."

이 마지막 문장은 시인들, 눈부심, 풀죽음(눈부심이란 빛이 너무 강해서 눈이 먼다는 뜻)이라는 세 마디 말이 지닌 문자 그대로의 의미로 이해되어야 마땅하다. 시인들이라면 필시 그럴 것이다. 그러나 산문가들은 어떤가? 말라르메가 전형적인 반말라르메 예술인 바그너의 링을 감상하고서 눈이 멀고 풀이 죽는다면 에밀 졸라는 바그너의 서사시적 작품에서 루공 마카르 총서에 모델로 쓰일 수 있는 어떤 구성 방식을 발견할 수 있지 않았겠는가? 다시 말해서, 시인이 눈이 멀고 풀이 죽는다고 한다면 소설가는 그와 반대로 음악의 모범에 의하여 깨달음과 생기를 얻게 되지 않을까? 음악은 시에 너무 가까워서 시의 생명을 앗아갈 위험이 있다. 그 점이 바로 멜로

디로 옮겨놓으면 불협화음으로 변해버리는 시의 위험이다. 그래서 빅토르 위고는 반대의 목소리를 높였다. "내 시와 나란히 음악을 갖다놓는 것을 금지한다!" 그러나 소설가에게 음악은 하나의 모델이 될 수 있고 한없이 멀지만 그래도 접근 불가능한 것은 아닌 표적이 될 수 있다. 베토벤의 제7교향곡의 알레그레토나 라벨의 4중주의 첫 악장을 들으면서 "그래, 바로 이런 이야기를 들려줘야 되는 거야." 하고 마음속으로 부르짖는 것은 충분히 가능한 것이다.

음악이란 것이 과연 이야기를 들려주는 것일까? 아마 그럴 것이다. 세상에서 가장 순수하고 가장 엄격한 방식으로. 나는, 소설가로서 음악에 있어서 무엇보다도 그 순수함과 서술적인 엄격성에 민감하다. 거기에는 고도로 시사적인 분석거리가 담겨 있을 것 같다. 그러나 그것은 우리에게 허용된 것 이상의 시간과 공간을 요구한다. 그러므로 그냥 간단히 '음악적 이야기'는 우발성, 우연, 돌발적 사건의 개입을 허용하지 않는다,고 요약하는 것이 좋겠다. 음악의 악장 속에서는 모든 것이 필연적으로 그 앞엣것에서 생겨난다. 무엇인가가 존재한다면 그것은 언제나 장치 안에서 존재한다.

그렇기 때문에 음악적 역동성의 주된 원동력의 하나는 어떤 부재의 창조, 속이 비어 있는 존재의 창조, 그 뒤에 따라올 것에 대한 점점 더 절박한 요청(그래서 실제로 그 뒤에 오는 것은 가슴이 뭉클할 정도의 자명함으로 폭발하는 것이다)의 창조라고 할 수 있다. 그리하여 마침내 솟아오르는 그 소절이 그토록 당당하게 개화하여 우리를 행복감으로 뒤덮는 것은 벌써 한참 전부터 화음과 전개부가 우리들의 마음속에 바로 그 소절을 듣고 싶은 목마름의 공간을 파놓고 있었기 때문이다. 앞선 화음과 전개부는 우리들을 장차 저 음악의 강이 맑고 싱싱한 물살을 쏟아내어 세차게 달려갈 메마른 강바닥으로 만들어놓고 있었던 것이다.

이처럼 소설의 다음 계속부분을 앞질러 절박하게 요청하도록 만드는 '네거티브 데생' 기법의 예들을 고전문학 속에서 찾아보면 재미있을 것이다. 과연 고전문학에는 그런 예들이 얼마든지 있다. 나는 그 기법을 소설 『마왕』에서 실험해보았다. 소설의 초반 삼분의 일은 2차세계대전이 터지기 전 프랑스를 배경으로 한다. 나의 주인공 아벨 티포쥬는 별로 남의 눈에 띄지 않는 생활을 영위한다. 일종의 움직이지 않는 방랑생활이다. 실제로 나는 그의 내면 속에 잠재하는, 장차 전쟁·포로생활·나치 독일의 풍토에 힘입어 한껏 피어나게 될 싹을 보여주는 데 총력을 기울였다. 그 제1부의 한 줄 한 줄은 장차 이어질, 때로는 이야기의 마지막 페이지 끝에 오게 될 다른 서술들을 절박하게 부르고 있다.

P. S. 소설의 끝은 어떻게 처리하는 것이 좋을까? 어떤 문장으로, 어떤 말로? 우리는 고전적인 작품들의 위대한 예를 생각해볼 수 있다. 특히 플로베르 같은 예를.『보바리 부인』은 '그는 이제 막 명예훈장을 받았다.'로 끝난다.『에로디아스』는 '너무나 무거운 목이어서 그들은 교대해가면서 들고 갔다.'로 끝난다.『감정교육』은 '그래, 어쩌면 그때가 우리들의 제일 좋았던 시절이었을 거야! 하고 델로리에가 말했다.'로 끝난다. 거기에는 전혀 더 이상할말이 없게 만드는 완벽하고 절대적인 그 무엇이 있다. 기이하게도 음악은 '결말을 맺고자' 하는 작곡가에게 그보다 훨씬 더 큰 어려움을 제기한다. 현대 작곡가들은 듣는 사람의 귀에 와서 충돌하면서 깜짝 놀라게 만드는, 도끼로 탁 끊어버리는 방식을 택한다. 아마도 그들은 베토벤식 피날레에서 교훈을 얻은 것인지도 모른다. 사실 베토벤의 심포니나 협주곡들의 마지막 악절은 지극히 희극적인 데가 있다. 그는 자신의 음악을 멈추려고 한다. 그래서 브레이크를 잡지만 소용이 없다. 그도 어쩔 수가 없는 것이다. 음악이 멈추기를 거부하는 것이다. 그가 갖다대는 화음들은 꼭 머리통을 몽둥이로 후려치는 매질과도 같다. 짐승이 쓰러진다. 이젠 끝난 것이려나 한다. 그런

데 천만의 말씀이다! 벌떡 일어나서 다시 내닫는 것이다. 다시 시작할 수밖에 없다. 그러자니 어딘가 날림으로 처치해버린 느낌인 것이다.

복음서

……그때에 제자들은 예수를 버리고 모두 달아났다. 그런데 침대 시트만을 몸에 두른 젊은이가 예수를 따라가다가 병정들에게 붙들리게 되었다. 그러자 그는 몸에 걸친 침대 시트를 벗어던지고 알몸으로 그들의 손아귀에서 빠져 달아났다.

—『마가복음』, 14장 51절

그 젊은이는 다름아닌 그대 마가였다. 그렇기 때문에 그대만이 예수의 생애에 있어서 가장 비극적인 순간, 즉 올리브 동산에서 체포되던 순간의 은근히 에로틱하면서도 해학적인 이 에피소드를 전할 수 있는 것이다. 모두가 다 도망쳤는데 그대는 침대 시트만 둘러쓴 채 알몸으로 그분과 함께 남아 있는 것이다……. 그대는 그 밖의 일들에 대해서는, 어떻게, 왜 그렇게 되었는지 상상하는 일을 이천 년이 지난 뒤 우리들의 상상에 맡겨두고 있는 것이다. 그러니까 그대는 열두 제자들 중 예루살렘에 살고 있는 유일한 사람이었다. 그대의 집은 바로 올리브 동산 가까운 곳에 있었다. 열한 사람의 제자들과 예수는 나무 아래서 외투를 둘러쓰고 밤을 지내기로 했으므로 그대는 그대의 방으로 돌아간다. 그러나 한밤중에 그대는 창문 밑에서 울리는 병졸들의 발소리에 잠을 깬다. 병기들이 철거덕거리는 소리가 들렸고 횃불 빛이 반사되어 천장에 이상한 불그림자들이 어른거린다. 놀란 그대는 창가로 달려간다. 군대가 정원을 점령하고 있다. 그대는 동지들을, 그리고 그대가 여러 해 전부터 따라다녀 온 그 최고의 친구를 생각한다. 옷을 챙겨 입을 여유가 없으므로 그대는 침대 시트를 벗겨 몸에 감고 밖으로 내닫는다. 그 뒤에 일어난 일은 그대가 다 이야기했다.

남은 것은 오직 몸이 빠져나가고 뒤죽박죽이 된 채 구겨진 침대뿐인데 그것이야말로 기원후의 우리 시대 첫번째 성금요일의 저 비극적인 밤에 그대의 꿈과 고뇌를 오목하게 패인 추억으로 간직하고 있는 연성 조각품이 아니고 무엇인가.

P. S. 나는 이 짧은 글을 그리스어에 능통한 K. F.에게 보여준다. 그는 예수 그리스도 시대의 '침대'는 오늘날 우리가 사용하는 그것과 전혀 비슷하지도 않은 것으로, 그걸 가지고 침대 시트 운운하는 것은 아마도 시대착오

적인 것 같다고 지적한다. 실제로 사용된 단어는 sindona라는 명칭인데 바이사전에는 그 말의 뜻이 아마포, 모슬린, 얇은 모직이라고 되어 있다. 그렇지만 K. F.에 따르면 오늘날 그리스 사람들은 침대 시트를 가리킬 때 이 말을 사용한다고 한다.

죽음

그는 내게 말한다. "나의 어머니는 20년 전에 죽었다.
그런데 나는 지금도 여전히 어머니를 사랑할 뿐만 아니라
어머니도 변함없이 나를 사랑하고 있다.
그렇게 해서 나는 죽지 않고 살아가는 것이다."

아름다운 죽음

만년의 앙리 몽프레드에게 근황을 묻는 사람에게 그는 이렇게 대답했다. "분통이 터질 일이다. 나는 지금 죽어 가고 있다. 그렇지만 난 절대 아무 탈이 없는 것이다!" 내가 보기에 늙은이의 이 같은 탄식은 아주 최근에 나타 난, 그렇지만 어디서나 한결같이 통하는 어떤 생각을 그 대로 대변해주는 것이다. 즉 '무슨 탈'이 꼭 있어야 사람 은 죽는 것이다, 라는 생각이 그것이다. 죽음은 우발적이 며 예기치 않은, 계획에 없었던, 불가항력적인, 그러니까 피할 수 없는 외적 타격의 결과로만 올 수 있는 것이다.

그것은 죽음이 사회의 정상적인 관습으로부터 추방당 한 상태이기 때문이다. 옛날에는 죽음을 앞두고 있는 사 람은 자신이 죽는다는 것을 알고 있었다. 그는 가족들을 머리맡으로 불러 모아놓고 라 퐁텐느의 우화나 괴즈의 그림 같은 의미심장한 말을 들려주곤 했다. 오늘날에는 죽을 때가 다가오면 병원에 실려가서 고무 호스와 주사 기를 주렁주렁 달고 흰 가운을 입은 사람들의 처분대로 오랫동안 유리상자 속에 들어앉아 간신히 목숨을 이어가 게 된다. 쥘 로맹은 이미 『크노크』라는 그의 극작품에서 우리들에게 경고한 바 있다. 의사들은 그들의 권력의지에 사로잡힌 나머지 우리들의 죽음을 차지해버렸다. 우리들의 죽음만이 아니라 출생과 사랑까지도 다 독차지했다. 태어나는 인간과 사랑하는 인간과 죽어가는 인간의 머리맡에는 항상 의사가 지키고 서 있다. 마치 출생과 사랑과 죽음—인생의 가장 중요한 세 가지 마디—은 유감천만인 사고요 치료하면 낫는 병이나 된다는 듯이 말이다. "의사 선생님, 요컨대 나는 완쾌되어가지고 죽는 거군요……." 하고 포렝은 말했다.

그러나 몽프레드의 말은 포렝의 그것보다 한 수 높다. 만약 누군가 그 늙은 사기꾼에게 그는 아무 탈도 없으니 결국은 '아름다운 죽음'을 맞이하는 셈이라고 대답했더라면 그는 필경 아름다운 죽음이란 그에겐 파리에 있는 그의 침대가 아니라 홍해의 어느 작은 돛단배를 타고 소말리아 마약 밀수꾼이 투창을 겨누는 가운데 찾아와야 마땅하다고 항변했을 것이다. 그것은 다시 말해서, 완전한 죽음이란 그 죽음이 최종적인 완성으로서 마감하게 되는 한 일생을 닮은 것이어야 한다는 의미가 된다. 그러한 예들이 없지 않다. 투우술은 가장 완벽한 예를 보여준다. 그 경기를 반대하는 사람들은 아마도 '투우'를 한 번도 자세히 관찰해보지 않았을 것이다. 투우는 눈부시게 화려한 짐승으로, 경기장의 불빛 속에 풀어놓이는 즉시 눈앞에서 움직이는 것이면 무엇에게나 벼락처럼 달려드는 야수적인 힘 그 자체다. 초호화판 야수인 투우는 최고 전문가인 동물학자들에 의하여 공격성의 기준에 따라 선별되어 일천 헥타르가 넘는 비옥한 그란데리아스에서 사육된 다음, 고가의 운송비로 '플라자'에까지 실려온다. 그의 호사스러운 생애는 4년에서 6년에 걸친 성장과정을 거쳐 그의 삶에 진정한 의미를 부여하는 그 마지막 15분 동안에 활짝 피어난다. 투우 경기를 없앤다는 것은 동시에 예술과 생명의 걸작품인 그 투우를 없애버리는 것이 된다. 그것은 경마를 없애버림으로써 순수 혈통의 종마를 멸종시키는 것과 다를 바 없다.

사람의 얘기로 되돌아와 보자. 앙드레 모르와는 어떤 유명한 마법사의 최후를 찬미하는 어조로 이야기했다. 그는 자신의 마술을 다음과 같은 한마디로 끝을 냈다. "자, 신사 숙녀 여러분, 이제 저는 저 자신을 보이지 않게 감추겠습니다." 그리고 그는 외투로 몸을 감싼 채 함정 속으로 사라졌다. 어느 날 사람들은 마룻바닥 한구석에서 목이 부러진 채 숨진 그를 발견했다. 지난날 센세이셔널한 잡지들은 어떤 마을의 목수에게 열렬한 관심을 보였다. 그 목수는 자신의 걸작품을 만드는 데 수년을 바쳤다. 그것은 기요틴이었다. 그러나 그냥 기요틴이 아니라 최고의 가구장이 있는 솜씨를 다 발휘하여 만든 진짜 예술품으로서의 기요틴이었다. 어느 날 저녁, 최종적인 끝마무리를 하고 난 다음 그는 단두대의 구멍에 자신의 목을 집어넣고 버튼을 눌렀다. 그 자살의 여러 가지 이유들 가운데, 어떤 죽음의 도구가 오로지 기술적 예술적인 면에서 완벽하다는 한 가지 사실에서 오는 설득력에도 한 자리를 할애하는 것이 마땅할 것이다. 어떤 잘 구운 케이크를 보면 맛보고 싶은 욕구를 억제하기 어렵고 어떤 육체를 대하면 사랑하고 싶은 욕구를 억누르기 어렵듯이 어떤 단검이나 어떤 권총에게도 그것들이 그 기막힌 형상의 매력을 다하여 유혹적으로 권유하는 행위를 물리치기란 결코 쉽지 않은 것이다.[39]

삶은 죽음과 긴밀하게 맺어져 있다. 그렇기 때문에 정신분석학이 에로스와 타나토스를 두 가지의 정반대되는 충동으로 대립시켜 생각하는 것은 잘못이다. 사랑 때문에 죽는 일은 없다는 듯이 말이다. 그렇다면 트리스탄은? 그리고 로미오는? 그러나 사랑으로 인한 가장 아름다운 죽음은 아마도 하인리히 폰 클라이스트와 앙리에트 보겔의 죽음일 것이다. 『함부르크 왕자』의 작자는 죽음

---

39) 원주 : 이 같은 '도구의 설복'에 희생된 예들 중 하나는 바로 1946년 뉘른베르크 재판에서 사형선고를 받은 죄수들의 교수형을 담당한 미국 형리 존 C. 우드의 경우이다. 4년 후 그는 새로 고안된 전기의자를 '실험'하다가 자기 자신이 감전사했다. 직업정신을 이 이상으로 발휘하기란 어려울 것이다.

속에서밖에는 한 여자와의 결합을 생각할 수 없었다. 그래서 그는 그 머나먼 여행을 위한 동반자를 찾아보려고 애썼다. 그리하여 마침내 찾아낸 것이 바로 앙리에트였다. 그들 남녀는 1811년 11월 20일 포츠담 근처 반제 호숫가에 위치한 어떤 주막집에 도착했다. 밤새도록 그들은 부모와 친구들에게 편지를 썼다. 아침이 되자 그들은 싸늘한 가을안개가 낀 물가로 아침식사를 가져오게 했다. 마침내 남자는 심장에 총을 쏘아 여자친구를 죽이고 나서 자신의 목구멍을 겨누고 한 방을 쏘았다. 그녀가 죽고 난 뒤에 남긴 것은 세상에서 가장 아름다운 사랑의 편지다. 그 기나긴 탄식 속에서는 클라이스트와의 임박한 출발에 대한 암시가 끊임없이 되풀이되고 있다. 그는 남자를 이렇게 부른다. "나의 황혼, 내 하늘사닥다리, 내 도깨비불, 나의 향, 나의 몰약, 내 정오의 그늘, 부드럽고 하얀 내 유월절의 어린 양, 내 아름다운 배, 내 하늘 가는 문……"

마르트 비베스코 공주의 최후는 그보다 더 단순하지만 못지않게 고상한 것이었다. 우리가 파리의 생 루이 섬에 살고 있을 때 나는 그분과 잘 아는 사이였다. 나는 가로 2미터 세로 3미터의 손바닥만한 방에 살았지만 그 분은 섬의 앞머리에 위치한 멋들어진 아파트에 살고 있어서 창문 밖으로 내다보이는 것은 세느 강과 노트르담 사원

뿐이었다. 전에 그녀는 아름답고 부유하고 유명해서 주위에 항상 많은 사람들이 모여들었었다. 거동이 불편해지고 반쯤 장님인 데다가 파산 상태로 버림받은 처지가 된 그녀였지만 여전히 명랑함과 재미난 면을 고스란히 간직하고 있었는데 이는 범상치 않은 힘과 용기가 아니고서는 불가능한 것이었다. 그녀의 하인은 메스멩이었다. 내가 찾아가면 그이는 "메스멩, 차를 끓여요!" 하고 소리쳤다. 그때마다 나는 그녀가 마치 부지런하지만 독립적인 하녀들에게 명령하듯이 자기 자신의 두 손에게 명령하는 것만 같은 인상을 받았다.

어느 날 오후, 그녀는 말벗이 되어주는 젊은 부인에게 말했다. "오늘은 낮잠을 자지 않겠어요. 방문객을 기다리고 있으니까요."

"무슨 방문객을요, 부인? 아무런 약속도 받아놓은 게 없는데요." 하고 그 젊은 부인이 의외라는 듯이 물었다.

"있어요, 있어. 누군가를 기다리고 있다니까요!"

그녀는 책을 한 권 집어들고 골똘하게 읽기 시작했다. 잠시 후 그녀는 말했다.

"초인종소리가 났어요. 가서 문을 좀 열지 그래요?"

"아무 소리도 못 들었는데요. 틀림없이 초인종소리가 났어요?"

"틀림없어요. 날 찾아온 손님이에요. 제발 좀 가봐요."

젊은 부인은 시키는 대로 했다. 물론 문 밖에는 아무도 없었다. 그녀는 되돌아왔다. 커다란 안락의자에 앉아서 무릎 위에 책을 펼쳐놓은 채로 마르트 비베스코는 죽어 있었다.

그림자

그림자. 삶의 길은 동쪽에서 서쪽으로 간다. 어린아이는 뜨는 해를 등지고 걷는다. 몸집이 작은데도 큼직한 그림자가 앞서가고 있다. 그것이 그의 미래인데, 입을 딱 벌리고 있지만 또한 납작하게 눌려진, 약속과 위협으로 가득 찬 동굴이다. 아이는 흔히들 그의 '열망'이라고 부르는 그 무엇에 이끌려 그 동굴을 향해 나아간다.

정오가 되면 해는 남중하고 그림자는 어른의 발밑으로 완전히 빨려들어가게 된다. 완성된 인간은 당장 발등에 떨어진 일들에 정신이 팔린다. 그는 미래 같은 것엔 별로 관심이 없다. 미래 때문에 불안해하지도 않는다. 아직은 그의 과거가 발걸음을 무겁게 하지도 않는다. 그는 다가올 날에 대한 두려움도 없고 흘러간 세월에 대해 향수를 느끼지도 않는다. 그는 현재를, 동시대인을, 친구를, 형제를 믿는다.

그러나 해는 서쪽으로 넘어가고 성숙한 인간에게는 등 뒤에 그림자가 생겨나서 점점 길어진다. 이제부터 그는 점점 더 무거워지는 추억들의 무게를 발뒤축에 끌고 다닌다. 그가 사랑했다가 잃어버린 모든 사람들의 그림자가 자신의 그림자에 보태지는 것이다. 과연, 그의 발걸음은 점점 느려진다. 과거의 덩치가 점점 커짐에 따라 그 자신은 점점 작아진다. 뒤에 달린 그림자가 너무 무거워져서 걸음을 멈추어야 되는 날이 온다. 그러면 그는 사라져버린다. 그는 송두리째 그림자로 변하여 살아 있는 사람들에게 가차없이 맡겨진다.

암흑의 교훈

어느 겨울밤, 두시와 세시 사이, 두껍게 쌓인 흙의 층을 사이에 두고 나의 저쪽에 떨어져 있는 태양이 어둠의 세계로 오직 시커먼 빛살만을 내게로 던져보내고 있을 때면 나는 나의 죽음들과 대면한다. 불면이 만들어놓은 메마른 명증함의 세계에서 그들은 얼굴 없는 군중이 되어 나를 빤히 바라본다. 어린 시절에 죽은 동무들, 젊은 시절에 잃어버린 친구들, 그저께의 사람들, 벌써 어제의 사람들.

그렇다면 암흑이 주는 교훈은 무엇일까? 저 모든 어둠 침침한 실루엣들은 내게 무엇을 바라는 것일까? 침묵으로 가득 찬 저 입들이 내게 속삭이려는 것은 무엇일까? 내가 그것을 깨닫고 받아들이는 데는 시간이 필요했다. 이제 나는 그걸 알 것 같다. 그들은 내게 찾아와서 내가 자기들 공동체의 일원임을 일깨워준다. 그들이 내게 찾아와서 내가 그들의 사람임을, 어쩌면 이미 죽은 자일지도 모른다는 것을 말해준다.

옛날에 나는 어떤 여자를 알았는데 그는 아이들과 손자 손녀들, 사랑이 넘치는 많은 가족들에 에워싸여 살았었다. 그 후 그녀의 주변에 끔찍하고 악착스러운 불행이 밀어닥쳐와 잔인하게도 언제나 그녀만 화를 면하게 만들어놓은 채 손아래의 어린것들과 젊은이들, 그의 삶의 이유였던 모든 것들을 박살내고 말았다.

나는 그녀가 만신창이의 잔해가 되어 나타날까봐 두려웠다. 그러나 전혀 그렇지 않았다. 어느 면, 오히려 그 반대였다. 그 여자는 모든 사람들에게 미소를 지었고 상냥하고 자상했으며 가볍고 투명하고 정신적이어서 만사를 초월한 사람 같았다. 그런데 사실은 그녀가 우리에게 친절한 코미디를 연출해 보이는 것이었을 뿐 이 세상 사람과는 그 누구와도 더 이상 상대를 하지 않고 있었던 것이었다.

나는 그 여자를 보면서 오필리아는 그녀의 아버지가 살해되는 것을 보고서 미쳐가지고 자살한 것이 아님을 깨달았다. 그녀는 그냥 아버지와 함께 저 무거운 물 속으로 깊이 잠겨버렸고 오직 꿈꾸는 듯한 두 눈과 노래하는 입술만이 아직 물 위로 떠올라 있었던 것이다.

젊다는 것은 아직 그 누구를 잃어버려 본 경험이 없다는 것이다. 그러나 그때가 지나면 죽음들이 우리를 함께 이끌고 간다. 그리하여 각자는 우리의 기억 속에 던져진 한 개씩의 돌멩이가 되고 그 돌멩이가 우리의 흘수선을 높여준다. 그러다가 결국, 우리는 살아 있는 사람들에게는 기껏 우리가 이 세상에 속해 있다고 믿도록 하는 데 꼭 필요한 만큼의 눈길과 말만을 건넬 뿐, 물의 표면, 존재의 표면에서만 떠다니게 되는 것이다.

고인이 된 한 작가의 약력

미셸 투르니에(1924~2000)[40]

파리 한복판에서 태어나는 즉시 그는 그게 세상에서 가장 불친절한 도시라는 것을, 특히 젊은이들에게 그렇다는 것을 깨달았다. 그래서 일생 동안 슈브뢰즈 골짜기의 한 작은 마을의 사제관에서만 줄곧 살았다. 그것도 전

세계로, 특히 애착을 갖고 있는 독일과 마그레브 지역[41]
으로 여행을 떠나지 않을 때 말이지만. 화장한 그의 유골
은 자기 집 정원, 책을 펼쳐서 얼굴을 덮고 누운 조각상
새겨진 무덤에 안치되었다. 그의 유해를 운구한 여섯 명
의 어린 학동들은 얼굴에 서린 깊은 슬픔으로 인하여 로
댕이 만든 〈칼레의 시민들〉의 어린이 판이라는 느낌을
주었다.

그는 오랫동안 철학공부를 하고 나서 뒤늦게 소설에
입문했다. 그가 구상한 소설은 언제나 가능한 한 관습적
인 외관을 갖춘, 지어낸 이야기들로 눈에 보이지는 않지
만 적극적인 빛을 발하는 형이상학적인 하부구조를 감추
고 있다. 바로 그런 의미에서 그의 작품을 두고 사람들은
'신화'라는 말을 자주 입에 올리는 것이다.

그에게 꼭 어떤 조상과 꼬리표가 필요하다면 J. K. 위
스망스를 떠올리면서 '신비적인 자연주의자' 정도로 평

---

40) 원주 : 어떤 신문이 최근에 다음과 같은 주제에 대하여 설문조사
를 했다. 2000년에 일어날 가장 중대한 사건은 무엇이라고 생각하십니
까? 나는 주저하지 않고 이렇게 대답했다. 나의 죽음. 그리고 베토벤의
제7교향곡의 알레그레토 음악에 맞추어 팡테옹으로 나의 유해를 운구하
는 방대하고 화려한 행렬에 대하여 언급했다. 혹자는 왜 2000년에 죽는
거죠? 하고 물으리라. 왜냐하면 그때 나는 76세가 될 테니까. 나의 아버
지는 그 나이에 돌아가셨다. 그의 아버지가 그랬듯이. 죽기에 아주 좋은
나이다. 행운과 이성을 잃지 않은 채 그리하여 늘그막의 고통과 욕됨을
피할 수 있는 것이다. 그리고 젠장, 그만하면 충분히 산 거 아닌가?

41) 모로코, 튀니지, 알제리를 포함하는 북아프리카 지방.

가해도 무방할 것이다. 왜냐하면 그의 눈에는 모든 것이, 심지어 추악한 것까지도 아름답게 보이고, 모든 것이, 심지어 진흙탕까지도 성스럽게 보이기 때문이다.

사랑에 대해서 그는 이렇게 말하곤 했다. "어떤 사람이 누구를 진정한 사랑으로 사랑한다는 것을 알아챌 수 있게 하는 한 가지 표시가 있다. 그건 그의 신체의 어떤 다른 부분보다도 얼굴이 상대에게 육체적인 욕망을 자아낼 때이다."

그의 무덤에 묘비가 세워진다면 아마도 그는 이런 비문을 새겨놓기를 바랐을 것이다.

〈내 그대를 찬양했더니 그대는 그보다 백 배나 많은 것을 내게 갚아주었도다. 고맙다, 나의 인생이여!〉

미셸 투르니에와의 만남

이 글은 김화영 교수가 지난 1997년 11월 28일(금요일)에 프랑스의 파리 근교에 자리잡고 있는 미셸 투르니에의 자택을 직접 방문하여 그와 나눈 대담을 정리한 것이다.

미셸 투르니에와의 만남

아침부터 간간이 비가 뿌리다가 멈추곤 하는 전형적인 파리의 겨울 어느 날. 미셸 투르니에 씨를 만나러 가기 위하여 나는 뤽상부르 역에서 고속지하철RER을 탔다. 한시간 남짓, 쏘Sceaux 공원 방향으로 달리다가 갈라지는 선로의 종점인 한가한 시골 역 생 레미 레 슈브뢰즈에 내렸다. 약속대로 투르니에 씨에게 전화를 거니 5분 이내에 데리러 나오겠다고 했다. 맞은편 작은 상점 앞에 서서 바라보이는 역사는 꼭 반 고흐의 무덤이 있는 오베르 쉬르 우와즈 마을의 시청을 연상시키는 작고 아담한 건물이었다.

이내 조그만 회색 자동차가 와 서고 신문, 잡지, 저서 등에서 수없이 보아 이미 구면인 것만 같은 모습의 투르니에 씨가 차에서 내려 성큼성큼 다가왔다. 생각했던 것보다 키가 컸고 사진에서보다 주름살이 한결 더 많아진 얼굴이었다. 차에 올라 역 앞 광장을 벗어나면서 곧 그의 친절한 설명이 시작되었다. 40여 년 간을 한결같이 살아온 자신의 고장, 발레 데 슈브뢰즈. 자동차들이 한 가득 주차하고 있는 역 앞을 벗어나는 즉시 푸릇한 겨울 밀밭과 나뭇잎 떨어진 숲이 시작되고 있었다. 역과 들판을 갈라놓는 길을 넘어서면 등뒤는 파리 교외의 끝이고 앞쪽은 이제부터 프랑스의 전형적인 농촌 보스 지방의 시작이라고 설명하는 그의 목소리에는 고요한 전원에 대한 긍지가 담겨 있다. 그가 지난 40년을 살아온 고장, 출판사에 다닐 때, 라디오 방송국에서 일할 때 줄곧 이 마을에서 파리까지 출퇴근했단다. 그 후 작가가 되어 그가 써낸 수많은 작품들은 이 고장의 산물이다.

숲길을 뚫고 달리다가 문득 길가의 작은 집 한 채가 눈에 띄자 선로 건널목지기의 집이라고 말한다. 전에는 그 옆으로 기찻길이 나 있었으나 지금은 선로를 걷어버리고 빈집만 남았단다. 투르니에는 자신이 늘 지나다니는 이 건널목지기의 집을 소설 속에 등장시키기를 잊지 않았다. 자동차 안에서 핸들을 잡고 있는 작가의 뒷모습이 목의 자욱한 주름살들 때문에 앞모습보다 더 늙어 보인다. 1924년생이니 만 73세다. 한국 문학 포럼을 준비하는 기회에 초청하고 싶다고 부탁했을 때 '늙어서 멀리 여행하기 어렵다'고 거절한 까닭이 이해될 것 같았다. 자동차가 작은 동네 안으로 들어서는가 했는데 이내 길가의 주차 공간에 멈췄다. 투르니에의 마을 슈와젤이다. 길 왼쪽으로 돌아서니 글 속에서만 읽었던 사제관과 그 옆의 시골 교회가 바로 눈에 들어온다.

대문 안의 작은 마당. 사제관은 하얗게 단장된 3층 건물이고 왼쪽의 교회는 해묵은 돌에 시간의 더께가 무겁게 덮여 있다. 글 속에서만 읽었던 그 사제관에 첫발을 들여놓는 느낌은 허구 속으로 들어서는 기분과 크게 다르지 않다. 유학 시절 이후 다시 프랑스로 돌아가서 머물던 70년대 후반, 그때 나는 처음으로 미셸 투르니에라는 작가를 '발견'하고 신선한 충격을 받았다. 나는 곧 그의 출세작 『방드르디』를 번역하여 소개했었다. 그는 과연 70년대 이후 프랑스가 배출한 최대의 작가다. 해마다 노벨 문학상이 발표되는 무렵이면 투르니에는 예외없이 후보 1순위에 꼽혀 있어서 기자들은 속보기사를 쓸 경우에 대비하여 늘 내게 전화를 걸어오곤 했다.

겨울해가 곧 저물 것이므로 우선 앞뜰부터 둘러보자고 투르니에 씨가 제안했다. 프랑스에서는 작은 마을들마다 하나씩 세워져 있던 교회는 옛날 같지 않아 이젠 미사를 올리러 찾아오는 신자가 그리 많지 않다. 그래서 신부님은 일요일이면 여러 마을의 성당들을 순회한다. 따라서 성당마다 딸려 있는 사제관은 불필요해져버렸다. 투르니에 씨는 아주 오래 전에 이 사제관을 사서 고요한 시골에 묻혀 살고 있다. 산문집 『짧은 글, 긴 침묵』의 『매력과 광채』라는 글 속에도 이 집의 분위기는 실감나게 소개되어 있다. 〈'사제관은 어디 하나 그 매력을 잃지 않았고 정원은 어디 하나 그 광채를 잃지 않았다.' 사제의 정원에 둘러싸인 사제관에 25년째 살면서 나는 가스통 르루의 이 유명한 한마디 말을 수백 번도 더 들어왔다. 사제관의 매력? 그 정원의 광채? 나는 어느 면 그걸 증거하기 위하여 사는 기분이다. 문과 창문이 약간 협소한 편이지만 탄탄하고 근엄한 집인 이 사제관은 그 조용한 외관 뒤에 숱한 마법들을 감추고 있으니 말이다.〉

요즘도 일요일이면 신부님이 미사를 집전하기 위해 찾아와서 바로 사제관 왼쪽으로 보이는 작은 문을 열고 성당으로 들어가신다고 한다. 그 작은 문 밑에 달려 있는 ㄷ자 모양의 쇠시렁은 신부님이 진흙 묻은 신발 바닥을 문질러 터는 도구다. 아주 까마득한 옛적의 프랑스가 엿보이는 한구석이다. 사제관과 성당 사이의 통로를 지나자 집 앞의 꽤 널찍한 잔디밭이 나타난다. 마당에 들어서자 해묵은 성당의 아름다운 전모가 눈에 들어온다. "교회 쪽의 저쪽 담 아래는 공동묘지죠?" "잘 알고 계시는군요. 담장 저 끝에 서 있는 작은 집이 무덤 파는 사람의 집이에요." 그는 「집」에 관한 글에서 이렇게 적고 있다. 〈담장 너머는 마을의 공동묘지다. 가끔 삽질하는 소리가 들리기도 한다. 형이상학적 소리다. 무덤 파는 사람이 땅을 파내는 것이다. 이야말로 아주 오랜 옛날부터 이 마을에 살고 있는 주민들과 더불어 절대적 붙박이 그 자체.

집—박물관, 땅—재, 정원—묘지 같은 낱말들 사이의 심상찮은 친화력을 생각해보라. 그리고 시간의 이 두 가지 양상을. 한쪽에는 비명소리와 분노로 가득 찬, 항상 새롭고 예측 불허의 역사가 있다. 그리고 다른 한쪽에는 시계의 문자반처럼 둥글게 닫혀 있는 세계가 있다. 사계절과 녹색, 황금색, 붉은색, 흰색 이렇게 네 가지로 순환하는 이 세계 속에 인간사의 사건 같은 것이 끼여드는 법은 없으니 말이다.〉 해지기 전에, 아니 '형이상학적인 소리'가 들려오기 전에, 우리는 마당의 잔디밭에서 우선 몇 장의 사진을 찍고 나서 집 안으로 들어갔다.

현관에 들어서자 복도의 좌우를 갈라놓았던 벽을 터서 넓힌 거실이 눈에 들어왔다. 이층으로 올라가는 층계를 사이에 두고 왼쪽 입구의 책이 가득한 방과 오른쪽의 부엌을 제외하고는 모두 하나로 트인 공간이었다. 통로 쪽으로 등을 돌리고 놓은 소파 하나, 집주인이 앉는 안락의자, 아마도 식탁으로 사용되는 듯한 크고 긴 테이블이 전부였다.

수인사가 끝나자 말을 꺼냈다. "요즘은 무슨 작품을 쓰고 계신가요?" 달변의 투르니에 씨에게는 긴 질문이 필요 없다. "김 선생이 번역중이라는 『짧은 글, 긴 침묵』의 속편에 해당되는 산문집 『예찬Célébrations』, 그리고 『흡혈귀의 비상』이라는 제목으로 이미 펴낸 독서록에 이

어지는 또 한 권의 독서록, 이렇게 두 권 분량의 원고를 써놓았지만 아직 출판은 하지 않고 있어요. 그리고 요즘엔 무엇보다 흡혈귀의 문제에 심취해 있어요. 그 주제를 가지고 한 권의 소설을 써보려고 말입니다. 아주 결정적인 흡혈귀 소설을요. 모리스 라벨이라는 작곡가는 왈츠곡을 작곡했었죠. 그가 원했던 것은 흔히 있는 왈츠곡들 중 한 곡une valse이 아니라 왈츠곡 그 자체la valse였어요. 과연 그 곡이 발표된 이후에는 아무도 왈츠를 더 이상 작곡하지 않았죠. 내가 원하는 흡혈귀 소설도 그런 거예요." 부정관사가 아니라 정관사가 붙는 흡혈귀 소설! 투르니에는 항상 이런 식이다. 얼른 들으면 매우 오만한 발언이다. 몇 달 전 프랑스의 어떤 문예지에서 우리가 살아온 20세기에 있어서 가장 중요한 문학적 사건이 무엇이냐는 앙케트를 보내자 많은 사람들이 마르셀 프루스트나 제임스 조이스의 출현을 꼽았는데 투르니에는 서슴지 않고 '미셸 투르니에의 『방드르디, 혹은 태평양의 끝』의 출간'이라고 대답했었다. 적어도 그의 야심은 그러한 것이다. 흡혈귀 소설의 결정판, 그 신화의 궁극적 해석, 그런 작품을 쓰겠다는 것이다. 그러나 모든 중요한 신화적 테마는 영원한 재해석, 혹은 다시 쓰기의 대상임을 그가 모를 리 없다.

그런데 왜 하필이면 '흡혈귀'일까? 나는 그런 주제를

좋아하지도 않으려니와 그것이 딱히 내 정서의 심층을 진동시키지도 않는다. "한국인들도 흡혈귀에 흥미를 많이 가지고 있나요?" 나는 고개를 저었다. 흡혈귀라는 단어가 있는 것으로 보아 우리 옛이야기에도 그런 것이 있을지 모른다. '전설의 고향' 같은 쪽 어디엔가……, 그러나 나는 흡혈귀 하면 금방 서양의 통속소설과 영화에 등장하는 드라큘라의 뾰족한 두 개의 송곳니와 주르르 흐르는 피, 바람이 으스스하게 부는 옛 성관, 거미줄에 덮인 낡은 관을 깨고 나오는 시신, 아니면 할리우드의 가당찮은 영화들만 머리에 떠오른다. 흡혈귀는 과연 서양 현대소설사의 첫머리에 등장하는, 저 '흑색소설'의 주인공이다.

투르니에 씨는 그러나 이 주제에 대하여 대단한 열정을 가지고 있다. 그 열정은 곧 나같이 부정적인 정서를 가진 사람도 설득해내는 힘으로 이어진다. 그는 내게 줄 책이 한 권 있다면서 자리에서 일어섰다. 작은 폴리오판 포켓북 한 권을 꺼내 들고 다시 자리에 앉은 그는 책의 앞뒤 쪽 표지가 위로 가도록 양손으로 펼쳐 들었다. 『작가가 써서 출판한 한 권의 책이란 이렇게 가볍고 피가 없는exsangue 한 마리 새에 불과합니다.』 맞은편에 앉아 있는 내 눈엔 과연 그런 모습으로 펼쳐 든 책이 한 마리의 하얀 갈매기 같아 보였다. 책을 그 반대쪽으로 펼쳐서 무룹이나 책상 위에 놓고 보는 데 습관이 된 나는 그렇게 뒤집어 펼친 책을 처음 본 느낌이었다. 그렇다. 내 눈에도 그것은 한 마리의 가볍고 핏기 없는 하얀 새였다. "피는 끔찍한 것이 아닙니다. 기독교의 오랜 전통 속에서 피는 곧 성스러운 생명입니다. 예수의 피를 받는 성배가 그렇고 영성체가 그렇습니다. 피가 없다는 것은 생명이 없다는 뜻이지요. 생명이 없는 자는 생명의 피를 애타게 그리워하게 되어 있어요. 이 핏기 없는 한 마리의 새, 반쯤만 존재하는 새, 즉 한 권의 책이 살아서 날 수 있게 되려면 바로 이 가벼운 새가 독자의 심장에 내려앉아 그의 피와 영혼을 빨아들여야 합니다. 그 과정이 바로 독서라는 것이지요."라고 말하면서 그는 펼쳐진 책의 안쪽 페이지를 자신의 가슴에 갖다댔다. 그때 그 책의 표지와 제목이 내 눈에 들어왔다. 『흡혈귀의 비상Le vol du vampire──독서록』. 그가 서명하여 준 그 책이 지금 내 책상 위에 놓여 있다. 거기에는 이렇게 씌어 있다.

〈작가가 한 권의 작품을 세상에 내놓는다는 것은 얼굴도 모르는 남녀 군중들 속으로 종이로 된 수천 마리의 새를, 바싹 마르고 가벼운, 그리고 뜨거운 피에 굶주린 새떼를 날려보내는 것이다. 이 새들은 세상에 흩어진 독자들을 찾아간다. 이 새가 마침내 독자의 가슴에 내려앉으면 그의 체온과 꿈을 빨아들여 부풀어오른다. 이렇게 하여 책은 작가의 의도와 독자의 환상이 분간할 수 없게 뒤섞여서—마치 한 아기의 얼굴에서 그의 아버지와 어머니의 생김새가 섞이듯이—들끓는 상상의 세계로 꽃피어나는 것이다. 그 다음에 독서가 끝나고 바닥까지 다 해석되어 독자의 손에서 벗어난 책은 또 다른 사람이 또다시 찾아와 그 내용을 가득한 것으로 잉태시켜주기를 기다린다. 이렇게 주어진 사명을 다할 기회를 가진 책이라면 그것은 마치 무한한 수의 암탉을 차례로 도장 찍어주는 수탉처럼 손에서 손으로 전해질 것이다.〉 이것이 『흡혈귀의 비상』이라 이름지을 수 있는 그의 유명한 독서론이다.

　다시 그의 마음이 온통 쏠려 있는 흡혈귀의 주제로 돌아온다. 지난 2년 동안 그는 줄곧 흡혈귀란 궁극적으로 무엇인가? 라는 의문에 매달려왔다고 한다. "결국 어떤 결론에 도달했나요?" "결론이라기엔 아직 좀 이릅니다. 그러나 잠정적으로 흡혈귀란 결국 '올바른 죽음에 실패한 자celui qui a manqué la mort'라고 해석해봅니다. 가령 자살한 사람. 자연스러운 죽음을 죽지 못한 자, 그가 바로 흡혈귀일 거라는 생각을 해요. 온전하게 죽지 못했기 때문에 그는 삶과 죽음의 경계선 근처를 배회하면서 삶의 온기, 즉 피를 빨아들이지 못해 고통스러워하는 거예요. 프랑스 말에서 유령을 '되돌아온 자revenant'라고 하는 의미도 이렇게 해석할 수 있지요. 그는 고통하는 영혼이에요. 나는 흡혈귀 소설을 현대의 지하철 속에 갖다놓아 볼까 해요. 언론이 보도하는 것을 자제하고 있어서 그렇지 실제로 파리의 지하철에 몸을 던져 자살하는 사람이 일 년에 300명이 넘는다고 합니다. 하루에 한 사람꼴로 죽는 셈이죠. 그리고 일반 자살자는 15,000명이 넘어서 교통사고로 사망하는 사람 수보다 더 많다고 해요. 이렇게 죽은 사람은 죽음의 세계, 즉 피가 없는 세계에 그냥 있지 못하고 산 사람의 세계로 되돌아오려고 몸부림치게 되죠. 지브랄타르 반도가 세상의 끝이라고 본 고대의 율리시즈가 그렇고 지옥으로 오르페우스를 불러들인 에우리디체가 그런 경우예요." "소설 쓰기 위한 자료 수집을 벌써 많이 해두신 모양이군요?" "그럼요. 벌써 오래 전부터 생각해온 주제니까요. 집필실에 필요한 자료들을 모아두었어요. 그와 관련해서 생각나는 게 있으면 메모도 해두었구요. 이렇게 하나의 주제에 대하여 깊이 생각하고 그것에 친숙해지고 나면 정작 붓을 들고 작품을 쓰는 일은 아주 쉬워요." "그럼 그 자료들도 볼 겸 집 안 구경을 좀 시켜주실 수 있겠어요?"

우리는 잠시 이야기를 멈추고 위층으로 올라간다. 한평생 결혼을 한 적이 없는 이 작가의 집은 고요하기만 하다. 문이 반쯤 열려 있어 흘끗 들여다보이는 2층은 볕이 잘 드는 아늑한 침실과 거실로 나뉘어져 있는 듯했지만 그는 그냥 지나쳐 곧장 다음 층으로 올라간다. "여긴 내 공간이 아닙니다. 손님이 와서 묵어가는 곳이죠. 엊그제 까지 여동생이 와서 머물다가 떠났어요."이렇게 그는 오래전부터 생활공간을 1층과 3층으로 제한해놓고 산다.

3층은 널찍한 다락방이다. 층계를 중심으로 한쪽은 집 필하는 코너이고 다른 한쪽 구석에는 침대가 놓여 있다. 그리고 넓게 터진 서쪽은 그가 좋아하는 사진 찍기 공간 이다. 그는 이 다락방을 '성소sactuaire'라고 부른다. 그의 산문『나체 초상화』를 통해서 독자들에게는 이미 잘 알 려진 곳이다. 그가 '책의 요새'라고 한 곳과 '이미지의 다락방'이라고 명명한 공간이 실은 분리된 방이 아니라 같은 하나의 지붕 밑 방이었다. 19세 소녀가 나체 사진 을 찍게 되는 줄 알고서 알몸으로 벗고 등장했다는 일화 가 생각났다. 그러나 연로한 그는 이제 사진 찍기는 거의 그만둔 상태라고 했다. 대신 침대가 놓인 구석을 가리키 면서 "얼마 전에 어떤 기자가 날 보고 당신에겐 어떤 것 이 행복이냐고 묻기에 좋아하는 한 권의 책을 들고 일찍 잠자리에 드는 것이라고 대답했어요. 저기가 바로 내 행 복의 구석이지요." 저 오래된 침대에 누워서 그는 저 '가벼운 새들'에게 자신의 환상과 꿈과 피를 공급하여 저 어둠 속으로 멀리 날려보내면서 마냥 행복해하는 것이 리라.

그가 책상 위에 놓인 한 무더기의 책들과 스크랩 파일을 열어 보여주었다. 드라큘라를 포함한 일련의 흡혈귀 서적들. "『드라큘라』를 쓴 독일 작가의 이름을 따서 새 소설의 주인공은 브람Bram이라고 지을까 해요. 가령 책 제목을 '브람, 혹은 피맛'으로 하면 어떨까요?" 그리고 그는 자신이 발견한 '기막힌 한 편의 시'를 창작 파일 속에서 꺼내어 읽어 보였다. 먹이사슬에 관한 대화체 시였다. 너는 무엇을 먹고 사니? 하고 물으면 각각의 동식물들이 먹이의 이름과 그 맛을 설명한다. 다음에는 바로 그 먹은 자를 먹은 자가 그 맛을 설명한다. 결국 마지막으로 피를 먹고 사는 흡혈귀에게 피맛이 어떻더냐고 묻자 그 대답이 시의 결론을 이룬다. '달고 달더라, 너는 이 맛을 모를 거야, 초식동물이여.' 장차 세상에 나올 흡혈귀 소설 첫 페이지에는 아마도 이 시가 에피그라프로 새겨져 있을지도 모른다. 그는 이 절묘한 시를 쓴 시인의 이름이 제오 노르쥬Géo Norge라는 것까지는 알게 되었지만 생전 처음 들어보는 이름이라고 했다. 내친김에 바로 옆 서가에 꽂힌 문학사전에서 그 시인의 이름이 있는지를 같이 찾아보기로 했다. 20세기 초엽 벨기에의 대표적인 시인의 하나였다. "이것 보세요. 우리들은 모두 얼마나 아둔한 작자들인가요. 바로 옆 나라의 대시인을 이름조차 모르고 있었다니!"

나는 문득 『나체 초상화』의 에피소드가 생각났다. 그 낯선 열아홉 살 처녀가 단순히 얼굴 사진(초상)을 찍고 싶다는 투르니에의 제안을 잘못 알아듣고서 '낙원의 이브처럼 벌거벗은 모습으로' 걸어나와 모델이 되었다는 그 일화 말이다. 그때 그 여자는 '모든 무대장치를 싹 지워버리면서 피사체를 마치 눈밭에 세워놓은 것처럼 분리시키는 배경막' 앞으로 걸어나왔다고 했다. 나는 그 배경막이 어디 있느냐고 물었다. 그것은 슬라이드를 비춰보는 스크린처럼 감긴 채 천장에 달려 있었다. 투르니에 씨가 손잡이를 돌리자 그 배경막이 천천히 풀리면서 내려와서 한쪽 벽면을 거의 다 덮었다. 그러나 두꺼운 종이로 된 그 막의 아래쪽 끝은 벌써 너덜너덜하게 찢어져 있었다. 흘러간 시간의 상처였다. 나는 농담처럼 바로 그 배경막 앞에 선 작가의 사진을 찍고 싶다고 말해보았다. 그는 웃으면서 선선히 응했다. 나중에 돌아와 찍은 사진을 인화해보니 내 서투른 사진술 때문인지 그는 마치 『황금 물방울』 속에 나오는 이드리스의 증명사진처럼 '그 눈부신 빛의 벌판'에 창백하게 고립되어 서 있었다. 나는 그 사진을 바라보면서 거기에 던져진 참혹한 진실의 빛을 보는 것만 같아 마음이 아팠다. 공연히 사진을 찍은 것이 아닐까?

한참 뒤에 우리는 아래층으로 다시 내려왔다. 그만 일

어서려 하니 한국같이 그 먼 곳에서 찾아와서 그렇게 쉬이 떠나서야 되겠느냐면서 만류했다. 그리고 그는 부엌으로 들어가서 손수 차를 끓여 내왔다. 우리는 저무는 저녁빛을 내다보면서 차를 마셨다. 흐려오는 빛 속에서의 침묵이 무겁게 느껴져서 나는 이런 큰 집에 혼자 지내시니 적적하지 않으냐고 물었다. "적적하긴요. 당신이 벌써 오늘 이 집에 찾아오신 세번째 손님인걸요. 그리고 이스라엘 여행에서 돌아온 지 사흘밖에 되지 않았어요. 그동안 누이가 여러 날 집에 와 있었구요." 더군다나 흡혈귀들에게 생명을 불어넣어 주는 일들로 행복하기만 하다는 이 작가가 어찌 적적하겠는가. 아래층 거실 안락의자 옆에는 틀에 끼운 어린 소년의 사진이 한 장 놓여 있다. 투르니에 씨의 대자 로랑의 사진이다. 17년 동안이나 같이 살다가 지금은 결혼하여 파리에 따로 분가한 37세의 아들이다. 로랑의 아이는 투르니에 씨의 손자나 마찬가지다. 바캉스 때는 한가족이 함께 지내곤 한단다.

그는 이스라엘 여행 이야기를 들려준다. 매우 이상한 나라란다. 강연 초청을 받아 찾아갔지만 공항에서의 입국심문은 삼엄했다. 성명, 나이, 주소, 직업 등의 신상에 대하여 꼬치꼬치 묻는 데까지는 가까스로 이해할 수 있었으나 작가라고 대답하자 그가 쓴 온갖 저서의 내용을 그 자리에서 간단히 요약하여 말하라는 데는 아주 질렸다고 한다. "이쯤 되면 두 가지 중에 한 가지 선택밖에 달리 대처할 도리가 없어요. 폭소를 터뜨리든가 아니면 문제의 이민국 관리의 뺨을 후려치든가 둘 중의 하나죠." 그가 무사히 다녀왔다는 것으로 미루어 전자를 선택한 모양이다. "유태인들 얘기로 내가 늘 인기를 끄는 삽화가 하나 있어요." 타고난 이야기꾼 투르니에가 실력을 발휘하는 순간이다. "내가 아는 오스트리아 출신 유태인 여성이 한 사람 있지요. 그는 국가를 상대로 하는 어떤 일을 해주고 현금으로 보수를 받게 되었어요. 그가 받은 오스트리아 지폐에는 유태인 출신인 프로이트의 초상화가 찍혀 있는데 누군가 그 석학의 얼굴 위에다가 굵은 글씨로 '더러운 유태인'이라고 욕을 커다랗게 써놓았더래요. 크게 분노한 그 여성은 수상에게 항의의 편지를 썼답니다. 나라의 이름을 빛낸 위인의 얼굴에 이런 모욕적인 낙서를 한 사람이 있다는 것은 모든 국민의 이름으로 지탄받아야 마땅하다는 내용이었죠. 수상으로부터는 아무런 응답이 없었는데 거의 1년 가까운 세월이 지난 후 오스트리아 중앙은행장으로부터 한 장의 편지가 왔더랍니다. 문제의 훼손된 지폐를 중앙은행으로 가져오면 결함이 없는 새 돈으로 바꿔주겠다는 내용이었어요." 손에는 손으로, 유태인에게는 유태인식으로란 교훈일까?

그는 어떻게 하여 자신의 작품을 번역하게 되었느냐,

그리고 특히 『짧은 글, 긴 침묵』의 어떤 점이 좋았느냐고 물었다. 우리 나라 옛 선비들의 산문 전통과 어딘가 약간 미진한 듯한 그 짧은 산문들은 그 자유로운 형식에 있어서 어딘가 통하는 데가 있는 것이 아닐까? 그러나 나는 사실은 유사성 때문이라기보다는 그 사고의 낯설음이 좋아서 번역하는 것이리라. 나는 대답 대신 "당신도 원래 번역자의 경험으로 시작한 작가가 아닙니까?" 하고 웃으면서 반문해보았다. 그래서 자기는 번역자의 고통을 잘 안다고 그가 말했다. 나는 문득 투르니에가 젊은 시절에 독일 작가 레마르크의 『서부전선 이상 없다』를 번역하고 나서 그 원작자를 만났던 이야기를 소개한 그의 저서 『성령의 바람』의 한 대목을 생각했다. 〈반군국주의로 전세계에 유명한 오스나브뤼크 출신의 이 작가는 척추가 억세고 직사각형의 엄격한 얼굴에 늘 외눈안경을 걸고 있어서 옛 프러시아 군인 같은 인상이었다. 그의 초대를 받아 간 식당에서 나는 생전 처음으로 성게라는 것을 먹어보았다. '내 책의 번역자와 내 나라 말로 이야기를 나누어보는 건 이번이 처음이군요. 미국, 이탈리아, 러시아 등 다른 나라 번역자들은 독일어를 마치 고대 그리스어나 라틴어같이 죽은 언어처럼 말하더군요.'하고 그는 털어 놓았다. 그는 번역의 노고를 치하하면서 그러나 번역은 오로지 장차 자기 개인의 글을 쓰기 위한 연습으로만 생각하라고 충고했다. '그렇지만 번역과 자기 글을 서로 혼동하면 안 될 것 같아요. 가령 내 최근 소설을 옮겨놓은 당신의 번역을—물론 아주 훌륭하죠—읽어보고 두 가지 놀라운 사실을 발견했어요. 첫째는 원서에 있는 몇몇 대목들이 번역서에 와서 없어져버렸다는 점이에요.' 그럼 두번째 놀라움은 뭐죠? 하고 매우 불안해진 내가 물었다. '두번째 놀라움은 그와 반대로 원서에서는 찾을 수 없는 몇 페이지를 번역서에서 읽을 수 있다는 점이었어요.' 당시 나는 스무 살이었고 시건방진 바보였으므로 E. M. 레마르크의 문장을 별로 대단찮게 생각하고 있었다. 얼굴이 뺄개져서 말을 한참이나 더듬다가 나는 방자하게도 이렇게 말했다. '두번째 것이 첫번째 것보다 나으면 되는 것 아닌가요?' 그는 너그럽게도 그냥 미소만 지어보였다. 나는 그때까지만 해도 번역자란 작가의 반쪽에 불과하다는 것을, 가장 겸손하게 수공업적인 반쪽에 불과하다는 것을 모르고 있었다. 번역을 하면서 작가 지망생은 자기 스스로의 언어에 대한 장악 능력만을 습득하는 것이 아니라 인내, 돈도 명예도 거두지 못한 채 꼼꼼하게 실천해야 하는 저 불모의 노력을 배우는 것이다. 그것은 문학적 덕목을 배우는 좋은 학교다.〉

그러나 전에 쓴 책의 내용 못지않게 눈앞에 앉아 있는 투르니에 씨 자신의 최근 경험 또한 흥미롭고 교훈적이다. "한참 전에 나는 독일 작가 에른스트 융거―그는 나이가 103세인 최고령의 생존 작가예요―에 대한 글을 써 달라는 부탁을 받았어요. 우선 불어로 썼다가 독일어로 직접 옮긴 그 글이 독일의 유력지《프랑크푸르트 알게마이네》에 발표되었었지요. 그런데 최근에 프랑스에서 바로 그 독일 작가에 관한 연구 발표회가 있었던 모양입니다. 그 내용을 책으로 묶은 것을 한 부 보냈기에 들춰보았죠. 그런데 놀랍게도 그 속에 내 글도 한 편 실려 있는 거예요. 아무리 봐도 내가 쓴 적이 없는 글이라 여간 의아하지 않았습니다. 자세히 보니 바로 내가 독일 신문에 독일어로 쓴 바로 그 글을 누군가가 프랑스 말로 번역한 것이었어요. 그런데도 그 글은 전혀 내 글이 아니더군요. 더욱 놀라운 사실은 그 이상한 번역을 원문과 대조해보니 한군데도 '틀린 데'가 없더라는 점이에요. 문학 텍스트의 번역은 이처럼 그냥 틀리지만 않으면 되는 게 아녜요."

우리들의 번역 이야기는 자연히 저작권 문제로 옮아갔다. 한국이 저작권협회에 가입한 것이 최근이라는 사실을 설명하다가 그리 되었다. 투르니에 씨는 웃으면서 해적판 이야기를 하나 소개했다. 카다피의 삼엄한 회교국 리비아에서 나온 청소년판『방드르디』―이 책은 프랑스 국내에서만 이미 수백만 부가 팔렸다―의 번역은 텍스트만 무단 번역한 것이 아니라 원서에 실린 삽화까지도 무단복제해 실었는데 놀랍게도 무인도에서 벌거벗고 사는 로빈슨의 성기 부분만은 나무 잎사귀로 가린 그림으로 대신했더라고 했다. "그 대목만 독창적이더군요." 하고 그가 덧붙였다.

흐린 겨울날이 일찍 어두워졌고 집 안은 점점 더 고요해졌다. 흡혈귀가 비상할 시간이었다. '밤'에 대한 그의 글이 생각났다. 〈내 밤의 고독은 어떤 엄청난 기대의 또 다른 이름이다. 잠든 자의 기대인 동시에 깨어 있는 자의 기대……. 이 밤, 내 잠든 육체를 스치는 날갯짓과 은밀한 박동이 느껴진다. 내 잠자리 속으로 새들이 날아든 것인가. 새들이거나 박쥐들이. 어떤 목소리가 대답한다. 아냐, 그건 묘지에 묻혀 있는 사자들의 영혼이야. 그 영혼은 수세기 동안 저 담장 뒤에서 떼지어 기다리고 있다……. 어젯밤은 잘 잤다. 나의 불행도 잠이 들었으니까.〉 자리에서 일어서기 전에 나는 신부들이 비워놓고 떠난 사제관에서 40년을 살아온 그에게 물어보았다. "당신은 성당의 미사에 참석하십니까?" "아뇨. 그렇지만 어린 시절부터 몸담고 살아온 기독교의 정서는 내게 매우 중요합니다." "그럼 당신의 신앙심의 실체는 어떤 것입니까?" "모든 사람은 다 신앙심을 많게든 적게든 지니고 있어요. 내게 신앙심이 있느냐고 묻는 사람에게 대답 대신 들려주는 우스개 이야기가 하나 있어요. 소련의 우주인 가가린이 처음으로 우주 공간을 비행하고 돌아온 직후의 일입니다. 그는 흐루시초프에게 불려갔어요. '그래 그 광대한 외계에 가보았다니 말인데, 그 하늘나라에서 신을 만났습니까?' 가가린은 태연하게 신을 만났다고 대답했죠. 그러자 흐루시초프가 무릎을 치면서 '어쩐지 그런 것 같더라니까!' 하더랍니다. 그러나 흥분은 추스르면서 곧 말을 잇기를, '그렇지만 절대로 그 사실을 발설하지 않는다고 목숨을 걸고 맹세하시오.' 하고 다잡더랍니다. 가가린은 물론 맹세했죠. 그 다음엔 로마에서 교황이 가가린을 만나자고 청했습니다. 로마에 갔더니 교황이 또 묻더래요. '그래 하늘나라에 가보니 신이 과연 있던가?' 가가린은 솔직히 대답했어요. '신은 만나지 못했습니다. 존재하지 않던걸요.' 그러자 교황이 소리쳤대요. '어쩐지 그런 것 같더라니까!' 교황도 황급히 다짐을 받더랍니다. '그렇지만 당신 어머니의 목숨을 걸고 맹세하시오. 그 누구에게도 그 사실을 발설치 않는다고 말입니다.' 이게 내 신앙의 현주소랍니다."

마침내 투르니에 씨의 집을 나설 시간이 되었다. 날이 어두워져서 뻘건 불을 켜고 자동차들이 바삐 지나간다. 파리에 자주 왔다면서 왜 지금까지는 한 번도 찾아오지 않았느냐고 그가 문득 생각났다는 듯 물었다. 이 먼 사제관에 홀로 고요한 시간을 지내고 싶어하는 작가를 방해하고 싶지 않았다고 나는 대답했다. 그는 다시 나를 역으로 데려다주기 위하여 차에 오르면서 불모의 작업인 번역의 수고를 마다 않은 당신이라면 언제든 환영이라고 했다. 그리고 다시 헤어지는 서운함 때문인지 내년쯤 번역서가 나올 무렵 초청해주면 한국에 한번 가보고 싶다고 했다. 나는 소란스러운 서울 거리에 서 있는 그를, 혹은 호젓한 산사로 오르는 오솔길 위에 서 있는 그를 머릿속으로 그려보았다. 둘 다 잘 상상이 되지 않았다. 생 레미 레 슈브뢰즈 역 앞에서 다시 저만큼 세워둔 자동차를 향하여 되돌아가는 그의 시커먼 뒷모습을 보면서 그 사제관의 고적한 밤을 상상해보는 편이 내겐 훨씬 더 자연스러웠다. 〈생 시드완 성자의 날인 11월 14일 자정에서 3시 사이의 한밤중에도 나는 안 무섭다. 오늘 밤에는 근 2세기 동안 이 집에서 살았던 서른일곱이나 되는 사제들이 여기 모여서 다같이 합창하듯이 큰소리로 식사 전 기도를 외우고 나서 아래층에서 떠들썩하게 먹어대는 것이다. 3층에 있는 방에서 새털이불을 뒤집어쓰고 누워 있는 나는 절대로 무섭지 않다. 안 무섭다. 그렇지만 사제들 자기네끼리 그냥 법석을 떨라고 내버려두고 싶다.〉 73세의 그 소년은 한겨울 밤의 망망대해 앞에서 정말 안 무서울까? 흡혈귀가 날아오르는 그 시각에 그는 다만 행복하기만 할까?